深川の赤い橋

横澤祐一戯曲集

幻戯書房

深川の赤い橋——横澤祐一戯曲集

目次

水の行方

――深川物語

スタッフ

作・演出　横澤祐一
美　術　吾郷順治
照　明　須藤　実
効　果　富田健治
演出助手　那須いたる
制　作　劇団東宝現代劇七五人の会

登場人物・配役

堀川松子（73）　先代堀川商店主未亡人　鈴木　雅
堀川竹次郎（50）　堀川家長男　今藤乃里夫
堀川杉子（48）　堀川家長女　桂太郎の妻　新井みよ子
堀川梅子（45）　堀川家次女　独身　村田美佐子
堀川楠枝《くすえ》（38）　堀川家三女　菅野園子
堀川けやき（15）　楠枝の娘　山東亜季
伊東詩織
堀川菊次郎（29）　竹次郎の長男　秋田　宏
堀川桂太郎（50）　堀川商店主　養子　丸山博一
山岸碌之《ろくの》助《すけ》（65）　土地の素封家　元建設会社社長
内山恵司
風戸《かざと》　綾（35）　研磨師　高橋志麻子
花崎春男（45）　楠枝の元夫　松川　清
掛川冨《ふ》美《み》（40）　堀川家従業員　古川けい
園子（25）　深川芸者　田嶋佳子
柳下次郎（50）　尾張木材　専務　柳谷慶寿
戸越武《ぶ》吉《きち》（60）　堀川商店番頭　元川並　小西良太郎
木曾の三太郎（70）　先代堀川商店主の弟　巌　弘志

作者のことば

この芝居は、昭和三十年代から四十年代（一九五五—七四）までの間、深川の中心部にあった木場の材木商が、水害、地盤沈下、貯木場（掘割）の不足による運河利用の弊害などにより、木場の近代化、体質改善のテーマを検討し、木場を移転*することで材木業界の一層の発展を図った頃の話である。したがって、芝居が展開する十年余の中で、舞台上の時間、即ち日・時をはっきり定めていない。あの時期に木場の内で、あのようなことがあった……くらいの認識で物語を進めて行きたいのである。季節に冬は入っていない。晩春から初秋までである。三十年代から四十年代中期頃は高度成長期で、景気がよかったが、舞台上はそれに左右されていない。作劇に課せられた制約のためであるが、演技者は、その時代背景を心得ていただき、表現の中で生活を出してくださるように懇願する。

第一幕

第一場

昭和三十年代も中頃の深川古石場《ふるいしば》辺りにある堀川商店の店先、晩春の候の春頃

舞台中央奥に店の出入口、腰高ガラス戸。重い感じの引戸。上手、上り框《かまち》のある板敷、それに続く店舗から奥の居住棟に入る襖、これも上部はくもり硝子。上手舞台手前に、仕事場、倉庫、居住棟台所へ続く暖簾口がある。下手には、事務机、椅子。中央にソファーが置かれ、低いテーブルが前にある。中央出入口の外は、道路とその向うに掘割（越中島川）の感じ。

幕上がると無人。

SE（効果音）　ポンポン蒸気船の音　遠くに木場木遣が聞える　ややあって電話

暖簾口（上手）から堀川桂太郎（50）出る。堀川商店店主、養子。

桂太郎　もしもし、お待たせ致しました、堀川銘木店でございます。あ、山岸会長でいらっしゃいますか、桂太郎でございます。はい、先だって御普請を拝見に伺いまして、はい……立派な建前でございます……ちょっと近頃、見たことがございません。そろそろ内装材のご用意かなと思っておりました……。はい、ありがとうございます。お言い付けの内装材は揃えさせていただいております。大工さんとの相談によりますが、床柱は北山杉の磨《みがき》丸太と天然絞りを御用意してございますが……はい、ございます……（黒板に書き込みながら）では、紫檀《したん》も御用意させていただきます。それと、木曽檜の錆《さび》丸太でございますか、判りました。天井はやはり奈良か吉野の杉がよろしいかと……はい、搬入期日と打合せの……今日、午後、会長の事務所へ、はい伺います。四時頃、判りました。はい、わざわざお電話をありがとうございました……はい、では後ほど……。（切る）

暖簾口から研磨師の風戸綾（35）が研磨道具の入った布袋を手に出る。腕に「尾張木材」とネームの入った作業服姿。

綾　（桂太郎を見てニッコリと笑う）
桂太郎　御苦労さんです。量が多かったから、疲れたでしょう。（椅子を指して）まあ、おかけなさい。
綾　ずいぶん沢山ですのね。どこかへ納入ですか。
桂太郎　冬木町の山岸さんですよ。大分残りましたか。
綾　すみません、昼から会社の仕事があるものですから、明日また参ります。よろしいでしょ？
桂太郎　尾張木材さんに甘えてばかりいて、恐縮です。何しろうちは武《たけ》さん一人しか居ないものだから……。
綾　遠慮はいらないわ。課長が、堀川さんへ行って手伝って来いっていうんですもの。（胸中で）……渡りに舟だわ。
桂太郎　茶でも入れて来ましょう。
綾　結構よ、もう行かなくては。凄いわね、三十五年物の北山杉が、あんなに並んでるの、初めて見たわ。じゃ明日また一番で来ますね。
桂太郎　お願いします。じゃこれ課長に。（封筒を手渡す）
綾　（受け取りながら）今日は、武さんも居ないし静かですのね。どなたもいらっしゃらないの？
桂太郎　全員で御成婚パレード見に行きました。静かでいいです。（笑う）
綾　明日もお留守？
桂太郎　明日は居るでしょう。
綾　あ、そうだ。こんなもの召し上がる？（袋から即席麺を出す）
桂太郎　何ですか。
綾　即席麺ですの。
桂太郎　即席麺って何ですか。
綾　ずいぶん前に売り出したのよ。袋から出して丼に入れて、熱湯をかけて、二分待つの、それだけでいいの。
桂太郎　それで食べられるんですか。
綾　知りませんでした？
桂太郎　知らなかった。
綾　いつも奥様の美味しい御料理召し上がってるから知らなくて当り前ね。でも今日はお留守番でしょ、召し上がれ。
桂太郎　もらっていいんですか。
綾　どうぞ。（帰る風情で）
桂太郎　高いんでしょ。
綾　三十五円、じゃまた明日。サヨナラ。（去る）
桂太郎　（見送る、即席麺を持って暖簾口へ入る。しばらくして慌てて出て来る）風戸さん……帰っちゃったか。（手に持って出て来たものを広げる。派手な女物のハンカチーフである）……！（そっと畳んでしまう）

SE　皇太子御成婚パレードの実況中継が聞えて来る、どこからか、遠くから……

―溶暗―

第二場

同じ日、前場から時間経過一時間くらい

桂太郎が、即席麵と丼と箸と薬缶を持って出て、麵を取り出し丼に入れ、湯を注ぐ。しばらく、じっと見つめている。

SE　電話

桂太郎　もしもし、堀川商店でございます。はい、何だ、鈴広木材さん、香山さん先日はどうも……どうしたの、急な注文が来たの？　それで何をどのくらいです。杉の人工絞り。はい、（メモをとっている）はい……はい、そのくらいならありますよ、調べてみます。なければ、尾張木材へ聞いてみるよ、割高になるけどね。いや……うちにあると思いますよ。明後日の一番？　はい、これから調べて、夜にでも電話します。明日、取りに来てくれるのね……はい、判った。急で大変だね。うちだけ？　そのお客さん。買いせせり？　あんたの所だけ、はい判った、では、明日、揃えて待ってます。はい、ありがとうございます。はい、どうも。（切る）

桂太郎、即席麵を食べ始める。正面に人影、入ってこない。引戸を開ける。

桂太郎　あ、すみません。どうぞ、おかけなさい。

花崎春男(45)立っている。桂太郎が出たので少しうろたえる。

桂太郎　どうぞ……。

春　男　あの……あなたは?(訝《いぶか》る)

桂太郎　あなたはって……店の者ですよ。

春　男　訝《おか》しいな……。

桂太郎　おかけなさい。失礼、昼めしだったもんで……。

(即席麵を片づけようとする)

春　男　あ、食べてください。

桂太郎　とんでもない。倉庫へ行きますか、何かお探しですか。

春　男　えっ?

桂太郎　木を御覧になるのでしょう。

春　男　いえ、木ではないんで……。

桂太郎　竹ですか、いい竹も揃えていますよ。さ、どうぞ……。

暖簾口で人の声がする。堀川杉子(48)、桂太郎の女房が出る。

杉　子　あんた、ただいま。

桂太郎　(お客さんだよ!)

杉　子　あ、お客さん?(奥へ声をかける)冨美さん、お店へお茶を出してちょうだい。

この家のお内儀、先代の未亡人松子(73)が杉子を押しのけるようにして出る。

松　子　あんた!

春　男　あ……。(立ち止まる)

松　子　杉子、お茶なんかいりませんよ。

杉　子　お客さんですよ。

松　子　客なんかじゃありませんよ。厚かましく店なんかに入り込んで、出てお行き。

春　男　は、はい……あの……。

松　子　出て行かないと警察を呼びますよ。

杉　子　お母さん!　どなたなの?

松　子　どなたもこなたもない。早く帰っておくれ!　帰らないと……(受話器をとる)

春　男　帰ります……すみません。（去る）
杉　子　お母さん、どうしたのよ、大丈夫？
松　子　……。
杉　子　あんたの知り合いなの？
桂太郎　いや、知らない人だよ。
杉　子　だって二人で座ってたじゃないの。
桂太郎　客だと思ったから……。
杉　子　お母さん、誰なのよ。
松　子　知らなくていいんだよ。いいかい、今の男のことは、家の誰にも言っちゃいけないよ。判ったね。
杉　子　だって、お母さん知ってるんでしょ、誰だか。
松　子　お前達は知らなくていいんだよ。
杉　子　そんな……誰だか知らなきゃ、気味が悪いじゃないの。誰なの。
松　子　煩《うるさ》いね、これ以上詮索すると私しゃ怒るよ。
杉　子　怒るんなら怒んなさいよ。変な男が店先に座って、お母さんが怒って追い出して、私とこの人がそれを見ていて、誰なの？って聞いたら、お前達は知らなくていいなんて言われて、ああ、そうですかって引き下がれる？　子供じゃあるまいし。第一、この人は、堀川家の当主ですよ、主人が家の中のことを知らないじゃ済まされないわよ。
松　子　主人と言っても養子です。
杉　子　今さら何が養子よ。この人は、お父さんが迎えた、私の亭主ですよ。
桂太郎　杉子、やめなさい。知らない男のことで親子が言い争いしてどうするんだ。
杉　子　言い争いなんかしてないわよ。お母さんが変に隠し事するからいけないのよ。
松　子　……今に判ることだけどね、今日のところは誰にも言わないでおくれよ。ねえ、桂太郎さん。
桂太郎　はい、私も杉子も誰にも喋りませんよ。判ったね、杉子。
杉　子　……。
松　子　お茶がほしいよ。
桂太郎　はい。（行こうとする）
杉　子　いいわよあんた。冨美さん、冨美さん。（暖簾口へ入る）
松　子　いくつになっても、子供のことは心配なもので……桂さんの御両親も、あんたのことを心配していなさるだろうね。
桂太郎　お姑《かあ》さん、私の両親は、もう、おりませんよ。
松　子　あっ……そうだった、ごめんなさいよ。
杉子、お茶を持って出る。
桂太郎　あれ、冨美さんは？

杉子　呼んでも出て来ないの。お母さん、少し温《ぬる》いわよ。

松子　（茶を飲む）

杉子　あんた、台所に用意しといてあげたお昼ご飯、食べてないのね。

桂太郎　ああ、ごめん、これもらったんで。

杉子　何ですこれ。

桂太郎　即席麵、ラーメンだね。

杉子　あら、はじめて見た、誰にもらったの？

桂太郎　尾張木材の研磨屋さん、朝から来てくれてたろう。帰りにくれたんだ。

杉子　私達は七時前に家を出たんだもの、会ってませんよ。

桂太郎　お姑さん、どうでした、御成婚パレード。テレビでちょっと見ましたけど、人が大勢出てましたねえ。（ラーメン持つ）

杉子　そりゃ、あんた！　お二人の素敵だったことと言ったら、それから、馬車がよかったわよ、なかなか今、見られないものねえ。組合の川村さんのお陰でお母さんに、いいものを見せてあげられた。ねえ、お母さん。

松子　でも桟敷がなかったんで、私しゃ、くたくたでしたよ。

桂太郎　桟敷があったんですか。

杉子　川村さんが桟敷が取れたから行きましょうって言うからさ。

松子　両国の川開きじゃあるまいし、桟敷なんかあるものか。お陰で、立ちっ放しで疲れちまった。

杉子　でもお母さん、今日ばかりは、次の機会にって訳に行きませんからね。行ってよかったねえ。

松子　ああ、よかった。お父さんや桂さんの御両親にも、いい土産話が出来た。（笑う）

杉子　お母さんたら……。

桂太郎　あの……梅姉さんや、楠枝さんやけやきちゃん達は、どこかへ行ったの？

松子　はぐれちまった。

杉子　物凄い人混みだもの。武さんと川村さんが、前の方へ連れてってくれたんでパレードはよく見られたんだけど、それっきりよ。気がついたら、私とお母さんと冨美さんだけ。あとは散り散り。人が多過ぎて、探すに探せないから帰って来ちゃったわよ。

桂太郎　お姑さん、出前でも取りましょうか。お昼、まだでしょう。

松子　そうだねえ……。

暖簾口から、女中の冨美が出る。

冨美　すみません、さっき、お呼びになりましたか。
杉子　呼んだわよ、どこに行ってたの。
冨美　部屋に帰って、ぼーっとしてたら、すーっと眠くなってしまって……すみません。あら、お茶、入れて下すったんですか……入れ替えましょうか。
杉子　お母さん、熱いの入れてもらう？
松子　いらないよ。それより、冨美ちゃん、店の外に誰か居ないか見て来てよ。
冨美　誰かって、誰です。
松子　見馴れない人間が、うろうろしてないか、見て来てよ。
冨美　はい。（出て行く）
杉子　お母さん、誰にも言うなって言ったくせに、あんなこと言い付けたら、冨美さんだって変に思うわよ。
松子　冨美ちゃん、鈍いから大丈夫だよ。

冨美、戻ってくる。

松子　どうしたの、変なのが居たのかい。
冨美　おかみさん、御存知だったんですか？
松子　やっぱり、居たのかい。
冨美　はい……。
松子　桂さん、ちょいと、見て来ておくれ。
冨美　大丈夫です、私がすぐ帰します。
三人　（……ン？）
冨美　以前、付き合ってた男が、来てるんです。すみません、ちょっとの間、いいですか。
松子　本当に切れたのかい。あんたもこの堀川の従業員なんだから、店先へ切れた男なんて来さすんじゃないよ、世間体が悪いじゃないか。
冨美　すみません、すぐに追い帰しますから。どっちみち金のことですよ。（去る）

桂太郎、心配そうに外へ出る。

松子　変な男が始終やって来るようじゃ困るね。杉子、冨美ちゃんによく言っときなさい。
杉子　はぁい。

桂太郎が戻って来る。

桂太郎　お姑さん！
杉子　あんた、どんな男だった？
桂太郎　割合い、ちゃんとした恰好の男だよ。神社の方へ行った。お姑さん、若旦那が見えましたよ。
松子　えっ？　珍しいね。

堀川家の長男竹次郎（50）出る。

竹次郎　やぁ……しばらく。母さん元気そうだね。
松　子　どうしたんだい、今日は。
杉　子　兄さん、いらっしゃい。
竹次郎　会社が忙しくて、なかなか来られないんだ。母さん変ったことはないかい。
松　子　お陰さんでね。菊次郎が出世したってね。
竹次郎　母さん、もう知ってるのかい。
桂太郎　業界じゃ評判ですよ。係長になられたんでしょう。大日本木材の係長ですからねえ、大出世ですよ。
竹次郎　あれで、務まるのかねえ。
杉　子　兄さん、鼻が高いねぇ、章子嫂《ねえ》さんも喜んだでしょう。
竹次郎　しかし、同じ会社だから、倅《せがれ》の出世も周りに気を遣うよ。（笑う）
杉　子　お母さんは、初めての孫が出世したって大喜びだったわよ。
竹次郎　孫と言っても、菊次郎はもうすぐ三十だよ。（笑う）けやきちゃんはいくつになったかな。
杉　子　中学生だから、十三かしら、十四になったのかな。
竹次郎　梅子や楠枝も変りないのかい。
松　子　二人とも、変らなさ過ぎて、困ったもんだよ。
竹次郎　（笑う）午前中、仕事で、赤坂まで行ったんだけど、日の丸の小旗を持った人が大勢出てたけど、今日は何の日だい。
杉　子　やだ兄さん、今日は、御成婚でしょう。パレードの人出よ。
竹次郎　ああ、そうか。
松　子　私もパレードを見て来たんだ。
竹次郎　えっ、母さんが。
杉　子　うちの人が留守番で、家中でお祝いに行ったのよ。
竹次郎　へぇー、そりゃ大したもんだ。
杉　子　凄い人出で、みんなばらばらになっちゃって、楠《くう》ちゃんも、梅子も、武さんも、けやきも、まだ帰って来ないのよ。
竹次郎　そりゃ、はぐれたんだろうなぁ。母さん、転んで怪我なんかしなくてよかったね。
松　子　お前、今日は、ゆっくり出来るのかい。
竹次郎　ああ。
松　子　菊次郎は来ないの？
竹次郎　昇進祝いだとか、付き合いだとか言って、このところ毎晩遅く帰って来るよ。今日だって朝から顔を見てないんだ。
杉　子　お母さんが、お祝いをしなくちゃあって、会いたがってるんだから、顔を見せなさいって言っといてよ。
松　子　あの子も一人前になったんだから、そろそろ嫁を取らなきゃいけないねぇ。

竹次郎　はっはは……嫁をもらうにしたって、何だか、落ち着きのない奴だからなあ。

松　子　竹次郎、奥へ行こう。たまには、お父さんにも挨拶くらいしなさいよ。

竹次郎　ああ、そうだったなぁ。お彼岸にも来なかったしな。花でも買ってくればよかった。

冨美、戻って来る。

冨　美　どうもすみませんでした。

松　子　どうしたの……やっぱりお金かい。

杉　子　あんた、持ってたの？　大丈夫？

冨　美　それが……今日は、お金をくれたんです。

松　子　えっ？

杉　子　本当!?

冨　美　ええ、少しだけど、小遣いにしなって、ほら、これです。（封筒を見せる）

松　子　へぇー、気を付けなさいよ、あとが恐ろしいよ。

冨　美　へぇ……、近い内にまた、来るって。

松　子　それごらん。

杉　子　でも嬉しいじゃないの、あんたのことを忘れないで来てくれて、お小遣いを置いて行くなんて……なくさないように、しまっておきなさいよ。

冨　美　へえ。

松　子　冨美ちゃん、清《せい》さんの所へ電話して、出前、頼んどくれ。竹次郎も食べるから、員数分だけ、早めに持って来てもらってよ。

冨　美　若旦那、いらっしゃいまし。

竹次郎　やあ、冨美さん、お安くないねぇ。

冨　美　いやですよ、おからかいになっちゃ。

松　子　竹次郎、奥へおいで……冨美ちゃん、奥へビールを出しておくれ。（去る）

冨　美　はい。（暖簾口に入る）

入れ替わりに桂太郎出る。

竹次郎　（内緒っぽく）桂さん、組合から何か聞いたかい。

桂太郎　ええ……川村さんからちょっと。でも、本当なんですか。

竹次郎　うーむ、木場もこのままじゃ、どうにも身動きとれなくなるからなぁ。

桂太郎　若旦那の所の大日本木材さんや、尾張木材さんのような大手も承知したんですか。

竹次郎　承知もなにも、うちや尾張さんの幹部が、移転協議会の実行委員に加わっているんだよ。

桂太郎　どこへ移転するんです。土地はあるんですか。

竹次郎　埋立てだろうな、港湾局も乗り出して来てるらしいから。今までのように、陸での作業でなくて、海だろうな。木場も全然違った形になるんだろうねぇ、あまり、先のことでもないらしい。桂さんも、そのあたり、頭に入れておいた方がいいよ。

桂太郎　はぁ……ありがとうございます。

竹次郎　親爺に線香でも上げて来ようか。（去る）

SE　電話

桂太郎　もしもし、堀川商店でございます。もしもし、堀川商店ですが、どちらさんですか……もしもし、（切れる）……あれ……切れた。

堀川家の三女楠枝（38）と娘のけやき（15）出る。楠枝は急ぎ帰ったといった風情。

楠　枝　義兄《にい》さん、ただいま。すみません留守番させてしまって。ああ疲れた。

けやき　おじさん、ただいま。おばあちゃんは？

桂太郎　おかえり。おばあちゃんは、杉子伯母さんと冨美さんと、とっくに帰って来たよ。

楠　枝　やっぱり帰ってるの……この子と、武さんとで探し廻ったのよ。だって、はぐれちゃったんですもの。

桂太郎　杉子もあなた達を探したらしいよ。あれ、梅さんは？

楠　枝　梅姉ちゃん、帰ってないの？

桂太郎　はっはは、みんな、迷子ですか。

楠　枝　本当！　けやき、手を洗って嗽《うがい》して。

けやき　はい。（暖簾口へ去る）

楠　枝　今日は私が留守番で、桂太郎義兄さんにけやきを連れて行ってもらうことになってたのに、ごめんなさい、留守番させてしまって。

桂太郎　いや……山岸さんから電話が掛かるのを忘れてたもので、急に楠枝さんに行ってもらって、慌ただしい思いをさせて、私こそ、すみませんでした。武さんは、帰っちゃったの？

楠　枝　組合の川村さんを送って行きました……あの、義兄さん……。

桂太郎　はい、何です？

楠　枝　いえ、何でもないの。あ、武さん帰って来た。

番頭の戸越武吉（60）出る。

楠　枝　武さん、御苦労様でした。

武　吉　川村さん送って来ました。旦那、ごめんなさい、店番させちまって……。

桂太郎　御苦労さん、みんなの世話で疲れたんじゃないの。

楠　枝　の？

武　吉　そうよ、武さんはお母さんの手を引いて、前の方の見やすい場所へ連れてってくれて、武さん、案外、素早いのね。

武　吉　なぁに、訳もねえことで……。

堀川家の次女梅子(49)出る。

梅　子　(無言で入って来る)

桂太郎　おかえんなさい。

楠　枝　梅姉ちゃん、ごめんね、はぐれちまって……。

武　吉　方々探したんですがね、見つからねえもんですねぇ。

梅　子　私は行きたい所があったの、はぐれた訳じゃない。

武　吉　それにしてもあの人出だ、心配しましたよ。

楠　枝　一人でどこへ行ったのよ。

梅　子　銀座、千疋屋で、フルーツポンチを食べて来たの。一人でのんびり出来てよかった……武さん、今度、連れてってあげる。(奥の座敷口へ上って)楠枝、靴を戻してといて。

楠　枝　厭味ねぇ、一人でのんびりして、楽しかったですって。いつも一人じゃないのさ。

桂太郎　そんなこと言っちゃいけませんよ。これから嫁に行くかも知れないんだから。

楠　枝　梅姉ちゃん、いくつだと思ってるの。それに、あぁ偏屈じゃ貰い手はないよ。

桂太郎　それは言い過ぎだよ。

楠　枝　私も人のこと言えないか……子連れの出戻りだものね。

武　吉　(梅子の靴を持って暖簾口へ入る)

桂太郎　そんなこと言ってないで、奥へいらっしゃい。竹次郎さんが見えてますよ。

楠　枝　あら珍しい……また母さんに心配かけに来たのかな……顔を見てやろう。どんな用事かすぐ判るんだ、顔色一つで。

桂太郎　楠枝さんの勘も今日は、はずれだな。お祝い事で見えたんですよ。

楠　枝　判るもんですか。私の勘は当るのよ。(武吉、戻って来る)武さん、今日はありがとう。(去りながら、)梅姉さんの靴すいませんでした。

武　吉　いや。

SE　電話

武　吉　私が出ますよ……へぇ、もしもし堀川商店です。もしもし……あれ？　ガシャンと切れちゃった。(受話器を置く)

桂太郎　……？……(受話器を取って、耳に当ててみる)

武吉　（煙草をくわえる、マッチを探す）

SE　ポンポン蒸気船の音　水鳥の鳴き声

―溶暗―

第三場

前場から一、二ヶ月くらい経過した初夏

SE　ポンポン蒸気船の音

武吉が一人、新聞を拾い読みしている。

SE　電話

武吉　（老眼鏡を机へ置き、下手へ）へぇ堀川商店です。ああ、へぇ戸越ですが。旦那は今、仕事場です。丸美屋さんですか、毎度どうも。今、呼んで来ますから。え?……へぇ聞いてますよ、木曽檜の上丸太。それで旦那は仕事場に入ってるんですよ、磨き屋さんも来てるしね。欅《けやき》の床柱？　うちでもいいけどね、欅は、大木《だいもく》さん系統だよ、広葉樹だもの。旦那に訊いてみますよ。ええ、電話するように伝えますよ。へぇ、どうも……。（切る）

杉子が暖簾口より出る。

杉子　番頭さん。

武吉　……（今の電話のメモをとっている）

杉子　番頭さんてば！

武吉　え、私？

杉　子　私も何も、あんたしか居ないじゃないの。

武　吉　番頭さんなんて呼ばれるのが馴れてねぇもんで……。

杉　子　うちへ来て何年経つのよ。お父さんが生きてる頃でしょ、二十年になるわ。

武　吉　ガキの頃から川並《かわなみ》で修業して来たんでね。いつまでも筏《いかだ》乗りのつもりでいてはいけねぇと思うんだけどね、三つ子の魂百までってから。

杉　子　三つ子なんて可愛いもんじゃないわよ。片付かないから早く昼ご飯食べちゃって下さい。

武　吉　旦那が倉庫ですよ。店空ける訳にいかないから、戻ったらいただきます。

杉　子　あらそう……戻ったわよ。

暖簾口から桂太郎と綾が出る。

杉　子　（綾に）お疲れさんですね、終り？

綾　はい、終りました。

杉　子　あなた、お昼は？

綾　会社へお弁当、置いてきちゃったんです。帰って食べます。

杉　子　私も手伝わなきゃいけないんだけど、風戸さんが来てくれるんで、つい怠けちゃって……。

綾　いいえ、私も呼んでいただくと、給料の他に手間賃を上乗せしてもらえるんで助かるんです。ありがとうございます。

杉　子　じゃ、どうも御苦労さんでした。番頭さん、ご飯。

武　吉　今の、磨き、丸美屋さんの分ですか。

桂太郎　そうですよ。

武　吉　電話がありましたよ。

桂太郎　ああ、かけ直します。

武　吉　じゃ旦那、店、頼みます。（綾へ）ご苦労さん。

杉子、武吉、去る。

桂太郎　（机の上の封筒を取り）これ、精算書です。課長に渡して下さい。

綾　はい、あの、今度はいつ頃？

桂太郎　丸太の磨きは、毎日でもあるけど、尾張屋さんの人をそうそう便利使いする訳にはいきませんよ。

綾　そんな……ここに一日中詰める訳じゃないし、私の手間賃だって、会社へ支払ってるんでしょ、遠慮はいらないわ。お願いしますから、呼んで下さいな。

桂太郎　課長の方に連絡します。

綾　待ってますから……、（袋に封筒を入れる）あら、タオル忘れたわ。

桂太郎　取って来ましょう。

綾　いえ、いいんです。

桂太郎　持って来ますよ。

綾　他にもありますから、いいです。いやだわ、この前もハンカチを忘れて、会社へ届けて下さったわね。

桂太郎　よく忘れ物をするんですか。

綾　いつもって訳じゃないわ。時々忘れるの……あの……明日うちの会社へいらっしゃる？

桂太郎　明日は判らないけど、二、三日うちに伺いますよ。

綾　その時持って来ていただけますか。

桂太郎　いいですよ。

綾　（指して）仕事場の奥の乾燥室へ入った所の丸太の後ろにあります。小さなタオル、畳んで置いてありますから。後でしまっておいてね、女物のタオルなんか、お家の人に見られたらおかしいわ。

桂太郎　平気ですよ。

綾　じゃ、きっと持って来て下さいね、あれ一つしかないから……。

桂太郎　えっ？

綾　ごめん下さい。（去る）

武吉、暖簾口から出る。

武吉　どうもすみません。

桂太郎　もう、食べちゃったの。

武吉　川並は早メシでね。丸美屋さんに電話しましたか。

桂太郎　あ、忘れた。（ダイヤルを廻す）あ、もしもし、丸美屋さんですか、堀川です。和田さん？　先日はどうも、ええ、揃いましたよ。だけどさ、欅の床柱の方は、うち専門じゃないから、大木さんか、須藤商店さんに頼めば……いや、うちでもいいけどさ……。

座敷口から、竹次郎と菊次郎（28）が松子と出て来たので、声を落とす。

菊次郎　おばあちゃん、ご馳走様でした。

竹次郎　やぁ昼休みに家でめしを食ったのは何年ぶりかな。ビールまで呑んじまっていい心持になっちまったよ。

松子　竹次郎はいいけど、菊次郎は、係長になったばかりの若い者が昼間からビールなんか呑んでいいのかい。

菊次郎　だって、おばあちゃんが出すんだもの。

竹次郎　まぁ倅も大日本木材の係長サマだ、ビールくらい、大目に見ていいだろう。

松子　親馬鹿だね、まったく。

桂太郎　会社へお戻りですか。
竹次郎　桂さん、すみませんね、仕事中に上がり込んで……。
桂太郎　今まで、あまり見えなかったのですから、これからは、ちょくちょくいらして、昼めしでも晩めしでも召し上がって下さい。ここは若旦那の実家じゃないですか。
竹次郎　倅の前で若旦那はやめてくれよ、親爺の威厳が保てないよ。（笑う）
松　子　桂太郎、あんた竹次郎から、この辺一帯の材木屋がどこかへ移るって話を聞いたんだって。
桂太郎　ええ、以前にちょっと。
松　子　何で私に黙ってたの。今、竹次郎から聞いて吃驚《びっくり》したよ。
桂太郎　はぁ、すみません。
暖簾口から、杉子と楠枝出ている。
竹次郎　いや、母さん、そんな噂もあるといった程度のことですよ。急ぐことでも、驚くほどのことでもないんだ。桂さんだって母さんにいらぬ心配をかけまいとして黙ってたんだと思うよ。
松　子　その程度の話でもなかったじゃないか。お前、ぺらぺらと、この堀川商店も、商売が難しくなるようなことを言って私を吃驚させたじゃないか。
菊次郎　それはね、おばあちゃん、立場の違いだよ。
松　子　立場がどう違うのさ。
菊次郎　うちの親爺は、昔からの木場の仕来《しきた》りで、長男は家業を継ぐことが出来ないで、他の養子にやられるか、他の店へ修業に出されるかで、家を継いだのはこの堀川家へ入って、あとで杉子叔母さんのお婿さんになった、桂太郎叔父さんだろう。桂太郎叔父さんとしては、この家を守る義務があるじゃない、責任があるんだもの。ちょっとした噂なんかでおばあちゃんや家の人達に心配かけられないじゃないか。だから、話がもう少し、はっきりするまで、誰にも知らせなかったんですよ。ねぇ叔父さん、そうですよね。
松　子　そうなのかい桂太郎。
桂太郎　菊次郎さんの仰《おっしゃ》る通りで……。
楠　枝　（杉子に）甥っ子に仰るなんて言う？　菊次郎の言う通り、でいいのよねぇ。
杉　子　うるさいよ。
竹次郎　母さん、心配いらないよ。話がもっとはっきりしたら、桂さんにも知らせるからね。
桂太郎　お願いします。
菊次郎　個人商店より、やっぱり大きい会社の方が、情報は入りやすいですからね。

桂太郎　仰る通りです。

楠　枝　また、仰る通りですって言った。

杉　子　うるさいって言うの！

竹次郎　母さん、何かあったとしても、俺達が、大日本木材が悪いようにはしないよ。菊次郎、行くぞ。

暖簾口から梅子、出る。

梅　子　あら、兄さん達まだ居たの。

竹次郎　今、帰るところだよ。

梅　子　武さん。

武　吉　はい。

梅　子　高橋まで行くの、一緒に来てちょうだい。

武　吉　駄目ですよ、お店があります。

梅　子　桂太郎さんが居るでしょ、武さん居なくても大丈夫よ。

武　吉　そうはいきませんよ。

梅　子　暑いんだから一緒に来てよ。

武　吉　私しゃ日傘じゃないんだから。

梅　子　ぶつぶつ言ってないで来てったら。

武　吉　（困って桂太郎を見る）

松　子　武さん、暑いのに御苦労だけど、付いていってやってよ。言い出したら聞かないんだから。

武　吉　へぇ、それじゃあ……。

松　子　梅子、家の者が店先から出入りしちゃいけないよ。玄関から出なさいよ。

梅　子　玄関からは不便なの。大廻りじゃない。大通りへ出るのは、店先から川っぷちを通るのがずっと早いわ。

武　吉　お嬢さん、行きますよ！（出る）

梅　子　行って来ます。

竹次郎　相変らずだな、あの偏屈。

松　子　そんなことをいうものじゃないよ。

竹次郎　とうとう、嫁に行きそこなったな。

杉　子　おやめなさいったら、兄さん。

竹次郎と菊次郎、去りかかると、正面から芸者の園子(25)出る。

園　子　（外を見ながら）こんにちは。ねえ梅姉ちゃん、武さんとデート？

松　子　おや、園ちゃん、一人？

園　子　あら、山岸会長さん、いらしてない？

桂太郎　ああ、ここへいらっしゃるの？

園　子　そうなのよ、お宅で待合せしたのよ。

松　子　じゃじき見えるだろ、まあおかけなさい。

菊次郎　おばあちゃん、こちらは？
松　子　富岡町の園子さん、深川一の名妓《めいぎ》ですよ。
園　子　やだ、おかみさん、私なんか駆け出しですよ。こちらさんは？
松　子　私の息子と孫よ。大日本木材さんにいるのよ。
園　子　まぁ、大日本木材さんに……大木さんにはいつもお世話になっております。園子です。よろしくお願い申します。
菊次郎　堀川菊次郎です。よろしく。
園　子　やだ、おかみさんには、こんな立派な息子さんとお孫さんがいらっしゃるんだ……。
楠　枝　立派な娘もおりますよ。
園　子　はいはい、判っておりますよ。
杉　子　園ちゃん、お茶でも入れるから、おかけなさいよ。
松　子　竹次郎も園ちゃんを知らないんじゃ、あまり、いい所で遊んでないね。
竹次郎　俺達はサラリーマンだよ、こんな綺麗な人が居るとこで遊べる訳がないだろ、菊次郎、園子さんに見とれてないで、帰るぞ。
園　子　あら、もうお帰りですの？　じゃ、そこまで御一緒させていただいて、いいかしら。
菊次郎　どうぞどうぞ。
桂太郎　山岸の旦那はどうするの？
園　子　ちょっと牡丹町まで用達しに行って来ます。すぐ戻りますから、山岸の旦那見えたら、待ってて下さいってお願いして下さい。じゃ、堀川さん、そこまで御一緒に参りましょ。
竹次郎　これはこれは、では行きますか。また来るよ。
（去る）
菊次郎　桂太郎叔父さん、また来ます。（去る）
桂太郎　やぁ、また……。（送って出る）
菊次郎　じゃあ参りましょうか！
楠　枝　桂太郎義兄さん、ちょっと来て。
桂太郎　何です。
楠　枝　ちょっと、ここへ座って。（椅子に座らせる）この間から、お母さんと杉姉ちゃんとも話してたんだけど、訝《おか》しいと思わない？
桂太郎　何がですか？
楠　枝　竹次郎兄さんよ。
桂太郎　若旦那のどこが訝しいんです？
楠　枝　だって訝しいじゃない。桂太郎義兄さんが、杉姉ちゃんと一緒になってから、ずいぶん長い間この家《うち》に来なかったじゃない。竹次郎兄さんはさ、家から、大木さんに住み込んで修業に入って、大木の社長さんに目をかけられて店員から社員にしてもらったじゃないの。大木の方も、急に業績を伸ばして、木場で一、二の材木会社になっちゃったもんだから、竹次郎兄さん、実家なんか鼻も引っ掛けないって感じで、一歩も家に寄りつかなかったじゃない。

松子　やっぱり修業に出されて、うちには、桂さんが跡取りとして入ったのが、面白くなかったのかねぇ。

楠枝　それは、木場の仕来り通りに、お父さんの考えでしたことよ。どこの家だってしてきたことじゃない。お母さんが気に病むことないわよ。

桂太郎　私がこちらに来たのが、いけなかったんですかね。

杉子　あんた、今さら、何言うのよ。

楠枝　ちょっと待ってよ、話の核心がずれちゃってるわよ。そんなこと言ったら、大木の社長の親戚の章子さんをうちのお父さんやお母さんにも会わせないで嫁に決めてさ。竹次郎兄さんの結婚式なんかどうだった？　大木の社長の親戚に囲まれちゃって、堀川の人間は、一般の招待客と同じ扱いだったじゃない。

松子　そんなお前、昔のことを今さら言わなくったって……。

楠枝　だからさ、そんな竹次郎兄さんが、このところ、何かにつけて母さん母さんって家へ出入りするのよ、訝しいじゃない。

杉子　あんた、どう思う？

桂太郎　竹次郎さんが、母親のところへ出入りするのを、僕がどうのこうの言えないよ。

松子　まぁ、前に比べるとよく来るとは思うけど。

楠枝　何か、裏があるんじゃないかなぁ。

松子　親子ですからね、裏も表もないよ。あの子は菊次郎が大木で出世したんで嬉しいんだよ。今日だって、菊次郎を見せに来たんだよ。

楠枝　菊ちゃんだったら、ここんとこ、一人で来てるじゃない。親子で入れ替わり立ち替わりお母さんに会いに来るなんて、やっぱり訝しいわ。

松子　そうかねぇ、杉子も訝しいって思ってるのかい？

杉子　私はこの人がどう思ってるかによるわよ。あんた何か思い当ることある？

桂太郎　いや……別に……。

杉子　そう、この人が何も感じないんだったら、私も感じない。でもさ、楠《くう》ちゃんの言うように、裏があって母さんに近づいているんなら筋が違うじゃない。この堀川の主人はこの人よ、この人を無視して母さんに近づくなんて失礼じゃないのさ。

楠枝　失礼も何もないわ、裏工作っていうのは崩しやすいところを攻めるの！

松子　梅子も何か言ってるかい。

楠　枝　梅姉ちゃんは、我関せず、昔からそうじゃない。

桂太郎　あの……竹次郎さんから木場の移転話は何となく伺いましたが、具体化するのは、まだ先だと思うのです。また、今の仕事の上でも、尾張木材さんとは協力がありますが、大日本木材さんとは、全く交渉はありません。強いて言えば、堀川家の長男さんとその息子さんがおられるのが、多少の接点ですが、楠枝さんが言われるような、商売上の裏工作を若旦那がなさるとは思えませんので、もう少し様子を見ては如何でしょうか。お姑《かあ》さんに心配かけても、お身体に障りますし……ねぇ楠枝さん、どうでしょうか。

楠　枝　義兄さんがそう言うならそれでいいけどさ、昔から何となく竹次郎兄さんのこと読めちゃうんだ。修業の見習いの頃から、人に取り入るのが上手だったしね。

杉　子　楠ちゃん、おやめなさいよ。

楠　枝　はいはい、出戻りは口を挟みません。

杉　子　何もそんなこと、言ってないじゃない。

桂太郎　私、ちょっと出掛けますんで、お姑さん、店の方、お願いしていいですか。

松　子　はいよ、誰か来るとか、電話が掛かるとか、ないかい。

桂太郎　はい、ありませんが、私、居なくていいですかね。

松　子　何で？

桂太郎　山岸の旦那、来るって園ちゃん言ってましたよね。

松　子　あ、忘れてた。何だい園ちゃんも帰って来ないね。私が居るからいいよ。

桂太郎　じゃ、お願いします。

杉　子　あんた、どこへ行くの。

桂太郎　梶本銘木店さんまでね。

杉　子　八幡様の裏の？

桂太郎　赤松の皮付きを見せてもらおうと思って……。

杉　子　ちょうどよかった、伊勢屋さんに寄って仏さんのお団子買って来て下さい。

桂太郎　お不動さんとこの？

杉　子　そう、魚三へ寄って来ちゃいけませんよ。

桂太郎　ああ、早く帰ります。

桂太郎、小さな鞄を持って出ようとする。
けやき、下校姿で帰って来る。

桂太郎　やあ、おかえり。（去る）

けやき　ただいま。

松　子　こら、けやき、家の者が店先から出入りしちゃいけないって言ってるだろ。玄関へ廻りなさい。

けやき　だって、こっちの方が便利だもの。
松子　仕方がないねえ。
けやき　お母さん、これ。（鞄から袋を出す）
楠枝　ああ会費か……手を洗って嗽《うがい》をして。また会費かぁ。
松子　大変だねぇ、学校も。

杉子、楠枝、けやき、暖簾口へ去る。
松子、一人残り、所在なさ気に座る。

SE　水鳥の鳴き声　ポンポン蒸気船の音

―溶暗―

第四場A

前場から二、三ケ月経過、秋
中央のソファに土地の素封家、元建設会社社長・山岸碌之助（65）が新聞を読んでいる。女中の冨美がお茶を持って出る。

冨美　会長さん、お茶入れ替えて来ました。
山岸　ありがとう。
冨美　一人きりにしてすみません。
山岸　おかみさんも武さんも居たんだけど、いつの間にか居なくなっちゃった。
冨美　今日は、園子姐さん、来ないんですか。
山岸　いや、もうすぐ来るだろう。
冨美　何でこんな色気のない所で、いつも待合せするんですか。
山岸　だって園子にしても、こんな爺さんとフルーツパーラーなんかで待合せして人目につくのは厭だろう。ここなら、絶対に目立たないからな。（笑う）
冨美　旦那は深川じゃ有名人ですものね。
山岸　（笑う）桂さんは、どうした？
冨美　木材会館で組合の会合だって、朝一番で出掛けました。

山岸　ふーん……そうかい。

冨美　じゃ旦那、店番お願いします。

山岸　はいよ……あ、冨美ちゃん。

冨美　はい。

山岸　見たぞ、見ましたよ。

冨美　あら、何を見たんですか。

山岸　この間、この間って言っても、大分前だがね。神社の境内で逢引きしてたろ。

冨美　どこの神社ですか？

山岸　金毘羅さんだよ。

冨美　あらやだ、御覧になってたんですか。

山岸　御覧になった訳じゃないけど、通りすがりにちらっとね。誰だい、背広着込んだ色男は、え？

冨美　とっくに切れた男ですけど、近頃また、時々現れるんですよ。

山岸　やっぱり冨美ちゃんが忘れられないってかい？

冨美　客はあの一人じゃなかったのにねえ。

山岸　客って何だ。

冨美　洲崎にいた頃の客ですよ。

山岸　おいおい、ずいぶん、あっけらかんと言うんだな。じゃ何かい、お定まりの、金かなんかせびりに来るのかい。

冨美　いえ、そのさかさまです。時々来てはお小遣いをくれるんですよ。

山岸　へぇ、ちょいといい話だね。で、何してるの、その男。

冨美　藤倉*の下請かなんかに勤めています。

山岸　へぇ、大したもんだ、益々いいねぇ。冨美ちゃん、一緒になっちまえよ。

冨美　ええ……そんなようなこと、時々匂わせるんですけど、私がねぇ、ふんぎりつかなくて……。

山岸　一緒になっちまえ、なっちまえ、応援するよ。

冨美　（苦笑する）

山岸　うん、そいつは、いい話だよ。冨美ちゃん、お茶もう一杯おくれ。

冨美　お茶ばっかり上がって。おビールでも、お持ちしましょうか。

山岸　桂さんに叱られちまうよ、お茶でいいよ。

冨美　はい、旦那、つまらない話して、ごめんなさいね。

山岸　いや……早く決めちめぇなよ。（笑う）

冨美　（微苦笑する）

桂太郎、帰って来る。

冨美　おかえんなさい。（暖簾口へ去る）

桂太郎　ただいま……あ、会長さん。

山岸　組合だって。
桂太郎　はあ、朝から今までです。
山岸　ややこしいこと言ってたろう。
桂太郎　はあ、色々と……。
山岸　大日本木材、来てたかい。
桂太郎　はい、もちろん。
山岸　桂さんに何か言ったかい。
桂太郎　……。（困惑）
杉子　あら、おかえりなさい。

杉子、桂太郎の机へ行き、封筒を取る。暖簾口から綾が出る。綾に渡す。

杉子　どうも、御苦労様でした。
綾　はい。（受け取る）旦那さん、今日も少し残りました。明後日参ります。
桂太郎　はい、判りました。
杉子　いつも、すみませんね。
綾　いえ、いつもありがとうございます。旦那さん、今日の木は何と言うんですか。
桂太郎　ああ、出節《でぶし》丸太、槇《まき》ですよ。節が多いから、磨きにくかったでしょう。
綾　いえ……槇ですか。

山岸　それウチのかい？
綾　あ、会長さん、気が付きませんで、お久しぶりでございます。
山岸　馴れましたか。
綾　はい、どうにか。
山岸　また、会社の方へ行きますよ。
綾　はい、お待ちしています。じゃあ失礼します。（去る）
杉子　御苦労様です。（送る）ああ、あの人、会長さんの口利きで尾張木材さんに入ったんでしたね。
山岸　ああ。
桂太郎　感謝してましたよ、あの人。
山岸　いや、大したことじゃない。

桂太郎、暖簾口に入る。杉子も入ろうとして、山岸が一人になると気付く。

杉子　あら、やだ、お母さん、どうしたんだろう。（座敷へ行く）お母さん、お母さん！　会長さん放っといて何してるの。
山岸　いいんだ。先刻《さっき》まで、話してたんだ。
杉子　仕様がないわね。（座敷に入る）

桂太郎、戻って来る。また、女物のタオルを持って出る。そっと、ポケットに入れる。外から園子出る。手に土産物を持っている。

園子　こんにちは……会長さん、お待たせしちゃってごめんなさい。

山岸　忙しそうだな、ここに居るの判ってるんだから、電話をくれれば、この次にしてもよかったんだ。

園子　そんなこと、仰らないで……。（松子と杉子出る）あ、おかみさん、こんにちは。

松子　おや、園ちゃん、遅かったねぇ。

園子　すみません。何だかだでいやになってしまう。

松子　あんたも富岡じゃ売り出しの園子ちゃんだ。大切な御贔屓《ごひいき》様をあまりお待たせしちゃあ、いけないよ。

園子　ごめんなさい……はい、おかみさんにお土産。

松子　おや、私に、ありがとう。

武吉、帰って来る。

武吉　ただいま。会長さん、いなくなっちまって、すみません。

山岸　仕事だろ、遠慮することはない。

武吉　旦那、OKでしたよ。

桂太郎　ああ……御苦労さん。

SE　電話

武吉　へぇ、もしもし、左様です。ああ、坊ちゃんですか、戸越です。おかみさんですか、今、替わります。大日本木材の菊次郎坊ちゃんです。（松子出る）

松子　もしもし、どうしたの、え？　私かい、別に変りはないよ。はい、はい、判ったよ、また、おいでよ。はい、さよなら。（電話を切る）変な子だね。用もないのに、元気かいって。この間、来たばかりじゃないか。あ、桂太郎さん。

桂太郎　はい。

松子　組合の会合はどうだったの？

桂太郎　はぁ、色々とお達しがありましたね。今まで大目に見られていた、道路を使っての荷役の禁止とか、水路の荷役も橋桁沈下のため不可能になり、木材の搬出搬入が困難になりつつあるとか、木場より大きな埋立地に移転させて、木場にある貯木場を埋めて、公園や住宅地にする計画があるとかって。

松子　堀を埋めちまうのかい。冗談じゃない、今までの木場がなくなっちまうじゃないか。ねえ、山岸の旦那、どうなっちゃうんです、この辺は。

山岸　うーん、材木屋も、種目によって色々分かれるからなぁ。堀川商店には、あまり影響はないんじゃないかなあ。埋めるって言っても、古石場には、あまり掘割はないし、まさか、平久川《へいきゅう》や越中島川は埋めないだろう。おかみさん、あまり心配しなくても大丈夫だよ。

松子　そうですかねぇ。

山岸　おかみさん、気分転換に舟遊びでもしないかい。

松子　何です、舟遊びって？

山岸　今日ね、木場の旦那方を二人ばかり呼んで、夕方から月見酒と洒落こむんだ。色っぽい処が、園子一人じゃ心もとない。どうだい、お松さん、行かないかい？

園子　あら、嬉しい、おかみさん、行きましょ！

松子　私しゃ遠慮しときますよ。杉子、お供しといでよ。

山岸　おいおい桂太郎さんに叱られちまうよ。

松子　じゃ、梅子にしましょうか。

山岸　梅ちゃんなら誰にも叱られないけど、ちょいと恐ろしい。

杉子　会長さんたら、梅子はやさしいですよ。

暖簾口から梅子出る。

梅子　会長さん、何が恐ろしいの、聞えましたよ。

山岸　これは、しまった。はっはは。

梅子　生憎《あいにく》ですけど、ちょっと用足しに出掛けますの、今度また誘って下さい。

山岸　判った判った、行っといで。

梅子　武さん、ちょっと付き合って。

武吉　駄目ですよ、仕事中です！

梅子　そうね、今日は勘弁してあげる。会長さん失礼します。

山岸　ああ。

梅子　(去る)

園子　会長さん！　舟は六時でしたね。

山岸　ああ、六時に吉野屋から出るよ。

園子　それまでにちょっとお不動さんの脇の若柳《わかやぎ》のお師匠さんの所へ用達しに行きたいんですけど、いいですか。

山岸　ああいいよ。でも遅刻はいけないよ。舟が出ちまうよ。

園子　すみません、必ず時間までに吉野屋さんに伺います。じゃ、おかみさん、ごめんなさい。

松子　はい、さよなら。

園子　(去る)

松子　何だかあの子も近頃落ち着かないねぇ。

山岸　桂太郎さん、先刻の話の続きになって悪いんだけど、木場が移転する場合の代替地は、やっぱり十四号埋立地かい。

桂太郎　はい、十三号は駄目で、新しく、十四号というのが浮上したようです。

山岸　うん、やはりそうかい。それで、移転した場合の形態は今まで通りかい？

桂太郎　いえ、近代化と体質の改善だそうで、移転は店舗だけです。

松子　店だけってどういうことよ。

桂太郎　移転先に人は住んではいけないそうです。製材所や会社だけの所は、そのまま移ればいいのですが、例えば、うちみたいな店は、この店だけが移って、あの座敷から奥はここに残るんです。

松子　じゃあどうやって商売するのよ。木場じゃ昔から家があって、人が住んで、そこに店があって家族や、番頭さんや小僧さんがいて、みんな一緒に商いをして来たんだよ。店と住まいを切り離しちまっちゃ、材木屋なんか出来やしないよ。

桂太郎　切り離すのが、近代化と体質改善だそうです。

松子　やだやだ、私しゃ、ここを動かないよ。店もこのまま、住まいもこのまゝ、お父さんが残してくれたんだもの、それをなくす訳にはいかないよ。

山岸　それでいいんだおかみさん。だから、先刻言ったじゃないか、この店は、ここで、このまま、商売すればいいんだ。それより、おかみさん、少し休んだ方がいい。(杉子に) 杉ちゃん、お母さんを休ませて下さい、少し疲れさせたようだ。

杉子　はい、お母さん、失礼して奥へ行きましょうか。

松子　私は平気だよ。

杉子　今日のところは、会長さんに失礼して、奥へ行きましょう。

松子　そうかい……旦那すみませんね。

山岸　私も長居をしてすまなかったね。

松子　じゃ、ごめんなさい。

松子、杉子、奥へ去る。冨美、お茶を持って出る。

冨美　山岸の旦那、お茶のお替りです。

山岸　あ、忘れてたよ。ありがとう。

冨美　なんか、難しい話をしてたんで、出そびれちまって。二度入れ替えましたよ。山岸の旦那、木場は変ってしまうんですか。

山岸　仕方がないね、だから冨美ちゃんも変ったら？

冨美　私も変るってなんですか？

山岸　なーに、先刻の話だよ。

冨美　あら、いやですよ。

山岸　桂さん、冨美ちゃんに、いい話があるらしいよ。

桂太郎　どうしたんですか?
冨　美　やめて下さいよ、もう旦那の馬鹿。(暖簾口へ入る)
山　岸　はっはは……。
桂太郎　冨美ちゃんに、いい人でも出来たんですか。
山　岸　はっはは、まぁ、そんなところかな。いい人って言えばねぇ……先刻の園子にも、出来たのかなぁ。
桂太郎　え、園ちゃんにってどういうことです?
山　岸　どういうことって、別に不思議じゃない。芸者といえども若い女の子だ。
桂太郎　でも、あの妓《こ》は、会長が……。
山　岸　贔屓にしてるだけだ……それだけだ。しかし、相手がなぁ……。
桂太郎　相手って誰です。
山　岸　先刻、電話があったろう。ねぇ、武さん。
武　吉　えっ? 園子さんにですか?
山　岸　いやぁ、おかみさんにだよ。
武　吉　ああ、でもあれは、大木の菊次郎さんからですよ。
山　岸　おかみさんが出たあと、変な子だね、この間、来たばかりなのにとかなんとか、変なこと言ってたね。
武　吉　へぇ……。
山　岸　あれは、合図だよ、呼出し電話だ。
武　吉　合図……。
桂太郎　まさか……。
山　岸　あれから園子はすぐ出て行ったろ。園子が、ここへ来てる時間を知ってて掛けて来たとすると、二人とも、互いの予定は、よく判ってるんだな。と、いうことは……。
桂太郎　しかし、会長さんと園子さんのことは。
山　岸　知らないんだよ、菊次郎さんは……。この間から二人でいるところを見た者のご注進が多くてね。弱っちまうよ私も……。でもね、当分の間、おかみさんには言っちゃいけないよ。二人とも、判ったね。
二　人　は、はい!

SE　電話

武　吉　は、はい! もしもし、堀川商店です。へぇ、どうも……ちょぃとお待ちを。旦那、尾張木材の課長さんの代理の方です。
桂太郎　はい……もしもし代わりました、桂太郎です……課長さんから何か……えっ? 何です……(顔面蒼白となる……という風情)は、はい……しかし今は……判りました。(切る、受話器を置く)
山　岸　桂さん。

桂太郎　あ、はい……。
山岸　出掛けるのかい。
桂太郎　は、はい、課長さんが、急に、会いたいと……。
山岸　ふん……あのことかな？
桂太郎　あ、あのことって……？
山岸　桂さん、武さん、今日、明日ということはないと思うがね、大日本木材が尾張木材を通じて、何か言って来るかも知れない。木場が移る前にね。
桂太郎　やはり、そうなりますか。
山岸　なるだろうね。大木としては、堀川と木曾の三太郎さんとのルートが、どうしても欲しい筈だ。
桂太郎　もし、言って来たら、おかみさんには何って言えばよろしいのでしょうか。
山岸　私を呼んどくれ。おかみさんに言う前に必ず呼んどくれ、いいね。
桂太郎　はい……。
山岸　じゃ、そこまで、一緒に出ようか。
桂太郎　大変なことが、二つも三つも重なって。
山岸　はっはは、私のことはいいよ。さ、行こうか。
桂太郎　武さん、尾張屋さんの課長さんに会いに行ったと言っといて下さい。
武吉　奥さんにですか。
桂太郎　そ、そう、家内に言っといて下さい。

武吉　へい……。
桂太郎　じゃ会長、お先に失礼します。（去る）
山岸　あれ、行っちゃった。一緒に出るって言ってるのに……武さん、舟へ、一緒に行かないかい、一杯やろうよ。
武吉　とんでもねぇ、木場の旦那衆と御一緒出来ませんよ。
山岸　そうかい……。昔は旦那衆より川並の方が偉かったもんだがねぇ……。
武吉　昔だって旦那の方が偉いですよ。（笑う）

けやき、楠枝、帰って来る。

けやき　お母さん、お店から入ると、おばあちゃんに叱られるよ。
楠枝　構やしないよ、あら会長さん。けやき、御挨拶なさい。
けやき　こんにちは。
山岸　やぁ、大きくなったね、小学生だったかな？
けやき　中学二年です。
山岸　そうか、中学生か、早いものだ。（財布からお札を出す）はい、お小遣い。
けやき　お母さん……。
楠枝　会長さん、すみません。いただきなさい。

けやき　ありがとうございます。
楠枝　けやき、手を洗って、嗽をして。会長さん、お母さん呼んで来ましょうか。
山岸　いや、今、帰るところなんだ。武さん、あんたにも話があったんだが、この次にしよう。じゃ、また。
武吉　ごめん下さい。
楠枝　ありがとうございました。
山岸　（去る）
杉子　（座敷から出る）山岸の旦那、帰ったの？
武吉　へぇ、今。うちの旦那は、尾張木材へ出掛けましたよ、課長が会いたいんだそうで……。
杉子　そう、今頃から何だろう……晩ご飯どうするのかね。聞いてない？
武吉　何にも言ってませんでしたよ。
杉子　……（テーブルの湯呑みを片付けて暖簾口に入る）
武吉、煙草をくわえる。また、マッチがない。
SE　水鳥の声　ポンポン蒸気船の音
―溶暗―

第四場B

同じ日の深夜
店の灯りは消えていて暗い。出入口にはカーテンが引いてある。
やがて微かに、鍵を開ける音。
桂太郎、帰って来る。しばし呆然と立っている。物音に気付いて、カーテンを開く。外に綾が立っている。驚いて身を引く桂太郎。綾、入って来て、桂太郎に抱きつく。
綾　……ごめんなさいね……でも、楽しかったわ……。
（素早く外へ出る）
桂太郎、慌てて、鍵をかけ、カーテンを引く。
桂太郎　……（溜息と共にうずくまる）
SE　夜鴉《よがらす》の声二、三羽　風の音
―幕―

第二幕

第一場

前幕より一年が経過している初夏の夕方

舞台に誰も居ない。

SE　海猫の声　ポンポン蒸気船が通る

外から冨美が買い物籠を下げて帰って来る。上手座敷口から武吉が出る。

冨美　ただいま、番頭さんまだ居たんですか。

武吉　終りそうもないね。

冨美　じゃ番頭さんも帰れないいね。

武吉　帰れないよ。

冨美　奥へお茶を入れ替えなくていいかしら。

武吉　先刻《さっき》、若いおかみさんが入れ替えてたよ。

冨美　番頭さん、お茶入れてあげようか。

武吉　いらない……そろそろこっちの時間だ。（呑む手つきをする）

冨美　本当だね……でも日脚《ひあし》が伸びたねぇ、まだ明るいものねぇ。

けやきが帰って来る。

けやき　ただいま……。

冨美　おかえりなさい。

けやき　お母さんは？

武吉　奥で、皆さんと一緒ですよ。

座敷で言い争う声がする。

武吉　冨美さん、中へ入った方がいいよ。

けやき　武さん、どうしたの？

冨美　お嬢さん、部屋へ入りましょう。

けやきを促して暖簾口へ入る。座敷から、松子、桂太郎、杉子、楠枝、竹次郎、菊次郎が出る。各々の履物をはいて、土間に下りる。

楠枝　お母さん、だから言ったでしょう。訝《おか》しいわよって……。

竹次郎　だから、何が訝しいんだよ。

楠枝　昔から竹次郎兄さんが、お母さんに近寄る時は、決って、頼み事や、おねだりがある時よ。今度も変だなあと思ってたのよ。

竹次郎　俺のどこが変なんだよ。

楠　枝　だってそうじゃない。菊ちゃんの前で言うの悪いけどさ、菊ちゃんが高校へ入った時だって、大学入試に合格した時だって、お母さんは必ずお祝いをしたでしょう。その時だって、章子嫂《ねえ》さんはお礼に見えたけど、竹次郎兄さんは顔も出さなかったじゃない。それが近頃、やたらと顔を出して、お母さんの機嫌をとって、お昼ご飯まで食べちゃってさ、また何か頼み事があるんだろうなあって、誰だって思ってたわよ。それが今度は、堀川商店がひっくり返っちゃうような難題をお母さんに持ちかけて来てさ。堀川商店より先に、お母さんが、ひっくり返っちゃうよ。

松　子　私は、そう簡単にひっくり返りはしないけど、桂太郎、木場がどこかへ引越すかも知れないって話をしたのは、いつだったっけね。

桂太郎　はぁ、去年の今頃だと思います。

松　子　その時たしか、引越したくない店はここに残ってもいいって言ったねぇ。

桂太郎　はい、その通りですが。

松　子　だから私は、安心してお父さんの残してくれたこの店と家で、他の材木屋がみんないなくなっても、ここで堀川商店をやっていけると思ってたんだ。それが何だい、先刻の竹次郎の話だと、ごちゃごちゃと喧しくて、私の思ってるような生活は出来なさそうだね、どうなの、竹次郎。

竹次郎　いや、何も母さんの今までの生活をぶち壊すなんて話じゃないよ。今まで通りここで店もやっていけるし、この家で暮して行けるって言ってるじゃないか。

松　子　でも、そこに、お前の会社が入って来て口を出すんだろ。

竹次郎　口を出すんじゃないよ。一緒に仕事をしませんかって話だよ。

松　子　何で一緒に仕事をしなくちゃいけないの。うちは、大木《だいもく》さんや、尾張屋さんと組まなくても困りゃしないんだ。まして、竹次郎の会社とは取引はないだろう。

杉　子　ちょっと待ってよ、今は、この店の代表は、うちの人ですよ、堀川桂太郎です。なんで、そんな重大な話、うちの人の頭越しにお母さんに持ち込んだの。うちの人をないがしろにしたの？　失礼じゃないの。

竹次郎　正式な話は、尾張木材から、桂さんに来る筈だよ。うちの会社が尾張木材に業務提携を申し込んで、これは、賛同の返事が来ているんだ。あとは、尾張木材と仲が良くて、木曾の三太郎さんの所と、強力なルートを持っている、この堀川も、一緒にやろうじゃないかと、尾張木材から話が来ると思う。その前に身内の俺や、菊次郎から、話をしてくれないかってね、まぁ……大日本木材に言われたんだよ。

桂太郎 なるほど、大木さんとしては、うちと木曽の三太郎さん、京都北山の洛北木工さんとのルートが欲しいという訳ですか。それで堀川を傘下に入れたいのですか。

菊次郎 桂太郎叔父さん、大木にだって、日本にしかない、木の王様と言われる欅《けやき》の強力な仕入れルートは、あるんですよ。しかし、高層ビルの乱立する近頃は、どうしても、木材の需要が少なくなる傾向にある。これからの木材業は間口を広く、奥行きを狭く、何でも扱うようにして行かなくては、取り残されますよ。木場移転後は店舗だけの経営団地になりますから、これを機会に、内装材の専門の尾張木材と堀川商店と提携して新しい移転先の木場での生き残りを図るんです。堀川商店にしたって、うちや尾張木材という強力会社と一緒にやれるなら、いい話だと思いますよ。いつまでも、昔通りの仕事をしていては、行き詰まるのは目に見えてますよ。ねえ、おばあちゃん、大木には、うちの親爺や孫の僕がいるんですよ、悪いようには、しませんよ。

松子 ……。

楠枝 ずいぶんご親切なのね、菊ちゃんの会社は。でもね、この堀川は、うちのお父さんが、木曽から出て来て、たった一人で立ち上げたのよ。いくら木場が新しく生れ変ると言っても、それで取り残されるほど、力のない店じゃないわ。お父さんと弟の木曽の三太郎さんとの直接取引は、うちにとって、強力な武器だわ、財産だわ。竹次郎兄さんが、その堀川の長男だというところに目をつけて業務提携なんて名の元に、堀川を吸収しようなんて、理不尽だわ。そうでしょう、竹次郎兄さん。

菊次郎 楠枝叔母さん、うちの会社だって商売だから、うま味のない所とは、業務提携なんてしませんよ。そうですねぇ、叔母さんの言う通りかも知れませんねぇ、木曽の三太郎さん所との直接取引なんて、うちにとっては魅力かも知れませんねぇ……。

楠枝 そら、本音が出た。結局大きい会社は貴重な財産を持っている小さな所へ狙いをつけて、取り込んで太って行くのよ。それは、乗っ取りと言うのよ。そんなこと、私達がさせないわよ、竹次郎兄さん。

竹次郎 どうも女というのは極論に走るねぇ。事業という

松　子　ものは、そんな単純なものじゃないよ。大木のような大会社が、社員の親の店を乗っ取るなんて考えてもいないだろうさ。まぁそんなに神経質になることはないよ。しかし今日は久しぶりに木曾の三太郎さんなんて名前をずいぶん聞いたな……。母さん、三太郎さん、元気にしてますか。しばらく会ってない。

ああ、元気ですよ……お前達、先刻から、木曾の三太郎さん、三太郎さんなんて、気安く呼んでるけど、あの人は、うちのお父さんの弟ですよ。三太郎叔父さんと言いなさいよ。三太郎叔父さんと……。

SE　電話

武　吉　もしもし、堀川商店です……もしもし、ちょいと電話が遠いんですが、もしもし、はい、そうです、ああ、どうもこれは……へぇ、戸越武吉です……へぇどうも。ちょいとお待ちを……おかみさん、木曾の三太郎さんから……（一同振り向く）三太郎叔父さんからの電話です。

松　子　武さんは、叔父さんをつけなくていいんだよ。

武　吉　へぇ。

松　子　はい、電話代わりました、松子です。まあ、お久しぶりです……はい、お陰様で、何とかやってますよ……まあ、嬉しいこと、へぇ、ありがとうございます……はい……えっ？　何です……いえ、知りません……そうですか……いつですか……はい、知りませんでしたよ……はい、はい……判りました……ありがとうございます……ええ、聞えてますよ（椅子に座る）……はい大丈夫ですよ、あの……おかみさん、藤枝さんは元気にしてらっしゃいますか……そりゃ、よござんした。よろしくお伝え下さいまし……はい、判りました。こちらこそ、よろしくお願い致しますです……はい、ごめん下さいまし。（受話器を置く、ぐったり動けない）

杉　子　お母さん、どうしたの……お母さん！

松　子　……木曾の三太郎さんの所へ尾張木材と大日本木材の人が挨拶に来たってさ、何の挨拶だい？

楠枝・杉子　ええーっ？

松　子　話はずいぶん進んでいるんじゃないか！……そうなんだろう、竹次郎。

竹次郎　……。

楠　枝　竹次郎兄さん！

竹次郎　（帰る）

菊次郎　（ペコリ頭下げ帰る）

一同、見送り固まる。

SE　電話が鳴る　鳴り続ける電話

武吉ゆっくり手を伸ばす。

第二場

前場より二、三ヶ月経過している初秋

舞台、誰もいない。

SE　遠くから、祭り囃子が聞えてくる　ポンポン蒸気船の音

杉子が、暖簾口から出て、正面、出入口の所へカーテンを引きに行く。冨美がよそ行きの恰好で出る。

冨美　奥さん、本当にいいんですか。

杉子　気にしないで行っといでよ。

冨美　お店は休みでも、奥には休みなんかないのに。

杉子　あんたこそ、なかなか休みを取ってあげられないんだから、今日はゆっくりしといでよ。

冨美　すいません。

杉子　楽しんでおいで、羨ましいね、デートなんて。私なんか忘れちまった。

冨美　いやですよ、古い焼け棒杭《ぼっくい》ですよ。山岸の旦那が一緒になっちまえってからかうんですよ。

杉子　一緒になればいいのに……。

冨美　なんか、ふんぎりがつかなくて……。

杉子　ほら、早く行って、ふんぎりつけといでよ。
冨美　じゃ、行かしてもらいます。
杉子　ゆっくりしといでよ。
冨美　すみません。（出て行く）

座敷から、松子が出る。杉子は、カーテンを半分閉める。

杉子　お母さん、どうしたの。
松子　ああ。（上り框に座る）
杉子　店は休みなんだから、奥にいなさいよ。
松子　ああ……。
杉子　どうしたのよ、ぼんやりして。近頃のお母さん、おかしいよ、しっかりしてよ。
松子　何かねぇ……厭になっちまって……。
杉子　また、竹次郎兄さんのこと、気にしてるの。
松子　今になって気にしても仕方ないけどさ。この齢《とし》になって、息子から、こんな仕打ちを受けるとは思わなかったよ。
杉子　それは考え過ぎよ、竹次郎兄さんだって、そんなこと考えてないでしょ。ただ、世話になった大木《だいもく》の言うことを、少しは聞かないといけないでしょう。そんなこと考えないで、奥へ行きましょ。休みの日は、お店も休ませてあげなけりゃ。お父さん言ってたでしょ、休みの日には、店へ入るな、店も休ませてやれって。
松子　そうだったね。
杉子　さ、奥へ行こう。
松子　はいよ……。（奥へ入る）

間。

SE　ポンポン蒸気船が通る

けやきが帰って来る。誰も居ないのを確かめて、外へ呼びかける。

けやき　早く入って下さい。

楠枝の元の夫、花崎春男(48)が出る。

春男　いいのかい、誰かに叱られないかい。
けやき　でもお母さんに会いに来たんでしょう。ここに居て下さい、呼んで来ますから。
春男　外で待ってようか？
けやき　今日はお店お休みですから、店の前でうろうろしないで、ここに居て下さい。
春男　けやきちゃんだよね。

けやき　そうですけど、けやきちゃんなんて、馴れ馴れしく呼ばないで下さい。

けやき、暖簾口に入る。楠枝が出る。

楠枝　あんた、まだ約束の時間には早いでしょう。

春男　落ち着かなくて、早目に出て、つい店の前まで来ちまったら、あの子が……。

楠枝　けやきにどうやって会ったのよ。

春男　あの子が帰って来て、誰か家の者に用ですかって言うから、君の名前を言ったら入れてくれたんだ。あの子、僕のこと、憶えていないのかなぁ。

楠枝　憶えているものですか、あんたが居なくなったの、あの子が五つの時よ。

春男　五つくらいの時の記憶って案外しっかりしてるもんだけどなぁ。君、外へ行こう、また、お母さんに叱られるからさ。

楠枝　今日はお店はお休みなの、休みの日は店には入れないことになってるのよ。だから、誰も来ないから外より安全なの。奥と店って、案外離れてるのよ。

春男　だからってゆっくりしてられないよ。どうだった、お母さんや姉さん達に話してくれた？　ねぇ。

楠枝　まだ話してないわ。

春男　え、まだ？　何故なんだ。

楠枝　私、まだ、あんたの所へ帰るなんて、言ってないわよ。

春男　そ、そんな……。

楠枝　だってそうでしょ、私とあの子を捨てて居なくなって、十年ぶりに帰って来て縒《よ》りを戻そうったって、虫がよすぎるわよ。

春男　そんなら、二年前に久しぶりに会った時、何故、あんなこと……。

楠枝　それとこれとは話は別。第一、あんなことのあと、またふらふらと行方不明になったじゃないの。そんな腰の定まらない人の所へなんか、危なくて戻れないわ。

春男　あの時言わなかったけど、あれから秋田へ行ったんだ、話が決ってたんでね。秋田で腰落ち着けて、木材の仕事をしていたんだよ。

楠枝　また、うまいことを言って……。

春男　本当だよ。それで今度、こっちの支店に回されたので、今度こそ、君とやり直そうと思って、恥を忍んで会いに来たんだよ。けやきをいい娘に育ててくれて、どうもありがとう。

楠枝　父親面するんじゃないよ！　私は家族の反対を押し切って家を出たのよ。けやきが生れて、親子三人、人並みの家庭を持てましたって、親達に認めてもらおうと思った矢先、あんたは、女をつくって私の前から居なくなったわ。私は小さな子供抱えてどうすればいいのよ。家の者に、それみたことかって、言われながらも、詫びを言って、この古石場の家へ戻るより仕方ないじゃない。私がどんな思いでこの家へ戻ったか、あんたには判らないでしょ。もういやなのよ、いつまた、居なくなるか判らない人の所へなんか帰れません。けやきも、いい娘に育ってくれて、私は今のままでいいの……お願いよ、もう二度と来ないで下さい。

春男　そんなこと言わないで、君の所から居なくなって一年くらいで雅美と別れて。

楠枝　雅美⁉

春男　いや、ごめん。女と別れて途方に暮れたけど、僕にも意地があって。

楠枝　意地⁉

春男　いや恥ずかしくって……すぐには君の所へ帰れなくて、時間が経ってしまって、でも、これからの僕の人生を考えた時、どうしても君が必要で、戻ってもらいたくって、お願いに来たんだ！

楠枝　勝手なことを言わないで。私とあの子の今までの人生はどうなのよ、この十年は何だったのよ。帰って下さい。

春男　……。

間。

正面出入口から梅子と武吉、帰って来る。武吉、両手に紙袋。

梅子　あれ、楠枝、何してるの……お客さんなの？

楠枝　あの……おかえりなさい。

間。

梅子　武さん、荷物を私の部屋に入れといて。

武吉　へいへい。（暖簾口に入る）

梅子　（それと察して）楠枝、この人、どなた？

楠枝　花崎さんよ。

梅子　花崎、知らないね、誰なのよ。

楠枝　……梅姉ちゃん、意地悪言わないで。

梅子　（じろりと春男を見る）私は、これの姉の梅子です。

春男　……。

梅子　あんた、挨拶ぐらいしなさい。

春男　はい、はじめまして、花崎春男です。

梅子　はじめてだよ私も。私の妹に、子供を生ませて居なくなった男らしいね。そうなんだろう、あんた。

楠枝　梅姉ちゃん。

梅子　それで？　今日は何の用ですか。

春男　……あ、あの……。

楠枝　あんた、帰って……もう話は済んだから……。

春男　今日は、帰れません。

楠枝　あんた……。

梅子　ほう、今日は帰れませんて開き直ったね。じゃ、話の続きは私が聞こうかね。人の家に入り込んだ上に、開き直られたんじゃ、このままじゃ、済まされないね。

楠枝　梅姉ちゃん！

梅子　お前は黙っといで！

武吉が戻って来る。

武吉　私は、これで帰りますよ。

梅子　武さんも居てちょうだい。

武吉　私は外の者ですよ。

梅子　私が頼んでるのよ、居て下さい！

武吉　今日は休みなのに。

武吉、仕方なく机の前に座る。

梅子　いいかい、お前達二人、この家の者が知らないところで、野良犬みたいな真似をしてたんだ。私の母親だって、私達姉妹だって、知らん顔を極め込んでた訳じゃない。十年も、妹を放っぽっといて家の者をないがしろにしてまた、くっついたり離れたりじゃ私達の立場がない。花崎だか、花散るだか知らないが、今日は帰れないと言う理由を聞かせなさい。

春男　楠枝さん……。

楠枝　梅姉ちゃん、悪いけど、これは、私とこの人の問題よ、お願い、黙ってて。

梅子　そうはいかない。みんなの反対を押し切って勝手に家を出たんだ。

楠枝　そうよ。でも、それは、さっきこの人に同じことを言ったわ。

梅子　何回も言うよ。その揚げ句、捨てられて帰って来て、この十年、お前はこの家の居候だよ、お母さんや杉姉ちゃん夫婦に食べさせてもらってたんだ。

楠枝　梅姉ちゃんだってそうじゃない。

梅子　話の焦点をぼかすんじゃない！　だからね、今度ばかりは私達第三者の介入を拒絶する権利はないよ！　あんた、今度は正式に別れに来たのかい。

春男　いえ、とんでもありません。

梅子　ふん、楠枝と娘を捨てて居なくなって、十年も経って帰って来て、縒りを戻そうたって、虫がよすぎるよ。

楠枝　それもさっき、同じこと、この人に言ったわよ。

梅子　それも今度が初めてじゃないだろ。一年か二年前、楠枝に会おうとして、お母さんに追い出されたろう。それからまた、ふらふらと行方知れずになってたじゃないか。そんな腰の定まらない男のところへなんか、危なくてこの子を戻す訳にはいかないね！

楠枝　それも言ったわよ、私が言ったこととそっくり同じことを、何度も言わないでよ。梅姉ちゃんは、こんな経験をしたことないから、時々、私が姉ちゃん達にこぼす話を受け売りで偉そうに言ってるだけじゃない。だから、第三者は黙っててって言ってるのよ。もういいわよ。

梅子　何だいその言い草は、私はあんたの為を思って言ってるんだ。黙ってろとは失礼だろ、許さないよ。

楠枝　もういいや、放っといて、放っといてよ！

梅子　楠枝！（打つ）

春男　あっ！（割って入る）姉妹喧嘩はやめて下さい、僕が悪いんですから。

梅子　当り前だ！　お前のためにこうなったんだ。

春男　謝ります、今までのことは心からお詫びします。二度と過ちは致しませんから……（梅子をじっと見つめる）

梅子　何だい、その目付きは。

春男　お義姉《ねえ》さん。

梅子　厚かましい！　お義姉さんと呼ぶな！

春男　お義姉さん、改めてお願い致します。楠枝さんを私にください！　今度こそ幸せにします！　お願いですから。（泣く）

座敷口から松子と杉子とけやきが出る。

楠枝　お母さん、杉姉ちゃん。

春男　お姉さん、お願いします、お願いします。（号泣している）

梅子　おい、花崎。

春男　はい！……

梅子　私の一存って訳にはいかないよ。（指す）

春男　えっ？（三人に気付く）お願いです、お願いします。（また泣く）

梅子　私は断固、反対します。

けやき　おばあちゃん、お母さん、本当にこの人、私のお父さんなの？

松子・楠枝　（頷く）

春男　（また号泣）

正面から桂太郎、山岸、尾張木材の柳下専務が出る。

山岸　何か取り込み中だったかな。

桂太郎　ちょっとお待ち下さい杉子。

松子　いいんですよ、何でもないんですよ。さ、どうぞ。

山岸　いいのかい……お取り込み中すまないが、尾張木材の柳下専務が、おかみさんに話をしたいと仰るんで、お連れしたんだが。

柳下　お取り込み中でしたら日を改めて……。

杉子　いえ、ちょっとお待ち下さいましてお母さん（花崎を指して）いいんですか、何か言わなくて、いいんですか。

松子　いいよ、楠枝が決めれば……。もう仕方がないじゃないか。

杉子　楠枝、いいのかい！

楠枝　……。（頷く）

杉子　（けやきを連れ出し）じゃあ、三人でどこかで、ゆっくり話をしなさい、判ったね。

春男　ありがとうございます。お義母さん、お義姉さん、ありがとうございます。

梅子　私は反対だからね。

杉子　早く行きなさい。

楠枝、春男、けやき、正面へ出る。

山岸座る。梅子、山岸に目礼して暖簾口へ去る。

武吉　じゃ私はこれで、ごめん下さい。

桂太郎　あ、武さん、すまないが、あんたも居て下さい。

武吉　え？……私、今日はお休みで……。

桂太郎　判ってます、（にっこり笑って）武さん、あとで一杯やりましょう。

武吉　さいですか。（座る）

柳下　（桂太郎に）さっき、出て行った男の人は？

桂太郎　はあ？……ええと……あの何か？

柳下　いえ、今度、うちの子会社へ秋田から移って来た人じゃないかと思いまして。

桂太郎　そうですか。

柳下　おかみさん、改めまして、私、尾張木材の柳下でございます。

松子　はい、存じあげておりますよ。

柳下　恐れ入ります。亡くなられた御主人には、大変お世話になりました。若い頃から、仕事を色々教えていただいて、深い御恩がございます。

松子　御挨拶痛み入ります。どうぞ、おかけ下さいまし。

柳下、山岸、椅子に座る。

柳下　実は、先頃、こちらの先代社長の弟さんの木曾の三太郎社長さんの会社に、おかみさんに断りもなしに大日本木材さんと手前どもの社員が御挨拶に木曾まで出向きましたことについてのお詫びに伺いました。お店がお休みと判っておりましたのに、御無礼を承知で伺いましたことをお許し下さい。

松子　木曾の三太郎から、電話が入りましたよ。大木さんと尾張さんが木曾までやって来たが、堀川抜きで来たということは木曾と堀川のルートを尾張さんにでも、売り渡したのかって、えらく心配してねぇ。

柳下　はい、まったく申し訳のないことを致しまして。私もびっくりして、私に何の相談もなく木曾へ出向いた社員をきつく叱責致しました。また、私が大木さんに行きまして、木曾とのルートは今後も私ども尾張木材が担当し、大木さんは手を出さないということで、話を決めてまいりました。

松子　確かでございますか。

柳下　はい、両社の合併取決めの文書にも、一項目入れることで合意しております。

松子　では何故、堀川抜きで三太郎の所へいらしたのかしら？

柳下　はい、そこでございますが、合併につきまして、持ち株、資本金の関係で、大日本木材主導で話が進んでおりまして、初代社長も、大木さんから出ることになっております。合併に先立つ挨拶廻りの一番に、大木さんが不得手の内装材のトップである木曾檜の取引の一番大きな、三太郎社長への挨拶は早急にという意向の大木さんの強引な誘いに、うちの係の社員が、引きずられ断れなかったということでございました。誠に申し訳なく思っております。

松子　話はそこまで煮詰まっているのですか。大木にいる私の息子達は何も言ってませんでしたよ。

柳下　大木の堀川さんにつきましては、今のところ、何も申し上げようがないのですが。実は、堀川さん、本日は、先日の御無礼のお詫びを申し上げる他に、お願いがあって参上致しました。

松子　お願いいって何ですか？

柳下　先程も申し上げましたが、今度の合併は、大日本木材が主導になっておりますが、社屋、仕事の分担等は、別々です。大木さんが、欅を中心にした広葉樹の建築材が専門ならば、うちは内装材をセールスポイントに、仕事の面では、対等以上の力関係を持つつもりでございます。その重要な一つが、木曾の三太郎社長ルートと、やはりこちら、

松子　堀川商店のもう一つの京都北山杉の洛北木工さんのルートが、大木さんと対等に会社経営する切り札ですが、その上、もう一つ、尾張木材が、大木さんを凌駕するのに必要なものがあるのです。
柳下　何です。
松子　人材です。優れた人材が必要です。
山岸　それは大変ですね。
柳下　柳下さん、そりゃ無理だよ。
山岸　よく判っております。
柳下　私は口添えは出来ないよ。
山岸　それでは、話が違うではありませんか。さっきは、会長の口から……。
山岸　そうは思ったがね、やはり無理だよ。君、頼みたまえ。
柳下　……やはり私が頼まなければいけませんか。
山岸　君の会社の為になることだろう。
柳下　あの……（ハンカチで汗ふく）堀川さん、合併後、尾張グループの仕事を軌道に乗せるまで、桂太郎さんを我が社に貸していただけないでしょうか。
松子　何ですって！
桂太郎　えっ。
杉子　あんた。
松子　馬鹿なことを言ってもらっては困ります。桂太郎はうちの主人ですよ。主人を欲しがってどうするんですか。
柳下　話だけでも聞いて下さい。我が尾張木材は……。
松子　何が我が尾張木材ですよ。お断りですよ。
柳下　我社が合併して、大木と対等以上にやって行くには、木曽や京都とのルートと共に、木を見る人材が必要なのです。
松子　そんなもの、よそへ行ってお探し！
柳下　お宅やうちのように銘木を扱う仕事には年季がいります。木を正確に見る眼を養うには最低十年はかかるのです。残念ながら我社には今、その人材がおりません。我社どころか、この木場を探しても十人とおりますまい。銘木を見分ける職人は、私の見る限り、桂太郎さんしか居ないのです。どうしても必要な人材なのです。お願いです。桂太郎さんを尾張木材にください。我社の存亡がかかっているんです。
松子　勝手なこと言わないでおくれ！　じゃ、うちは、お父さんが作った堀川商店はどうなってもいいのかい！
杉子　お母さん、落ち着いて、身体に障るから。
松子　大会社ってのは、いつだって、理不尽なゴリ押しをしてくるんだ。だがね、今度ばかりはお断りだ。

山岸　帰っとくれ！
　　お松さん、そんなに怒っちゃ、本当に身体に障るよ。まあ、話として聞いておきなさい。柳下さんだって無理を承知で頼んでいるんだから。
杉子　お母さん、その通りですよ。
松子　……尾張木材さんには、お父さんと私が、木曾から出て来た時からお世話になってますけど、そのお話はねぇ。
柳下　はい、判っております。途方もないお願いをして、さぞお腹立ちでしょう。私の方こそ、お詫び申し上げます。今日は、これで失礼致しますが、私どもとしては、簡単に諦め切れないお願いなのです。どうか、ご再考下さるよう、お願い申し上げます。
山岸　柳下さん、そこまで一緒に行きましょう。
柳下　えっ？　はい。
桂太郎　あの……よろしいですか。
山岸　何だい桂さん。
桂太郎　あの……。（立つ）
山岸　どうした……。（座る）
桂太郎　尾張木材さんからの突然のお話で、私に対して過大評価に尽きるお言葉をいただき驚いております。若い頃、堀川家に入れていただいて、先代の旦那さんから木材について教えていただき、近頃になって、何とか、堀川のためにお役に立てているかなと思えるようになりましたが、ただ今の柳下専務さんのお話は、私にとりまして望外で、ありがたいことだと思います。しかし、私は、この堀川へ就職したのではなく、養子として入ったので、大旦那亡き後はまがりなりにも、当家の当主でございます。私は、生涯、堀川家を離れるつもりはございませんし、堀川商店を放り出して尾張木材さんのお世話になるなど、到底考えられませんので。
柳下　いや……私は何も、堀川商店をやめてうちへ来てもらいたいと言っているのではなく、兄弟会社として、手伝ってもらえないかと頼んでいるんですよ。
桂太郎　専務さん、それでしたら、私よりもっと適任者がおります。
柳下　適任者？……そんな人が居るのなら、桂太郎さんに無理は言いませんよ。
桂太郎　専務さん、私に木材のこと、銘木について、教えてくれたのは、先代の旦那と、もう一人、そこにいる武さんです。
武吉　……？
柳下　戸越さん……。

桂太郎　武さんは、前は川並です。御承知のように川並は、運ばれて来た木材の良し悪しを判別して筏に組んでいたんですよ、筏の組み方ひとつで値段が上がったり下がったりするんですよ。武さんの目ひとつで、堀川はどんなに信用を積み上げたか、計り知れません。私は、木の見方を武さんに教わって、ここまでやって来られたんです。武さん、立ってこちらへ来て下さい。武さんなら尾張木材さんのお力になれると思います。如何でしょうか。

柳下　うーん、何とも即答しかねますが……戸越さん。

武吉　へぇ……はい。

柳下　おいくつになられましたか？

武吉　ちょうどです。

柳下　七十ですか。

武吉　六十です。

柳下　うーむ……。

山岸　柳下さん。

柳下　はい。

山岸　それこそ……今日のところは、話を聞くだけにしときなさいよ。あんたも、独断じゃ決められないでしょう。

柳下　はい……じゃ、そうさせていただきましょう。おかみさん、桂太郎さん、よろしいですね。

松子　……。（頷く）

桂太郎　よろしく、お願い致します。

山岸　じゃ、失礼しますよ。

二人去る。杉子送って出て行く。

桂太郎　武さん、勝手なことを言ってすみませんでしたねぇ。

武吉　とんでもねぇ、ありがたいことで……。

松子　武さんねぇ、考えもつかなかったねぇ。そうだよ、まだ若いんだから。

武吉　大旦那に恩返し出来りゃいいんだけど、大抵、駄目だね。齢だからね……。

桂太郎　武さん、さっきの約束だ、ちょっと呑みに行きましょう。

武吉　はい。じゃおかみさん！

松子　気を付けて行きなよ。

二人、去る。杉子帰って来る。

杉子　お母さん、楠《くぅ》ちゃん帰って来た。外でうちの人と話してる。

楠枝、けやき、帰って来る。

楠枝　ただいま。

SE　ポンポン蒸気船が通る

—溶暗—

けやき　ただいま。

楠　枝　お母さん、杉姉ちゃん、すみませんでしたね。梅姉ちゃんは？

杉　子　奥だよ。

松　子　話はどう決ったの？

けやき　お母さん、あの人のところへ帰るって。

松　子　けやきはどうするの？

楠　枝　一緒に来てくれるって。

杉　子　あのおじさんのところへ行くのかい？

けやき　うん……お母さん一人じゃ可哀想だから、また駄目ならお母さん連れて帰って来ますから、よろしく。

杉　子　住むところあるの？

楠　枝　近い内に、社宅に入れるらしいの、そこへ行くわ。

松　子　そうかい……。

杉　子　ふーん。

けやき　お母さん、おばあちゃんも、杉子伯母さんも、寂しそうだよ。手を洗って嗽《うがい》して来ます。（暖簾口へ去る）

間。

松　子　そうかい……行っちまうのかい。

第三場A

前場より数ケ月経過、初夏

SE　ポンポン蒸気船が行く　焼き芋屋の拡声器

武吉が暖簾口から何やら荷物を持って忙し気に出る。机のそばにあったボストンバッグに詰める。外から風戸綾が出る。

綾　こんにちは。

武吉　あ、風戸さん、今日、うちの仕事、あったっけ？

綾　ここのところ、ないのよ。近所まで来たから寄ってみたの。

武吉　あんたにはずいぶん世話になったね。うちは若いのがやめちまって旦那と俺だけだから、磨きの仕事まで手が廻らなくって、あんたが来てくれてるんで助かってるよ。

綾　でも、二人しか居ないのに、武さんが、この店やめちゃったら、ここの社長、困るでしょうに。

武吉　……何だい、もう知ってるのかい。

綾　ちょっとね、まだ発令はしてないけど、内定したって聞いたわ。

武吉　この間、おたくの専務の柳下さんが来てくれてね、旦那と俺に知らせてくれたんだ。なに、尾張屋さんが欲しかったのは、うちの旦那でね。尾張屋さんは当てがはずれて、がっかりだろうさ。

綾　そんなことないよ。武さんは、桂太郎さんの先生だったんでしょう？

武吉　馬鹿なことを言っちゃいけねえ。まあ、これからは、あんたは俺の上役さんだ、よろしく頼みますよ。

綾　何言ってるの。武さんは特別職だってさ、私にも色々教えてね。私もさ、もっと木のこと覚えて、女一人でも生きて行けるようにならなくちゃあ。今ね私、何だか心細くてさ。今日も、よそで磨きの仕事があったんだけど、何となく、ここへ寄りたくなってさ。武さんが居て、よかった。

武吉　何だい、あんたらしくもない。旦那も奥に居るよ。今、呼んで来てやるよ。

綾　いいのよ。呼ばなくて。別に用はないんだから……。

武吉　まぁ、そう言わずに……呼んで来てやるよ。

綾　ねえ、仕事場、覗いていい？

武吉　あそこは、あんたの仕事場みたいなもんだ、行っといで。

二人、暖簾口に去る。
SE　海猫の声　ポンポン蒸気船の音
間。
綾、出て来る。桂太郎、出る。

桂太郎　やぁ……どうしたの？

綾　……どうしたのって……今、武さんにも言ったんだけど、よそで磨きをしたあと、何となく寄りたくなったのよ、ごめんなさいね。

桂太郎　（奥を気にしながら）ここのところ、取り込みがあって、行けなくてすまないね。

綾　いいの、仕方ないもの。あなた、うちの会社に誘われたんですってね。

桂太郎　いや、そんな話もあったという程度のことさ、正式じゃないよ。

綾　会社じゃ、その話でもちきりだったわよ。私、心臓が止まりそうになるほど嬉しかったのよ、毎日、あなたに会えるって……。でも、うまい話って、世の中に、そうそうないわよねぇ。あなたは、うちに来る訳ないもの。考えたら、判りそうなものだわ。私の馬鹿さ加減に呆れたわ。（苦笑する）

桂太郎　僕が尾張木材へ移ったとしたら、僕と君とのことは何となく判ってしまうよ。君か僕か、どちらかが居づらくなるよ。

綾　そうね、そうなったら、あなた困るものね。でも、これからも、丸太磨きの仕事に呼んでね。それで私が忘れ物を置いて帰ったら、それを届けに来てちょうだい、それが私達の始まりだったんだもの。会社を終えたら、まっすぐ帰ってますから、いつでもいいから届けに来てね、今日のタオル。

桂太郎　え？　タオル、もう置いて来たの？

綾　あれ一本しかないの。不便だから、なるべく早く持って来て下さいね。（急ぎ足で帰って行く）

桂太郎　あ……君……今日は出られないんだよ。仕方がないなぁ……。今日のタオル……。

桂太郎、暖簾口へ入る。けやき、学校から帰って来る。
桂太郎、出る。

けやき　伯父さん、ただいま。

桂太郎　（慌てて）お、おかえり。

けやき　（暖簾口へ入る）

桂太郎、袋の中から赤いバスタオルを出す。それを戻し、慌てて出て行く。

裏から武吉が出て、ガラス戸手前、見送り閉める。

座敷口から杉子が顔を出す。

杉子　武さん、うちの人は?

武吉　尾張木材さんへ行きましたよ。

杉子　あら、そう。木曾の叔父さんが来てるのに、まあ、いいわ。

武吉　あの、若奥さん! ちょいと、お話が……。

杉子　夜にでも、来ておくれよ。

武吉　はい、そうします。

杉子、入る。

―早い溶暗―

第三場B

同じ日の夕刻、陽が落ちる頃

SE　ポンポン蒸気船の行く音

カーテンはまだ開いている。店は暗く、無人。

座敷口から松子が出て、店に下りる。店の中を一廻りして、ソファに腰掛ける。間。

外から急いで桂太郎帰って来る。店の中の松子に気付き、びっくりする。

松子　お帰り、御苦労さん。

桂太郎　た、ただいま……お、尾張木材さんまで、行って来ましたんで、遅くなって……。

松子　おや、そう。武さんのことでかい?

桂太郎　は、はい、この度、武さんは、尾張さんに移ることになりまして……。

松子　何を慌ててるの。私達が決めたことですからね。

桂太郎　そ、そうでした……私、ちょっと……。

松子　どこへ行くの?

桂太郎　顔を洗いに……。

松子　顔など、慌てて洗わなくよござんす。ここへお掛けなさいよ。

桂太郎　（変に覚悟を決めて）はい。（座る）

暖簾口から冨美が出る。

冨美　あの、おかみさん。

松子　何だい。

冨美　木曾の旦那さん、お夕食の前に、お風呂へ入っていただいていいですか。

松子　ああ、そうしておくれ。

冨美　はい……あの大分暗くなって来ましたから、お店の電気、つけましょうか。

松子　そうだね、気が付かなかった。つけておくれ。

冨美　（電気をつけて去る）

松子　ねぇ、桂太郎さん。

桂太郎　（上ずって）……はい。

松子　……木曾の店を主人の父親と弟の三太郎さんに任せて、主人と生れたばかりの竹次郎を抱いて、この深川へ出て来て、もう五十年になりますよ。

桂太郎　はい。

松子　はじめは、冬木町のふとん屋の二階に間借りして、お父さんは、木曾からの付き合いのあった尾張木材に勤めてねぇ。五年経って、独立して、この店を持って、それからまた五年経って、店の裏に今の家を建ててねぇ。楠枝はこの家で生れたんだもの。判らないのは、竹次郎が十五になった時、大日本木材さんに修業に出したことだよ。何故、尾張木材さんに修業に出さなかったのかねぇ。お父さんのすることに私は口を出さなかった。何か考えがあったんだろうからね。まあお陰で竹次郎も一人前になって、倅の菊次郎まで、あそこで係長にまでなった。でも、その辺りから、少し歯車が合わなくなって来ましたよ。今度の、木場移転に伴う合併話だ。お父さんが亡くなる前に、桂太郎さんがうちに来てくれて、杉子をもらってくれて、この堀川も、小さいけれど、お父さんの作った堀川として順調に来ていたのに、大きな会社に挟まれて、何か、しっくりいかなくなっちまった。もう、お父さんの、汗水たらして作った堀川の、暖かい、人間同士が助け合って行く商売は出来ませんよ。そう思わないかい桂太郎さん。

桂太郎　そうですね、私が来た頃は、朝、店の前を掃除していて、町内の店の前、みんな、掃いちゃって、お隣さんにお礼に蜜柑を一つもらったり、日曜日になると隣町から、御夫婦が、床柱や床板を見に来たり、大工さんが、お客さんを連れて来てくれたら、売上の一割くらい、返してあげたり、そんなのんびりした商売は出来なくなりますねぇ。何しろ、店だけが移って、商業団地が出来るんでしょう。朝九時に出勤して、夕方五時過ぎたらみんな帰っちまって、木場には、人っ子一人居なくなっちまうなんて、なんか寂しいですねぇ。

松　子　桂さん、私ね、木曾へ帰ろうと思ってるのよ。

桂太郎　えっ？　木曾へ、まさか。

松　子　（笑う）……その、まさかですよ。今も言ったけど、もう、お父さんの木場がなくなってしまうし、お父さんの堀川商店でなくなってしまって、これ以上、ここにいたって仕方ないものねぇ。

桂太郎　しかし、それは、あんまり突然なお話で……竹次郎の若旦那や、杉子、梅子さん、楠枝さんは、賛成なさったのですか？

松　子　子供達には、まだ話してません。

桂太郎　えっ？

松　子　まず、桂太郎さんに話すのが筋でしょ、あんたはこの堀川商店の主人です。あんたが賛成してくれたら、みんなに話そうと思ってたのよ。

桂太郎　しかし、私は養子です。まず、血の繋がったお子さん達の意見を聞いた上でお決めになるのが。

松　子　養子、養子と言うんじゃない！　あんたは、私の主人、死んだお父さんが決めて、迎えた、この堀川の当主です。当主の意見が最優先です。そうじゃありませんか、桂太郎さん！

桂太郎　はい、仰る通りかとは存じますが……。

松　子　では、賛成してくれますか？

桂太郎　はぁ……それは何とも。

松　子　反対なの？

桂太郎　……。あの……木曾へお帰りになるとしても、どなたと

松　子　一人で帰ります。

桂太郎　えっ、一人で！

松　子　桂さん、子供達には、それぞれの生活があるでしょう？　桂さんと杉子はこの店があるし、楠枝は、花崎さんのところへ戻ると言うし、梅子が木曾の山の中へ来る訳がないし、私一人で行きますよ。あっちにはお父さんのお墓もあるし、弟の三太郎夫婦がいるし、ちっとも心配はありませんよ。桂太郎さん、私を木曾へ帰しておくれ、お願いしますよ。

桂太郎　は、はい。ちょっと、ちょっとお待ち下さい……

（あたふたと暖簾口へ入る）

松　子　……お父さん、ごめんなさいね、私疲れちゃった。あんたのところへ帰っていいでしょ……お父さん。

杉子、出る。

杉　子　お母さん……！

松　子　桂さんに聞いてくれた？

杉　子　決めちゃったの？　お母さん。一人で木曾へなんか行ったら寂しいよ。

松　子　寂しくなんかないよ。

桂太郎、出る。

杉　子　あんた、どうしよう。あんた、お母さん一人で帰しちゃうの、あんた。

桂太郎　まあ、待ちなさい……お姑《かあ》さん、（椅子へ座る）私、堀川家の当主として言わせていただいていいですか。

松　子　構いませんよ、あんたが当主ですよ。

桂太郎　杉子……堀川家の当主として聞いてもらいたいことがあります。

杉　子　はい。

桂太郎　私とお前、おかあさんと一緒に木曾へ行こう。ね、杉子。

杉　子　あんた！

松　子　桂さん！……こ、この店……この店はどうするの!?

桂太郎　……もう、いいじゃありませんか。大旦那とおかあさんが立ち上げたお店です。おかあさんが幕を引いて下さい。大旦那だって、それでいいって仰いますよ。

松　子　桂さん。

桂さん　いいね、杉子。

松　子　でも、杉子が生れて、杉子が育った深川だよ、離れたくないだろう。

杉　子　私は平気よ、この人が木曾へ行ってくれるって言うなら、私はついて行く。気にしないで、お母さん。

松　子　桂さん、すまないねぇ。

桂太郎　これで決りましたね、おかあさん。

楠枝、けやき、出る。

楠　枝　母さん、どうしたのよ。桂義兄《にい》さんに聞いたわよ、そんな重要なことを何故、私達に相談なしで決めたの、誰に相談して決めたのよ。

松　子　桂太郎に、今、話したところなんだよ。桂義兄《にい》さんは、どう返事したのよ。まさか、賛成した訳じゃないでしょう。今さら、お母さんの齢で、木曾へなんか行ける訳ないじゃないの。第一誰が付いて行くのよ。私は行けないわよ。けやき

松子　の学校のこともあるし、花崎とのことだって。お母さん知ってるじゃない。お前に行ってくれなんて言いやしないよ。

座敷口から梅子出て来る。

楠枝　桂義兄《にい》さんだって、杉姉ちゃんだって、お店があるからお母さんと行けないじゃない。どうするのよ。梅姉ちゃんと二人で行くの？

梅子　私はいやよ。

楠枝　梅姉ちゃん、聞いたでしょ。杉姉ちゃんだって私だって、お母さんに付き添っては行けないのよ。行けるのは、梅姉ちゃんだけじゃない。

梅子　私は木曾の山の中なんか行かないよ。

松子　梅子、楠枝、実はね、桂さんと杉子が一緒に木曾へ行ってくれるって言うんだよ。

楠枝　えーっ⁉　じゃ、この店と家はどうするのよ。まさか店やめちゃう訳じゃないでしょうね。

松子　やめますよ。

楠枝　お母さん！

松子　お父さんが一生懸命大きくした店だけど、私はもう齢だ。気力もなくなった。菊次郎や竹次郎が世話になってるから、大木の言って来ることも、そうそう断れないし、尾張さんにも義理があるしねぇ。いっそ、堀川商店をきれいさっぱりなくしたらと、前々から考えるようになったのよ。幸い桂太郎と杉子が賛成してくれた。楠ちゃんは、花崎さんと一緒に、仲良くけやきを育てておくれ。でもねぇ、気懸かりは、梅子なんだ。一人だしねぇ、この家に住んでいればいいけど、この店も家もいずれは処分しなくてはいけないし。ねえ梅子、その時は、木曾に来ておくれ。都会っ子のお前が木曾の山の中になんか来たくないのはよく判るけどさ、私だって、桂さんや杉子だって待ってるからさ、そうしておくれよ。

梅子　いやよ。私のことは心配ないよ、子供じゃないんだから……。お母さんや杉姉ちゃんや楠ちゃんに会えなくなるの寂しいけどさ、急に話が、そう決っちまったんだろ、ショックだよ、こんなことになるとは思わなかったよ。でも、私のことなら放っといて……何とかなるよ。（奥へ去る）

SE　ポンポン蒸気船の音　海猫の鳴く声

間。

楠枝　可哀想に、あの偏屈が、泣きそうだったじゃない。本当にショックだったんだ。私だってショックだ

けやき　わ。この店も家もなくなっちまったら、私とけやきが帰るところがなくなるじゃない。心細いったらないわ。

楠枝　お母さん、また失敗して、帰って来るつもりなんだ。

けやき　そういう意味じゃないんだよ、バックボーンがなくなるってことよ。

楠枝　バックボーンって何のことよ。

けやき　けやきのバックボーンはお母さん、お母さんのバックボーンはおばあちゃん。背骨だよ。

楠枝　ふーん。

SE　風の音、ガラス戸が風に軋む

桂太郎　風が強くなって来た。（ガラス戸を開ける）

SE　ポンポン蒸気船が通る

桂太郎、ガラス戸を閉める。暖簾口から木曾の三太郎（70）が出る。

三太郎　嫂《ねえ》さん、腹が減ったよ。

松子　あれ、まぁ、すっかり待たせてごめんなさい。

三太郎　梅子ちゃんが泣いとったが……。

楠枝　やっぱり、泣いてたんだ。

三太郎　嫂さんが木曾へ帰る話、したんだね。

松子　ええ、今、皆に聞いてもらいましたよ。

三太郎　そうかい、兄貴も待ってる、そうした方がええ。

松子　杉子と桂太郎さんが一緒に来てくれるそうですよ。

三太郎　えっ！　そうかい、嫂さん、桂太郎さんに、あのこと頼んでくれたのかい。やぁ、よかった、助かった。

桂太郎　……？

杉子　……？

楠枝　三太郎叔父さん、あのこと頼んでって何よ！　やぁ助かったって何よ？

松子　（慌てて）いえ、それは、まだ。

桂太郎　叔父さん、何のことですか。

杉子　お母さん、三太郎叔父さんから、何か頼まれたの？

三太郎　いやぁ、わしも齢だで、桂太郎さんに木曾の店、やってもらえんだろかって、頼んだんだよ。

一同　ええっ!?

三太郎　東京の店も色々ややこしいらしいから、松子さんも木曾へ帰っといでよって言ったんだよ。

杉子　お母さん、話があべこべじゃない。

楠枝　お母さんは、自分の意志で木曾へ帰りたいって言ったじゃない。叔父さんに頼まれた桂兄さんのこ

松　子　となんか、一言も言ってないじゃないの。
楠　枝　いえ、これから言おうと思っていたのよ。いやですね、三太郎さんから、先にぺらぺら喋られたら。私が、この人達を騙したみたいじゃないですか。
松　子　騙したと同じよ。何だ、裏で三太郎叔父さんと、話を決めてたんだ。
桂太郎　違うのよ、三太郎さんの話を聞いている内に、私も、だんだん、その気になってしまったのよ。木曽へ帰りたくなったのよ。話があとさきになって、悪かったよ、ごめんね、みんな。
　まあまあ、杉子も、楠枝さんも、おかあさんを責めないで下さい。結果的には同じことじゃないですか。おかあさんからの話の時点で、みんなの気持は固まったんですから。叔父さんのお話は、僕達が木曽へ行ってからの話ですよ、お姑さんの気持を優先させてあげましょうよ、本当に結果的に同じことじゃないですか。
三太郎　杉ちゃんも、ええ婿さんが来てくれて幸せだな。
楠　枝　叔父さんたら、惚《とぼ》けちゃって……。
けやき　お母さん、さっきから、誰かガラス戸叩いてるよ。
楠　枝　風でしょう、ねえ桂兄さん。
桂太郎　そう、風が出て来たね。

けやき、ガラス戸を開ける。
SE　風の音、強く聞える
けやき　おばあちゃん、武さんが来たわ。
松　子　武さん？　戸なんか叩かなくて、さっさと入って来りゃいいじゃないか。
杉　子　さっき話があるって言うから、夜にでもおいでよって言ったの忘れてたわ。
桂太郎　武さん、お入りなさいよ。
けやき　武さん、どうぞ。みんないるよ。
武吉、おずおずと入って来る。背広を着ている。
武　吉　こんばんは。
桂太郎　どうしたんです、えらくおしゃれをして、どこかの帰り？
武　吉　いえ……おかみさんに、ちょっと、お話がありまして……。
三太郎　武さん、しばらくだね。
武　吉　木曽の旦那、昼間は御挨拶もしねぇで帰っちまって、失礼しました。
三太郎　いやぁ……。
松　子　武さん、何よ、私に話って？
武　吉　へぇ……その……。

桂太郎　武さん、話しづらいなら、僕達ははずそうか？
松子　何だい武さん、みんなに聞かれちゃ、まずいことかい。
武吉　とんでもない、そのさかさまで。
杉子　じゃ、みんなが聞いた方がいいの？
武吉　へぇ、まあ……。
松子　何ですよ、あんたらしくもない。遠慮しないで、言っとくれよ。何なのよ。
一同　（武吉を見る）
武吉　実は、身分違いの私の口から言いづらいんですが、もし、お叱りを受けたら、このまま帰りますんで。
一同　……？（顔を見合せる）
武吉　私……を、お預かり出来ないものかと。
一同　……？
松子　預かる？　何をだい？
武吉　い、いえ、……を、いただけないもんかと……申し訳ございません。
松子　さっぱり判らない、何が欲しいのよ。
武吉　お、お嬢さんです。
一同　えっ!?
松子　お嬢さん……！
楠枝　た、武さん、冗談じゃないわ。けやきは花崎の子なのよ。けやきは父親のもとへ帰れるのよ。あんたが何でけやきを欲しがるのよ。
松子　楠枝！……違うだろ。
楠枝　何が違うのよ。
松子　けやきの訳ないだろ、ねぇ武さん。
武吉　はい、もう一人のお嬢さんです。
一同　（松子を除く一同）ええっ!?
楠枝　まさか、梅姉ちゃんじゃないでしょうね！
武吉　身の程も弁《わきま》えず、申し訳ございません。おかみさん、梅子お嬢さんを頂戴できませんか……この通り、お願い致します。（土下座する）
一同　！……（無言）
杉子　……お母さん……。
松子　……武さん、手を上げて下さいな。
梅子　（暖簾口から出る）武さん、お母さんの言う通りにしてよ。私、土下座してくれるほど、高貴な人間じゃないよ。深川の材木屋の娘よ。さ、起きてちょうだい。武さん……。（武吉を立たせる）
楠枝　梅姉ちゃん、どうするの？
梅子　だから……私のことは心配しないで、子供じゃないんだからって……言ったじゃないか……。

間。

楠枝　杉姉ちゃん、私達、お母さんや梅姉ちゃんに一杯食っちゃったみたいだね。

杉子　そんなこと、言うもんじゃないよ。

　暖簾口から冨美が出る。

冨美　あのぅ……お膳の支度が出来ました。

松子　……三太郎さん、奥へ行きましょう。（武吉を無視）

三太郎　うん、腹が減った。

松子　（ちらっと武吉を見て）みんなご飯だよ。

　松子、三太郎、桂太郎、杉子、暖簾口から入る。

楠枝　冨美さんも、身の振り方、考えといた方がいいよ。（入る）

冨美　はぁ？（訳が判らず入る）

梅子　武さん、よく来てくれたわね。

武吉　……やっぱり、許しちゃくれませんよ。

梅子　お母さん、相当ショックだったのかなぁ……でも許してくれるわ、きっと。

武吉　おかみさんに顔向け出来なくなっちまった。

梅子　何言ってるの、もう言っちゃったんだから、なるようになるわ。

武吉　梅お嬢さんにも、悪いことしちゃいましたねぇ、筏《いかだ》乗りの分際で……。ごめんなさいよ。

梅子　これでいいのよ……。

　木場の水
　わたればきしむ　橋いくつ
　こえて　来にしも
　いづこか行かむ

よろしくね、武さん。

　座敷口を開けて三太郎出る。眼鏡をはずしている。

三太郎　武さん、（武吉、振り向く）梅子を頼むよ、梅子を……武さん。

武吉　へぇ……。

　暖簾口から桂太郎出る。

桂太郎　武さん。

　三太郎、桂太郎の「武さん」と同時にくるっと回って座敷口へ去る。

桂太郎　おかみさんが、奥でみんなとめしを食べないかって言ってるよ、おいでよ。

梅子　桂太郎兄さん。

桂太郎　……？

梅子　三太郎叔父さんは？

桂太郎　奥でめしを食べてるよ。梅子さん、よかったね。
（去る）
武吉、三太郎の去った方へ近寄る。
武　吉　大旦那、もう一度、出て来ておくんなさい……大旦那。
梅　子　……おとうさん……。
SE　風の音強く

—溶暗—

第四場

三、四ケ月後、秋、早朝
前場まであった小道具類がない。
SE　海猫の声　ポンポン蒸気船の音　納豆売りの声
正面より冨美出る。暖簾口に向って大声で叫ぶ。
冨　美　武さーん、武さーん、トラック出るよ、運送屋さんが急いでくれって。
暖簾口から、武吉、スーツケースを両手に出る。張り切っている。
武　吉　何でせかすんだよ。朝九時まではいいって言うから頼んだんだぜ。
冨　美　もっと早くに荷物運べばよかったのに、おかみさんの出発の日に重なって、忙しいじゃないか。
武　吉　この二、三ケ月は店仕舞いの手続きで毎日忙しかったじゃねえか。自分のことは後回しになっちまったんだよ。
冨　美　それにしても、梅お嬢さんは物持ちだねぇ。あの荷物、武さんの家へ全部入るの？

武吉　入るよ。川並で、ばりばりやってる時、ちょっと大きいかなと思ったけど、手に入れたんだ、立派なお屋敷だい。

冨美　役に立ってよかったね、思いもかけないことでね。

武吉　思いもかけないとは何てこと言うんだよ。荷物下ろして、すぐ戻って来るから、それまで、おかみさんには待ってもらってくれよ。お見送りするんだから。

冨美　だって、昼過ぎの汽車の切符、買ってあるんだよ。武さん遅れたら、さっさと行っちまうよ。

武吉　とにかく急いで戻って来るから、待っててもらってくれよ。（慌ただしく去る）

冨美　私だって今日出発だよー、急がないと、私も行っちゃうよう！（小走りに暖簾口に入る）

SE　トラックの走り去る音

座敷口から、竹次郎出る。靴を履く。松子出る。

竹次郎　まったく、間の悪いことだよ、おふくろの発つ日と重なるなんて。

松子　私のことは構わないよ。とにかく、大事にしとくれよ、私も病院に行けなくてすまないけどね。何時から手術なんだい。

竹次郎　九時から。章子も謝ってたよ、おふくろの出発が判ってて、病気になっちまって、見送りも出来なくて悪いって、気を揉んでたよ。

松子　他のことじゃないんだ、気にすることはないよ。早くよくなって、二人で木曽に遊びにおいで。

竹次郎　ああ……おふくろも身体に気を付けて。しかし、今も信じられんね、堀川をたたんで木曽へ帰っちまうなんてね。よく思い切ったもんだ。

松子　早く行きなさいよ。

暖簾口から桂太郎、杉子出る。

桂太郎　竹次郎義兄さん、申し訳ありません、お見舞い出来なくて。

杉子　竹兄さん、大丈夫？　心細かったら、私だけ二、三日残ろうか？

竹次郎　大丈夫だよ。それより桂さん、おふくろのこと、よろしく頼みますよ。

桂太郎　はい。

竹次郎　（時計を見て）あ、もう行かなくては。おふくろ、駅で見送れなくてすまないね。

松子　誰にも見送られたくないんだ、みんなこの店先で別れるんだよ。早く行きなさい。章子さんによろしくね。あ、竹次郎、奥の二人、どうしようか。

竹次郎　二人のことに、あまり口を出したくないんだ。一緒になるのか、別れるのか、もう大人だ、放っとくさ。ただ、山岸さんには挨拶するように言って下さい。じゃ、みんな、元気で。

杉子　楠《くう》ちゃんに、病院に行ってもらうからね。兄さんも元気でね。

竹次郎　それじゃ。（去る）

SE　風の音が開けた引戸から入る

松子　風が出て来たね。杉子、支度は出来たの？

杉子　出来てるわ。

松子　早目に出るよ、急《せ》くのは厭だからね。

杉子　ええ。

桂太郎、杉子、暖簾口より入る。

松子　もう秋だねぇ、木曾は寒いのかなぁ。

正面より山岸出る。

山岸　やあ、間に合った。

松子　まぁ、こんな早く。

山岸　何時に乗るか判らなかったんで、遅れちゃ大変だと思ってね。

松子　すみませんねぇ、私なんかのために見送りに来て下さって。

山岸　年寄りは早起きだ、気にしなくていいよ。今そこで、竹次郎さんに会ったよ。奥さん、入院してるって？

松子　何ですか、今日、手術だそうで。

山岸　そりゃ、いけないねぇ。

松子　旦那、竹次郎も気にしておりましたが、孫の菊次郎と園ちゃんのこと、旦那に申し訳なくて。

山岸　ああ、おかみさんが謝ることはない。それに私は早い時期に気がついていたよ。それは桂太郎さんにも言ったがね。しかし、園子と私の間になにがあった訳じゃなし、園子を贔屓にしていただけだ。

松子　でも、園ちゃんのために、お金だって出してやったって聞いてますよ。

山岸　まぁ、私もちっとは旦那気取りで、多少のことはしたこともあったがね。

松子　今、奥に来てるんです。二人に、旦那にお詫びを申させますから。

山岸　なんだ、来てるのかい。

松子　杉子、杉子。

杉子　（暖簾口から出る）何、お母さん。あら、会長さん、わざわざすみません。

松子　奥の二人を呼んどいで。

杉子　はい。（入る）

山岸　おかみさん、この間も話したがね。この店舗と家の方は、当分私が使わしてもらうから心配ないよ。うちの会社の社員寮が古くなったんで、少し贅沢だがね、ここを社員寮に使わせてもらうよ。もし、向うへ行って、やっぱり深川がいいと思ったら、いつでも帰っといで、待ってるよ。それか、向うへ居ついちまって、ここを処分するんなら、その時は言っとくれ、私が万事、取り仕切ってあげるからさ。

松子　何から何まで、すみません。よろしくお願い申します。

山岸　向うへ行っても連絡は絶やさないようにね、こっちにも一財産あるんだから。

松子　判りました、お願い申します。

暖簾口から、菊次郎と園子出る。

松子　菊次郎、山岸の旦那だよ。木場の人間のくせに、よくも旦那の顔を潰してくれたね、お詫びしなさい。

菊次郎　堀川菊次郎です。今度のことで、山岸さんに恥をかかせたことをお詫び申し上げます。申し訳ありませんでした。

山岸　そうだねぇ、山岸が世話している若い芸者に若い男が出来たらしい、なんて陰口を叩かれていたようだ。まぁ、あんたは知らなかったんだし、私は園子の旦那でもなんでもないんだ、若い芸者と若い男の色恋沙汰に巻き込まれたくない。忘れてもらって結構です。

菊次郎　私が一方的に園子に惚れて、近づいたんです。園子はそれに引きずられて、つい、山岸さんのことを言いそびれてしまったんです。園子を責めないで下さい。これからも園子を贔屓にしてやって下さい、お願いします。

山岸　何だ、足を洗わせるんじゃないのかい。

菊次郎　いいえ、やはり、芸妓《げいこ》として、富之家さんに育ててもらった義理もあるし、山岸さんはじめ、贔屓にして下さった皆さんとのご縁を大切にしたいと申します。今まで通り、富岡の園子としてやっていきたいと申しますので、どうか、見捨てないでやって下さい、お願い致します。

山岸　そうかい、私は、今まで通りの付き合いをしてやってもいいが、一度、今度のような噂が立つと、失地回復が大変だ、園子もその覚悟をしておくんだな。もう、このくらいにしておこう。堀川のお松さんの旅立ちの日だ、あんたも、おばあちゃん

松子　と、しばらくのお別れだ、ちゃんとお見送りしなさい。
山岸　菊次郎、山岸の旦那だから、このくらいで済んだんだ。他の人だったら、旦那が園ちゃんに使った金額を、請求されても仕方がないんだよ。
松子　おかみさん、もうやめなさい。
園子　園ちゃん、あんたも、私を慕ってずいぶん来てくれたけど、もう、今日からは、私は居ないよ、色んな相談にも乗ってはやれないよ、しっかりしなさいよ。さもないと、一人前の辰巳芸者にもなれないし、いい人の女房にもなれないよ。
松子　おかみさん、(泣く)さようなら。(泣きながら走り去る)
菊次郎　……菊次郎、ちょっとくらい、仕事が出来るからって、いい気になってはいけませんよ!
松子　はい。
菊次郎　判ったら、早く、会社なりお母さんの病院なり行きなさい。
松子　親爺が、おばあちゃんを送って行けって……。
菊次郎　真っ平ごめんだ、誰にも送ってほしくない。みんな、この店先で別れるんだ。さ、旦那に挨拶して行きなさい。
　(頷いて)おばあちゃん……じゃ、身体を大事にしてね、元気でね、俺、行くよ。
松子　ああ、早く行きなさい。
菊次郎　叔父さん、叔母さん、さよなら。山岸さん、失礼します。(去る)
　桂太郎・杉子、暖簾口から菊次郎を見送っている。
松子　山岸の旦那、菊次郎も園ちゃんも、大人ぶってるけど、碌な挨拶も出来ず、すみませんでしたねぇ。
山岸　あんたが、謝ることはないよ。
桂太郎　会長さん、長い間、お世話になりました。そろそろ出掛けます。
山岸　ああ、木曾の堀川商店、頼みますよ。
杉子　会長さん、ありがとうございました。
山岸　時には、出ておいでよ。
杉子　はい。(暖簾口に向って)みんな、時間だよ、私達が、最後にこの店を出るんだから、早くおいでよ。
　暖簾口から、梅子、楠枝、けやき、花崎、冨美が出る。外に男が一人出る。
松子　梅子、楠枝、けやきちゃん。私は行くからね、また、会うね。

けやき　おばあちゃん……。
松子　けやきちゃん、夏休みになったら、遊びにおいでね。一人で来られるね。
けやき　はい。
楠枝　私も行くわよ……お母さん……身体大事にしてよ、お願いよ……。（泣き出しそうになる）
松子　泣くんじゃない！　花崎さん、楠枝とけやき、大事にして下さいよ。二度と楠枝を泣かしたら、木曽から飛んで来て、あんたにくらいつくよ。
花崎　はい、絶対、幸せにします。
松子　よし、頼んだよ。冨美ちゃん。
冨美　はい。
松子　長い間、ありがとうよ。
冨美　私こそ、こんな前科のある私を、人並みに扱っていただいて、ありがとうございました。私も木曽へ行きたいです。
松子　そうはいかないよ。ほれ、表に誰か迎えに来てるよ。
男　（お辞儀をする）
冨美　あっ……。
松子　早く行きなさい、幸せにね。
冨美　はい、皆さん、ありがとうございました。
一同　（口々に）元気でね、うちへ遊びにおいでよ。（これは楠枝）さよなら……。
冨美　さようなら。（男に荷物を持たせて去って行く）
松子　さぁ、次は楠枝の番だ。
楠枝　やだ、やっぱり駅まで送る……。
松子　この店先で別れたいんだって言ったろ、お父さんの作ったこの店先で。花崎さん、楠枝とけやきを連れてっておくれ。
花崎　はい、お姑さんも、お達者で。三人で木曽へ遊びに行きます。
松子　待ってるよ。
花崎　さ、行こう、けやきちゃん、行こう。
楠枝　お母さん。（泣く）
松子　泣くんじゃないよ。
けやき　お母さん、行こうね。
楠枝　行くからね……会いに行くからね。（泣く）桂義兄さん、杉姉ちゃん、梅姉ちゃん、さよなら。
けやき　おばあちゃん、伯父さん、伯母さん。（低頭）
松子　さようなら……。
桂太郎・杉子　さようなら。
　楠枝、泣きながら花崎に手を取られ去る。
梅子　次は、私の番？
松子　（泣いている）そうだね、お前の番だね。

梅子　ちょっと、待ってよ。武さん、来ないじゃない。待ってよ。
松子　武さんとは十分、別れを惜しんだよ、もう、いいよ。お前のことが一番気懸かりだったけど、最後に安心した。ねえ、桂さん、杉子。
桂太郎　そうですね。
杉子　あんまり、武さんを困らすんじゃないよ。仲良くしてね。
梅子　私は大丈夫。楠枝みたいに泣き虫じゃないし、武さんとも仲良くするし、私は大丈夫。（堪えきれず、でも向き合ったまま）どうしても、行っちゃうの……母さん、いやだ。（泣く）

武吉、息を切らして出る。

武吉　あ、間に合った！　おかみさん！
松子　武さん、梅子を頼みますよ。
武吉　は、はい、たしかに……。
松子　さ、連れてっておくれ……梅子、私達はもう行かなくっちゃ、さ、武さんとお帰り。
武吉　おかみさん、大旦那によろしくお伝え下さい。尾張木材で一生懸命、御恩返ししますんで。
松子　お父さんも喜ぶよ。元気で頑張ってね。
武吉　はい。じゃ、お先にごめんなさいまし。
梅子　（立ち直り）お母さん、桂太郎さん、杉姉ちゃん、帰ります。
桂太郎　幸せにね。
杉子　楠ちゃんもこっちにいるからね、みんなで仲良くやってね。
梅子　はい、さよなら。

二人、去る。

松子　……山岸の旦那、私達の番ですよ。
山岸　そうだね、名残惜しいね。
松子　また、お会い出来ますね。
山岸　会わなくてどうする。向うへ着いたら電話をおくれ。
松子　はい。
山岸　じゃ、行きなさい。あとのことは、引き受けたよ。
松子　おたのみ申します。桂さん、杉子、行きましょうか。
杉子　じゃ、会長さん、失礼します。
山岸　杉ちゃん、お母さん頼んだよ。
杉子　はい。
桂太郎　山岸の旦那、長い間、お世話になりました。ありがとうございました。
山岸　木曾の三太郎さんによろしくね。

桂太郎　はい、じゃ、行きます。

三人、去る。山岸、少し見送って店へ入り、椅子に座る。ため息。
三人を見送るようにして、綾が出る。やがて店に入って来る。

山岸　誰だい？
綾　……。
山岸　何だ君か。どうした。
綾　行ったんですか、皆さん。
山岸　ああ、それぞれの住み家へね。
綾　桂太郎さん、何も言ってませんでしたか？
山岸　誰に、君にか。
綾　何も言ってませんわねぇ。
山岸　言ってなかったなぁ。
綾　仕事場を見て来ていいですか。
山岸　いいけど、何もないし、誰も居ないよ。
綾　いいんです。（小走りに走る）
山岸　（煙草を取り出す。マッチがない。立ち上がり机の方へ行く）何もないんだ。

綾、戻って来る。タオルを出して泣く。

山岸　どうした。
綾　あそこでずいぶん仕事をしたのに、今は何もないし、あの人も居ないし。（泣く）
山岸　……そうかい、泣きなさい、泣きなさい……そうして、忘れるんだ。
綾　すみません、泣いたりして。私、帰ります。
山岸　会社へ行くのかい。
綾　判りません。
山岸　夕方、事務所に来ないか、飯《めし》でも食べに行こうよ。
綾　（こみ上げる涙、堪えて走り去る）

山岸、見送っているが、ふと、何かに気付く。今、涙を拭いたタオルが置いてある。それを広げて見る。

山岸　何だ、忘れちゃって……届けてやらなきゃいかんなぁ。

タオルを丁寧に畳んで誰も居ないのに見回して、懐に仕舞う。

SE　ポンポン蒸気船の音　風が強く吹く

― 幕 ―

芝翫河岸の旦那

――十号館二〇一号室始末

スタッフ

作・演出　横澤祐一
美　術　野村真紀
照　明　須藤　実
効　果　富田健治
舞台監督　那須いたる
制　作　劇団東宝現代劇七五人の会

登場人物・配役

吉住きよ（60）	栄養士　賄い婦	竹内幸子
田中高志（45）	深川区役所職員	柳谷慶寿
仁科貞子（36）	栄養士　賄い婦	梅原妙美
板倉征四郎（65）	木材鑑定人	丸山博一
菜花益子《なばなますこ》（45）	八百屋の女房	古川けい
木村正太郎（55）	保護司　うどん屋	横澤祐一
夏目磯八（46）		小西良太郎
仁科佐枝（10）	貞子の娘	上村紗耶
（26）	同　成人後	松村朋子
増淵陽子（25）	隣家の娘	田嶋佳子
清田健介（40）	階下の住人	松川　清
清田周子《ちかこ》（38）	清田の妻	村田美佐子
細川美与（70）	迷い人	鈴木　雅
細川紀子（40）	細川家の嫁	菅野園子
内田伸介（65）	管理組合理事長	巌　弘志
山岸倸之助（70）	山岸総業会長	内山惠司
風戸　綾（36）	山岸の秘書	高橋志麻子

プロローグ

SE　ポンポン蒸気船の音　水鳥の鳴く声――この二つは芝居終幕まで随所に出る

幕上がると舞台は暗い。
スポットライト当るとSE消える。
その中に区役所の役人田中高志(45)、賄い婦の吉住きよ(60)、仁科貞子(36)が浮き上る。

吉住　田中さん、私達住む所がなくなっちまうんだよ。
田中　住んでるアパートが取り壊しになるなんてことは、半年くらい前に通達があるんじゃないのかい。
吉住　突然なんだよ、大家が来てね、多少の立退料を払うから、この一ヶ月くらいの間に部屋を空け渡せってんだよ。
田中　戦後二十年以上経って世の中落ち着いて来て、今や高度成長期だよ、すぐ出て行けなんて、終戦直後のバラックを立ち退かせるみたいなことする家主なんかいるの？
吉住　現に私達がそんな目に遭ってるじゃない、あの辺のアパート全部取り払ってパチンコ屋か何かにするらしいよ、高度成長なんて言うけど、金を持ってる人間だけだよ恩恵に浴するのは。
仁科　田中さんお願いします、私達の働いてる食堂の常連さんの中でも、いつも親切に相談に乗って下さるお役人のあなたにお頼みするより頼れる方はいないんです。吉住さんと私達母娘を助けると思って、どこか住む部屋を世話して下さい、この通りお願いします。
田中　仁科さんに頼まれると弱いなァ……。
吉住　田中さん！
田中　判ったよ、少し心当りがないこともない、仁科さん、明日役所の方に来て下さい、ただし条件付きだよ、それでいいかね、仁科さん。
仁科　はい、いいわよね、きよさん。
吉住　仕方ないよ。
仁科　よろしくお願いします。
田中　仁科さん、お嬢ちゃんいくつになったの。
仁科　十歳ですよ。
田中　大変だねぇ、じゃ明日ね、仁科さん。

―暗転―

第一場

昭和四十年代、東京深川の運河の辺《ほとり》にある、集合住宅の二階の一室。東京大空襲で建物は残ったが、内部には火が入り、焼けただれたものを全面的工事をして、住めるように内装し直した、とは言ってもそれから二十年余が過ぎ去っている。

舞台、上手奥寄りにアーチ型の出入口、玄関に通じている。手前寄りに同じくアーチ型の出入口、トイレ、洗面所に通じている。正面上手に台所、食器棚が見えていて、その右手に、ガス台、流しなどがあるが、これは見えない。正面下手寄りにモンドリアン風のガラス窓、左右に引戸風に開け閉めが出来る。窓の下は運河がある設定、対岸の建物、あるいは木立など見える。下手に、引戸の出入口が二ヶ所、奥に小部屋がある設定。舞台中央部分は、ダイニング風、テーブル椅子が四脚。

夏の終り、夕方

幕上がると初老の男、板倉征四郎(60)一人晩酌をやっている。

SE　ポンポン蒸気船の通る音　玄関の引戸についているベルの音

女の声　八百春です。上がりますよ。

近所の八百屋の女将、菜花益子(45)野菜その他を届けに来る。

菜花　はいこれ、頼まれた野菜と醬油と石鹼。みんな台所に置いときますよ。(台所に入りすぐ出て来る)

はい、お釣り。

板倉　やるかね。(銚子を出す)

菜花　やらないよ。店は今一番忙しい時間だよ。ねえ、うちは八百屋だから、野菜は配達しますけど、ついでに醬油だの石鹼だのはお断りしたいのよ。他の店へ買いに走らなきゃならないだろ。

板倉　すまんね。

菜花　旦那はここに入って一ヶ月近いんだよ。年寄り一人じゃ買物も大変だと思って配達してるんだけどさ、この住宅の二階は世帯向けの部屋が並んでるんだよ、旦那だけ一人で住んでて近所は煩《うるさ》く言わないの？　隣りの増淵さん所なんて六人で住んでるんだよ。

板倉　わしの所も六人だよ。

菜花　じゃ、あと五人、なんで一ト月近くも来ないのよ。

板倉　もうすぐ来るよ、色々事情もある。

菜花　こういう住宅は家族揃って引越して来るんじゃないの？　都だか区だか知らないけど、よく黙ってるねえ。旦那、家族なんて居ないんだろう。

板倉　うるさい、早く店に帰りなさい。

菜花　誰か伝手《つて》があって家族向けに一人でもぐり込んでんだろう。

板倉　うるさい、店に戻りなさい。

菜花　私も忙しいから、しょっちゅう構ってやる訳にはいかないけど、時々は様子を見に来てやるよ。年寄り一人、知らない間にひっくり返ってるってことがままあるからねぇ。

板倉　減らず口叩いてないで帰りなさい。明日、酒を買って来てくれんかな。

菜花　ほら、やっぱり心細いんだ、じゃ帰りますよ。（声）あと鍵をかけるの忘れないでよ、旦那。

板倉　（呑む）……旦那か……ふん。

SE　蒸気船の音　水鳥の声

板倉　鍵か……鍵、かぎ……鍵をかけるのも自分、一人は面倒だ、いやになる。

―溶暗―

第二場

前場の次の日の朝

SE　ポンポン蒸気船の音　水鳥の鳴き声　水洗のトイレの音

板倉が洗面器、タオルなどを持って出る。正面の窓を開けてから、玄関へ去る。

SE　玄関を開けて、閉める音

照明消え、また灯る。

少々の間。

SE　玄関を開ける音

声　お早うございます。区役所の田中です、板倉さん……上がらせてもらいますよ。

田中が出る。

田中　あれ、板倉さん、（寝室を見る、洗面所を見る）居ないよ。どこへ行ったのかな。（玄関に向い）木村さん、居ないようだから構わず上がって下さい。

木村　（声）いいんですか。
田中　いいよ、早く上がって、あ、あんたも上がって下さい。
うどん屋で保護司の木村庄太郎（55）と夏目磯八（45）出る。
田中　さ、掛けて。（二人に椅子を勧める）板倉さん居ないようだから、（磯八を指し）この人にも都合がいいだろう、この人に手続きのこと話して下さい。
木村　では、（鞄から書類を出す）ええと、夏目磯八さん。
磯八　はい。
木村　生年月日、本籍地は、この書類の通り間違いありませんね。
磯八　（書類を見て）はい、間違いないです。
木村　あなたは、あなたの犯した犯罪に対する処分が、仮釈放中に受ける保護観察と決定しました。これは三号観察と言うんですけどね、私の保護観察下に置かれます。でもこれはもう、刑罰ではありません。しかし次の事は守らなければなりません。いいですか、あなたは再び犯罪を犯すことがないよう健全な生活態度を保持すること。保護観察官及び保護司に依る指導監督を誠実に受けること。保護観察官または保護司の呼出しまたは訪問を受けた時は、これに応じ面接を受けること。ここまでは判りましたね。
磯八　はい。
木村　まぁ、そう固くならないで、あんたの場合は犯罪と言っても殺人、傷害、詐欺などの重大犯罪じゃなくて、万引ですから。しかし、万引でも刑務所へ収監されました。あんたの場合、常習だから仕方がない。一年で仮釈放は早い方です。あんたが真面目に務めたからですよ。だから遵守事項を守り、社会の順良な一員として更生したと認められれば、インセンティブとして保護観察解除という措置が用意されています。それまで私と一緒に頑張りましょう。
磯八　よろしくお願いします。
木村　田中さん。
田中　え？
木村　夏目磯八さんは保護観察下に置かれました。その時点で定まった住所を決めなくてはなりません。今まで、この人が居た深川一泊所みたいな所ではいけないいんです。そこであなたにお願いしたのですが、ここで間違いないですね、この交仁会アパート十号館二〇一号室を観察所長に届けてよろしいのですね。

田中　少々無理なところもあるけど一応ここで届けておいて下さい。

木村　では、ここで届けます。もう一つ守ってもらうことは、夏目さん、七日以上、旅行をするか、外泊する時は、あらかじめ保護観察所長に届けを出さなければなりません。その届けは、私でよろしいです。無断で七日以上留守にすると大変なことになりますよ。

磯八　……はい。

木村　その他、仕事の状況、収入また支出の状況、交友関係の報告とか、色々決りはありますが、あなたの場合にはもう立派な大人だし、過去に一流会社にお勤めだったんだからあまり厳しくしなくても大丈夫でしょう。

田中　判らんよ、いい齢《とし》をして保護観察を受けるような男だ、またやると思うよ、一生直らんよ、こういう人間は。

木村　田中さん、社会の順良な一員として更生しようとしてる人に、それは言い過ぎです、口を慎んで下さい。

田中　ふん……。

木村　では、ここを住居と決めて届けます、いいですね。

磯八　(田中に) 本当にここに居ていいんですか?

田中　ああ、私にも、いや、役所にも色々事情ってものがあるからねぇ、ただ同居人がいるよ。

磯八　えッ、一人じゃないんですか。

田中　当り前だ、保護観察付きの人間が、こんないいアパートメントに一人で住める訳ないだろう、四、五人で住んでもらう。現にもう一人住んでるんだ。

磯八　ええッ、保護観察付きの犯罪人が四、五人一緒に住むんですか。

田中　馬鹿、他はまともな社会人だ。

木村　田中さん、どなたがこの人と一緒に住むんですか。

田中　それは私に任せてもらいます。

磯八　変な人だったらいやだなぁ……。

田中　あんたが一番変なんだ!　木村さん、他の同居人が怖がるから、この人が犯罪人だってことは内緒だよ。

木村　保護観察付きの人は法律では犯罪人ではありません、大きな声で言わないで下さい。夏目磯八さん、あんたも自分から犯罪人だなんてことを言っては駄目ですよ、現在、保護観察付きだということも口にしてはいけませんよ、世間の人は怖がるからね。

磯八　……。

木村　それから田中さん、この部屋の家賃はどうなるんですか。

田中　当然払ってもらいますよ。

木村　そうですか、でもこの人、今は決った仕事をしてません、日傭《ひよう》取りで、あっちこっち行ってますが。

磯八　時々あぶれることもあります。

田中　あんた一人で払わなくていいんだ、同居人と頭割りで支払いなさい。

木村　何人でいくらずつですか。

田中　それはこれから決めるんだ、しかし日傭取りでも支払いが滞ったら出てってもらうよ。

木村　それは困ります、観察付きがうろうろ住居を変えることは出来ませんよ。支払いの心配があるなら田中さん、ちゃんとした定収入が得られるような仕事を世話してやってくれませんか。

田中　何で私が万引男の仕事の心配をしなくてはならんのだ、馬鹿馬鹿しい。

木村　あなた、役人さんでしょう、そのくらいの顔は利くでしょう。

田中　住む所を世話したんだ、十分だろう。

木村　それでは仏つくって魂入れずです、ちゃんとここへ住んでいけるように仕事を見つけてやって下さいよ。

田中　保護司のあんたが世話してやんなよ。

木村　私はしがないうどん屋です、世間に顔の利く人間ではありません。それに、あんただってこの万引……いや、夏目磯八さんがここに住まなければ困るんでしょう。

田中　困ることはないが、こっちにも多少の事情はあるんでね。

木村　でしょう、少し世間に弱い尻を持ってる人間はいないかねって私の所へいらしたから、私は、私の観察下にあって定まった住所のないこの万引……いや、夏目磯八さんを連れて来たんです。お互い事情をかかえていればこそ助け合わなければ、ねぇ、田中さん、この人の仕事を探してやって下さいよ。

磯八　よろしくお願いします。

SE　玄関を開ける音

吉住　（声）ごめんください。

田中　はい……。（玄関へ行く）さあ、入って入って。

吉住きよと仁科貞子が出る。

田中　木村さん、夏目さん、こちら、今度ここに引越して来る、吉住……ええと。
吉住　きよです。
田中　きよさんと仁科。
仁科　（田中へ）貞子です。
田中　判ってます、仁科貞子さんです。こちらはあなた方の同居人の夏目磯八さんです、まぁ仲良くやって下さい。
吉住　（軽く磯八に会釈してから）早速ですけど、私達はどこへ寝るの、田中さん。
田中　（舞台手前寄りの部屋を開けて）この部屋。
吉住　（覗き込み）狭いじゃないか、こっちは。（奥の部屋を覗き）こっちの方が広いじゃないか、ねぇ貞子ちゃん。
田中　こっちは使ってるんだよ。
吉住　誰かもう住んでるの？
田中　一ヶ月前から……それは言った筈ですよ、先住者が居ますからねって。
吉住　それは構わないけどさ、そういう条件で決めたんだから……この部屋、何人で使ってるの？
田中　爺さん一人です。
吉住　それは駄目よ、一人で大きい部屋使われちゃ困るよ、ねぇ貞子ちゃん。
仁科　ええ、それに田中さん、お部屋はこの二つだけかしら。
田中　そうだよ、二つだけ。
仁科　私、娘がいるんですけど。
田中　知ってるよ。
仁科　子供部屋のようなものないんですか。
田中　子供部屋がある訳ないでしょ、ここには部屋二つと台所、洗面所、それにこの居間兼食堂、以上です。五〇へーベー十六坪はあるんだから。
吉住　そんなにはないね、せいぜい四五へーベーくらいだよこれは。
田中　そんなことはどうでもいいだろう、あんた方はここに住まなきゃぁ困るんだろ、贅沢言うんならやめてもいいよ。
木村　まぁまぁそう仰《おっしゃ》らずに、困った時は相身互《あいみたが》い、田中さんのお陰であなた方が助かる、あなた方が居て田中さんが助かる、ねぇ、そうでしたね、田中さん。
吉住　あんたも住むのかね。
木村　いえ、私はこの人の付き添いです、この人があなた方とここに住みます。
吉住　（磯八をじろりと見て）この人、身元は、はっきりしてるんだろうね。

木村　それは私が請け合います。
磯八　夏目磯八です、よろしくお願いします。
吉住　はい、よろしく、あんたね、悪いけど、小さい部屋へ移って下さいよ、私達は三人なんだから。
田中　いや、その人じゃないんだ。

SE　玄関の音

田中　あ、帰って来たかな。（玄関へ行く）やぁ、お帰りなさい、朝風呂でしたか……あれ、今日は何曜日だったかな。（などと言いながら板倉と出る）
板倉　（不機嫌）……何だ、私の留守中に大勢で上がり込んで失礼じゃないか。
田中　申し訳ありませんねぇ、しかし今日、一緒に住む人達を連れて来ますからって申した筈ですよ。
板倉　それは聞いていたが、来てみて私が留守なら帰るまで外で待つのが礼儀じゃないか。
吉住　ちょっと、お爺さん。
板倉　お爺さんとは何だ無礼者。
吉住　無礼者とは何だい、私達は仕事中抜け出して来てるんだ、外でのんびり待ってる訳にはいかないんだよ。ねぇ貞子ちゃん。
仁科　ええ、二人一緒に仕事を抜けて来てますので、ちょっと具合が悪いんです。

吉住　あんたが二人で来いって言うから来たんだよ。田中さん、もういいかい？
田中　ちょっと待ってよ、すぐ済むから。板倉の旦那、よござんすか、今日からあなたはここに居る夏目磯八さん、吉住、ええ、名前は？
吉住　何回訊くのよ、きよですよ。
田中　そう、吉住きよさんと仁科（貞子が名前を言おうとするのを制して）貞子さん、それと貞子さんのお嬢さんと合計五人で、ここ十号館二〇一号室に住んでいただきます。
板倉　待ちなさい、わしは今日まで一ヶ月一人でここに住んでおったんだぞ。
田中　それは何回もお願いして旦那も納得したでしょう、ここに一人で住まれては私が困るんだよ。
板倉　あんた、ここに住んでいいと言っただろう。
田中　住んでいいとは言ってませんよ。旦那は提出書類に五人家族で一人一人の名前まで書いたでしょう。私はね、集合住宅の係なんかしたことなかったんでね、うっかり、あんたを入れちまったんだ、手続きの不備ですよ、馴れてないんだよ私は。そうしたら、入居したのは、あんた一人だ、ここは世帯向き住宅だよ、違法入居だ。だから、独身者用の部屋へ移ってもらおうと思ったら、独身者用は、企業が社宅で買い取っちまって空いてないじゃないか、もう仕方ないから、家族構成の形をとって、この人達と一緒に住んでもらうんだよ、判りましたかね、板倉の旦那。

板倉　こんな狭い所に五人では住めんよ。

田中　隣りの増渕さんは六人も住んでるんですよ。大体この住宅はね、戦後交仁会が解散して都が運営を引きついだ時点で、払い下げ、買い取りになったんだ、十六坪を四万円でね、でも皆が皆、買えた訳じゃない、残った部屋は仕方なしに賃貸借契約になったんですよ。板倉さんが買い取ってくれるんだったら、一人で住んでいいんですよ、ただし今はもう少し高いよ。

板倉　わしに買える訳がない。

田中　だったら五人で住んで下さいよ、板倉さんが一人で居たこの一ヶ月、この階の住人に世帯向け住宅に一人で住んでる人が居るってチクられやしないか、びくびくしてたんだ、ばれたら私は役所から懲罰をくらいますよ。お願いだから、ここに居る人、一緒に住んでよ、その代わり家賃は四等分、安くなるだろう、それさえ他に知られたら大変だよ。私も役所が借り上げてる六号館に住んでるんですよ、あんた達とは隣組だ、お互い仲良くやりましょうよ。

吉住　区役所の職員住宅なら家賃はいらないんだろ、私達とは違うじゃないか。

田中　冗談じゃないよ、ほんの少し役所が負担してくれるけど、家賃は払ってます。(鞄から書類を出して)じゃ、これに必要事項を書いて私に出して下さい、保証欄には私の名前を書いて下さい。では改めて紹介します、こちら板倉征四郎さん、芝翫《しかん》河岸の山岸総業さんで、木材鑑定人をなさっています。

板倉　いや、今は少し違うんだが……。

田中　まあ、いいじゃないですか。こちらは吉住さんと仁科さん、深川食堂で栄養士兼、賄いの方で働いていらっしゃいます。

木村　ええ、この方は、夏目磯八さんです。近々田中さんの御尽力で役所関係の仕事につかれます。

吉住　家賃は四等分だね、大分安くなるね。

田中　そうだよ、他で喋らないで下さいよ。

仁科　あの、吉住さんと私、抜けて来たので仕事に戻らないといけませんので失礼してよろしいですか。

田中　あ、仕事中済まなかったね。じゃ皆さん、今夜から入居して構いませんよ。

吉住　板倉の旦那、私達三人で住むんですから、あんたが使ってる大きい部屋に入りますよ。旦那の荷物、小さい部屋へ移しといて下さいよ。

板倉　馬鹿を言うな、わしが先に入ったんだ、先住権がある。

吉住　そんなものありませんよ。田中さん、この旦那によく言っといて下さい。それからあとで運送屋が、蒲団だの荷物だの運んで来るから、大きい部屋へ入れといて下さいよ、さあ、貞子ちゃん行こう、行こう。

田中　あの、最後にもう一つお願いがあるのですが……。

吉住　何ですよ。

田中　さっきもちょっと言いましたが、この十号館は世帯向き住宅ばかりです。

吉住　判ってますよ。

田中　したがって明日から隣近所の入居者と顔を合せる機会がありますよね、そこに一つの問題が生じるのです。

吉住　問題って何ですか。

田中　世帯向き住宅に他人同士が住んでるのが判ると困るんですよ。

板倉　人数が世帯向きならいいじゃないか。

田中　いや、あくまでも家族でないと困るんです。ですから、この十号館の住人と喋る機会はあまり作らないで下さい。

板倉　そうもいかんだろう、わし一人の時は、外出も控えたし、会っても顔をそむけて、近所では愛想の悪いおやじですごして来たが、四人も住んでてそれでは済まんよ。仁科さんか？　君の娘なんかまだ子供だろう、何か訊かれたら、男の人二人は知らない人ですなんて言いかねんよ。

田中　その通りです、そこでですね、何か訊かれたら、今まで一人で住んでた板倉さんの家族がやっと揃って住むようになった、ということにして下さい。

一同　（驚く）

吉住　じゃ、私達は？

田中　みんな板倉さんです。

一同　えッ？

田中　板倉さん夫婦と板倉さんの娘さん夫婦とそのお嬢さんです。

木村　そうすると、娘さん夫婦は苗字が違うね、（磯八を指し）この人の苗字にするんですか、ややこしいね。

田中　養子です、皆さん板倉さんにして下さい。間違えがないように、みんな板倉さんです。

板倉　君、他のこととは違うんだ、わしらが家族だなんて、心情的にもだな……わしの身にもなってくれ……。

吉住　私もお断りします、こんな爺さんと夫婦なんて、貞子ちゃん、あんただってこんな人といきなり夫婦ですなんて、嘘にでも言えるかい！

仁科　ここに住む為の方便でしょ、仲町のアパートの半額の家賃で住めるのよ、辛抱しましょう、本当の夫婦になる訳じゃないんだから。

田中　そうしてもらわなければ、皆さん、ここへ住んでもらえなくなりますよ、困るのは、あなた方ですよ。

木村　田中さんもそう窮屈なこと言わないで、お互い少しずつ弱いところがあるんですから、少しずつ妥協していきましょうや、上辺だけでも「板倉です、板倉です」って挨拶して、すーっと離れて行くというのは如何ですか。

板倉　そんな調子のいいことは言えないよ。だいたい、あんた先刻《さっき》からそこに居るけど何者だ、このアパートの管理人かね。

木村　いえ私は、この夏目磯八さんの付き添いのうどん屋です。

田中　では皆さんこう致しましょう。私もこの交仁会アパートの住人ですから、折を見て、ここの入居者の皆さんに事情を説明しますから、それまでは何とか板倉さん御一家でいて下さい。その上で御面倒でもご近所の人にはなるべく接近しないで、避けて歩いて下さい、まさかこの部屋にまで、ずかずか入って来る人はいないでしょうから。

板倉　えッ！　いるよ、入って来るんだ、今日も来る筈だ。

田中　ええッ、誰か来るんですか。

板倉　八百屋のカミさん、いつも配達を頼んでいるんだ。

田中　何ということを……！

SE　玄関の音

菜花　（声）こんにちは！　入りますよ。

板倉　ほら！

一同、浮足立つ。菜花、配達の品を手に出る。

菜花　（一同を見て）あら……まぁ旦那、やっとお家の人達、いらしたんだねぇ、嘘じゃなかったんだ。

一同　……！

菜花　よかったねぇ、（吉住に）奥様ですか、初めまして、大通りの八百春でございます。旦那さんには御贔屓《ごひいき》にあずかりまして、いえ旦那さん今までお一人でしたので、こうして配達に上がってたんですよ。あら、こちら若奥さんかしら、ひとつ、こ

板倉　れからもよろしくお願い申し上げますです、いつでも配達に伺いますんで……でも旦那、よかったねぇ、皆さんお揃いになって、まぁ、今までお一人で寂しそうにしてたんですよ。（笑う）旦那、御注文の野菜とお酒の四合瓶、台所に置いときますよ。

菜花　おい、勘定を……。

板倉　旦那、ご家族が揃ったお祝い。私からのプレゼントだよ。

菜花　え、それじゃ、ええ？

板倉　じゃ、奥様、また、御用聞きに上がりますんで、よろしくお願いしますね。じゃ、皆さん、今日のところはこれで、失礼致します。（去る）

一同　（揃って一礼）

板倉　（座る。田中に）君の目論見は早くも崩れ去ったじゃないか。

田中　あんたが、後先考えずに八百屋のカミさんなんか上げるからですよ。

板倉　向こうが、ずかずか入って来たんだ。

田中　しかしですな、八百屋のカミさんにも、何の抵抗もなく、板倉さんの奥さんと娘さんに見えたんですから、計画通り行きましょう。大丈夫ですったら。さぁ、吉住さんに仁科さんは仕事に戻って下さい。木村さん、私達も仕事に戻らなくては。帰りましょう。

木村　じゃ、夏目磯八さん、一週間経ったら来ますから、きちんとナニを守って下さいよ。

板倉と磯八を残して去る。

板倉　君、きちんと守るって何を守るのかね？

磯八　さあ……。

板倉　まったくいやになっちゃうな。

磯八　はぁ……。

板倉　（舞台手前の部屋から出て）狭い部屋だな。君、荷物は？

磯八　前の所へ、これから取りに行くんです。

板倉　ここは私一人で使うから、君はよそへ寝てくれたまえ、判ったね。（荷物運ぶ）

磯八　よそ？　よそってどこへ寝るんです。

板倉　適当に探したまえ。

磯八　（正面窓を開けて）下は川ですよ。

SE　ポンポン蒸気船の音　水鳥の鳴き声

―溶暗―

第三場

前場から数日後の朝

SE　蒸気船の音

吉住、仁科、娘の佐枝(10)朝食を食べている、テーブルで離れて板倉が牛乳でパンを噛っている、下手隅の蒲団の上で磯八がパイプを吸っている。

吉住　ちょっとあんた、寝床で煙草を吸うんじゃないよ。

磯八　！(振り向いて灰落とす)

吉住　私達は仕事で一日いない時が多いんだから、留守中に火事なんか出されるとここ追い出されっちまうよ。

磯八　(また背を向けて)気をつけます。(パイプをつめている)

佐枝　ごちそうさまでした。

貞子　ご飯半分残してるよ、ちゃんと食べなきゃ駄目よ。全部食べなさい。

佐枝　やだ……。

貞子　また、やだなんて言ってないで食べなさいったら。

佐枝　やだ。

吉住　佐枝ちゃん、朝ご飯ちゃんと食べないと、頭が働かないよ、勉強出来なくなっちまうよ。

佐枝　だって、これ以上食べたら給食食べられないもの……。

貞子　あ、給食費、佐枝、給食費入れる袋。

佐枝　昨日、お母さんに渡したよ。

貞子　え？……(部屋へ入る、ランドセルを部屋から見せながら)ここへ入れとくからね、忘れずに先生に渡すのよ。

板倉　(食べ終って牛乳ビンを台所に持って行く)

吉住　板倉さん、牛乳ビンは下のビン置場に置いて下さいよ、朝、取りに行く場所ですよ、そこへ返しとくの……。

板倉　判ってるよ。(牛乳ビンを持ったまま部屋へ入る)

吉住　佐枝ちゃん、食べ残してるよ、片付けちまうよ。

佐枝　いいよ。

吉住　もったいないね、お釜に戻しとこう。

貞子　(部屋から出て)おきよさん、私、洗いますから。

吉住　いいよ、あんた、自分と佐枝ちゃんの支度しちまいな。

貞子　すみません。(部屋へ佐枝をつれて入る)

板倉　(鞄と牛乳ビンを持って出る)

吉住　板倉さん、この間話した間借人協会のことだけど、入っといた方がいいと思うけどね、何て言ったって借りてる方が弱い立場だからねぇ。

板倉 あれは民間のアパートを借りている人だけしか入れないんじゃないか。

吉住 ここだって民間のアパートじゃないの。

板倉 それに会費を取られるんじゃないか？

吉住 そりゃ取られるだろうけどね。

板倉 あんたに任せる、私も今日は仕事があるんだ、今日は遠くまで行くんで、晩飯はいらん。（出て行く）

吉住 何言ってるんだい、人の晩メシなんか作る訳ないだろう。

磯八 あの方、おうちにいた時の癖が出たんですね。可哀想に、あとで気が付いてがっかりするんでしょうねぇ。（パイプに火をつける）

吉住 あんた、ここへ来て一週間だよ、自分の仕事はどうなってるのよ。

磯八 区役所の田中さんにお願いしてあるんですが……。

吉住 割勘の家賃ちゃんと払ってよ、貞子ちゃん、出掛けるよ。（玄関へ去る）

貞子 （部屋から出る）夏目さん、行って来ます。

磯八 （立ち上がり）行ってらっしゃい。

佐枝 磯八さん行って来ます。

貞子 磯八さんて言うんじゃないの、夏目さんと言いなさい。

磯八 いいですよ磯八で、行ってらっしゃい。（パイプをふかし、何か遠くへ想いを馳せる）

SE ポンポン蒸気船の音　鳥の声聞える

—溶暗—

第四場

前場より二、三日経過した日の夕方

SE　豆腐屋のラッパ　玄関の音

板倉と磯八が洗面道具を手に帰って来る、磯八、二人分の道具を持って洗面所に入る。板倉、テーブルへ、買って来た牛乳を呑む。磯八、洗濯物を持って出る。

磯　八　私ちょっと屋上へ洗濯しに行って来ます。

板　倉　陽が落ちてから洗濯するのかね。

磯　八　ええ、溜まっちゃったもんですから。

板　倉　夜、干してたら盗まれちまうぞ。

磯　八　まさか、私の着古しの物なんか盗る人いませんよ、行って来ます。

板　倉　さて、晩飯どうするかな、毎日考えるの面倒になって来た。（部屋へ入る）

SE　玄関の音

仁科貞子と佐枝、帰って来る。

貞　子　（声）佐枝、早くして……。

佐　枝　（先に入って来る）

貞　子　佐枝ちゃんはどうして駄々をこねるの、食堂でご飯食べたら一人で帰る約束でしょう。

佐　枝　一人で帰るのやだもん。

貞　子　まだ遅い時間じゃないんだから、一人でも怖くないでしょう。

佐　枝　お母さんの仕事終るの待ってて一緒に帰って来ちゃ駄目なの？

貞　子　毎日毎日同じこと言わせないでよ、お母さん、夜の八時まで食堂でお客さんにご飯を出さなけりゃならないの、あとを片付けたら帰って来るの十時でしょう、そんな遅くなったら佐枝ちゃんは勉強も出来ないし、宿題だって出来ないでしょう、みんなより勉強が遅れたら、学校へ行くのいやになるよ、そうしたら、お母さん悲しいし、自分だって困るだろう。

佐　枝　ここで一人で待ってるのやだ。

貞　子　前に住んでた所には、一人でちゃんと帰って留守番もしてくれたじゃない。

佐　枝　だって食堂のそばだったもの、ひとっぱしりでお母さんの所へ行けたもの、この家、遠いからやだ。

貞　子　そんなに遠くないじゃないの、食堂で佐枝ちゃんにご飯食べさせてこうして送ってきた分、お母さ

佐枝　ん仕事が出来ないのよ、吉住のおばちゃんが、いいから送っといでって言ってくれるけど、その分、吉住のおばさんの仕事が増えるんだよ、可哀想でしょう？　上の人に判ったら、お母さん給料減らされちゃうよ。

貞子　……。

佐枝　お願いだからお母さんの言うこと聞いてちょうだい、早番で夕方帰れる時は、佐枝ちゃんと晩ご飯食べて一緒に帰って来ようね、判ってちょうだいよ……。

佐枝　……判った……お母さん、早く行って。

貞子　ごめんね。

佐枝　ごめんなさい。

貞子　じゃ、行くからね。

部屋から板倉出る。

板倉　ちょっと……仁科さん。

貞子　あら、いらしたんですか、すみません、お騒がせして。

板倉　いや……あんたの店、どこかね。

貞子　仲町の手前ですけど。

板倉　連れてってくれんか、晩飯を考えるの面倒でな。

貞子　じゃ、御一緒に。じゃ行ってくるね。

佐枝　おじさん一緒に行くの？

貞子　板倉のおじさんは、お腹が空いたんだって。

佐枝　いいなぁ……。

貞子　佐枝ちゃん、宿題やっときなさいよ。

佐枝　判った。行ってらっしゃい。

板倉、貞子出て行く。佐枝、カギかけ宿題始める。

—溶暗—

第五場

前場より十日後の夕刻
板倉と吉住、酒を呑んでいる。
磯八何かごそごそやっている。

磯八　ちょっと洗濯して来ます。
板倉　また、夕方に洗濯か、夜干しとくと盗られるぞ。
磯八　今まで盗られたことはありませんよ。
板倉　じゃ、わしのもついでに洗ってくれたまえ。
磯八　どこにあるんです。
板倉　今、持って来る。（部屋に入って持って来る）これだけでいい。
磯八　ずいぶんありますけど。
板倉　まぁ、ゆっくり洗って来なさい。
磯八　はいはい。（出て行く）
板倉　あんた……今、自分の身の上話をしていたね、まぁ、私が聞いたからだがね。
吉住　だから、なんです……。
板倉　あんたの話が済んだら、私かあの男が話す番だろう、仁科さんは居ないからね。あの男は、自分のことを話したがらないねぇ、今も慌てて洗濯に行っちまったよ。
吉住　（板倉に酒を注ぐ）
板倉　（受ける）
吉住　でもね、ひょんなことから、あなた方とここへ住むことになって、一緒に暮してる人間のことを知らないのも少し変だと思ってさ、こうしてあんたと酒を呑めたからいい機会だと思ってね、まず私の話から始めたんだけどね。
板倉　あんたの話が途中だったな、あんたの亭主の病気のとこで途切れちまった、何の病気で亡くなったって？
吉住　結核ですよ。当時は、みんな結核、兵隊にとられてすぐ、中国大陸へ送られて戦地で血を吐いて野戦病院へ入院ですよ。兵隊として何の役にも立たないで内地送還でね、うちの父さんは四国の伊予だから故郷《くに》へも帰れないで、私の実家で静養してたんですけど、二年ぐらいしたら、また再発ですよ、結局最後は清瀬の国立療養所へ入院したんですよ。
板倉　ああ、当時の清瀬は結核のメッカだったからね。
吉住　まぁそれですっかり弱気になっちまってよく手紙を書いて寄越しましたよ。私も子供を二人抱えて働いてましたからね、深川の砂町から二時間以上もかけて、清瀬まで。そうそうは通えませんでしたから寂しかったでしょうよ、子供にも、移るといけないから、なかなか会えないしねぇ。（懐《ふところ》から古びた手紙を出す）これ、うちの父さんが寄越した最後の手紙です、便箋にこんな俳句が書いてありましたよ、これ。

板倉　読んでいいのかい。（読む）

吉住　（呑む）

板倉　綿虫《わたむし》や　そこは屍《かばね》の　出《い》でゆく門……これ、御亭主が詠んだのか……。

吉住　いやですよ、それは同じ病棟にいた、波郷《はきょう》*という本職の人が作ったんですよ。その人も北砂から入院した人でね、同じ町内同士で親しくしてもらったらしいです。

板倉　……綿虫やそこは屍の出でゆく門……か、あんた、病気の御亭主を看て、子供二人を育てたのに何でこんな所で他人同士で暮しているのかね。

吉住　……私は東京大空襲で母親を亡くして、妹達の母親代りをして、結婚したら連れ合いが病気になっちまって、食べるために働きつづけで……何かこう……閉じ込められちまったような生活の繰り返しでした。だから子供達には、逆に外へ飛び出して行ってもらいたいと思うようになってしまいました。飛び出して行った息子と娘を傍《はた》から見ていて、間違わずに生きて行ってくれたら満足なんですよ……。

板倉　間違わずに生きているのか、子供達は。

吉住　お陰さんでね、時々は連絡とり合っていますよ。

板倉　羨ましい限りだ、わしにも息子はいたんだ……。

吉住　何ですねぇ、あんただってお子さんがいるのに、こんな所で他人同士で……。

板倉　ま、わしのことは追々話そうよ。

SE　玄関を開ける音

木村　ごめん下さい、うどん屋の木村です。

吉住　はいはい、お入んなさい。

木村　（出る）こんばんは。

吉住　まあ、あんた一週間経つと現れるね、ま、お掛けなさい、一杯やってるところ。

木村　えーと、夏目磯八さんは？

吉住　屋上で洗濯してますよ。

木村　あ、そうですか。居るんですね。

吉住　ええ、洗濯場に。

木村　屋上ですか、先に行って来ようかな。

板倉　ああ、急ぎの用なら行って来なさい、わしの分も洗ってるから長くかかるよ。

木村　じゃ、ちょっと行って来ます。
吉住　帰りに寄んなさいよ、一杯やってるんだから付き合いなよ。
木村　じゃ、あとで寄りますよ。（去る）
板倉　磯八君は、うどん屋に借金でもあるのかな。
吉住　踏み倒されないように、見張りに来てるみたいだね。（笑う）

SE　玄関の音

菜花　毎度！　八百春ですよ。
吉住　はい、今、行きますよ。
菜花　（声）入りますよ。
吉住　図々しいね、今行くって言ってるのに。
菜花　（出る）毎度、配達ですよ。
吉住　頼んでないよ。
菜花　いえ、御主人ですよ、板倉の旦那！　トマトに胡瓜にお味噌、ねぇ、お宅は別々にご飯食べてるんですか。
吉住　何ですか、藪から棒に……。
菜花　だって、いつも旦那が来て少しずつ注文するからさ、旦那が一人で居た時とおんなじなんだもの、味噌なんか八百屋じゃ売ってないって言ってるのに。この間、奥さんが買物に来た時も二人分くらいの野菜しか買って行かなかったでしょう、お宅、五人家族だったよねぇ。
吉住　あんた、そんな詮索しなくたっていいだろう、それぞれ家庭には事情ってものがあるんだから。
菜花　別に詮索するつもりはないけどさ、はい勘定書。
板倉　ちょっと待ってくれ。（立ち上がる）
吉住　ああよござんす、払っときます、後で返して下さいよ。（払う）
菜花　毎度ありがとうございます。
板倉　（盃を上げ）やるかい？
菜花　今店が忙しいから一杯だけ。あ、そうだ、ここの十号館の管理組合の理事長さん知ってますか。
吉住　知らない、まだ会ったことないけど。
菜花　あらそうですか、挨拶に来てますよ。
吉住　どこに？
菜花　お宅にだよ、表に待たせてる。
吉住　何ですよ、余計なことばかりぺらぺら喋って、そんな偉い人を長いこと待たせて、うちが困るじゃないか、早く入ってもらっとくれよ。
菜花　別に偉かないよ、じゃ入ってもらいますよ。（喋りながら玄関へ向い）内田さん、お待たせしましたね、入って下さいよ。
内田　（声）上がって構わないのかい。

菜花　どうぞどうぞ、私と交代、じゃ、私しゃ帰りますよ。（去る）

内田　（声）板倉さん、失礼しますよ。

吉住　（玄関に向い）どうぞどうぞ、いやですねぇ、すっかりお待たせして、お入り下さいまし。

内田　（出る）初めまして、内田でございます。

吉住　板倉でございます、あんた、理事長さんですよ。

板倉　板倉です、挨拶にも伺いませんで。

内田　こちらこそ御挨拶が遅れまして、区役所の田中さんから、御事情があって、御家族の入居があとになるって聞いていたもので、お揃いになってからと思いましてね。

吉住　何をおいても理事長さんには一番に御挨拶に上がらなければと思ってたんですが、引越しとかなんとか、ごたごたしておりまして。

内田　いや、理事長と申しましても、態《てい》のいい使い走りみたいなものでして。

吉住　さ、どうぞお掛け下さいまして。（と椅子を勧める）

内田　失礼します。（腰掛ける）

間。

吉住　理事長さんは召し上がるほうですか？

内田　何をですか？

吉住　今日は二人とも仕事が休みですので、早目にちょこっと始めてたところなんですよ。

内田　おお、お酒ですか、ははは、まぁ少々は嗜《たしな》みます。

吉住　（立ち上がって湯呑みを持って来る）老夫婦二人で呑んでもつまらないもんですよ。

板倉　（じろりと吉住を見る）

内田　これはどうも、突然伺って恐縮ですな。（酒を注がれる）

吉住　ではひとつお近づきに。（杯を上げる）

内田　頂きます。（呑む）これはまた、よいお酒ですな。

吉住　お口に合いますか？　ささ、口保養にもうおひとつ。（また、注ぐ）

内田　いや、旨い酒だ、人間、何かひとつ楽しみがなくてはいけません。（呑む）ところで板倉さんはおいでになって間無《まな》しですが、もう共同施設の場所、例えば屋上の洗濯場とか物干しとか、ゴミ処理場とか、中庭にある共同浴場、今は鶴の湯さんになってますが、皆、御存知ですね。

吉住　へぇ、使わせてもらっています。

内田　結構です。管理組合と申しても、この交仁会アパートの維持管理に関しては今はもう、アパート全体のルールはありません、各棟ごとの居住者の間で何となく決められているような訳で、難しいことはございません。お隣りの増淵さんとか、この二階にお住まいの方達にはお会いになりましたか。お隣りの増淵さんには御挨拶に上がりました。

吉住　（酒を注ぐ）

内田　あ、どうも。（呑む）このアパートは昭和のはじめに完成しましてね、私は子供の頃からもう四十年住んでいるんです。昔はね、上の洗濯場なんか水道に鍵が掛かっていましてね、合鍵で開けないと水が出なかったんですよ。共同施設も色々ありましてね、食堂とか、医療室、娯楽室、中庭に児童公園、夏はそこで盆踊り大会がありまして、正月なんか中庭に住民が集まってテーブルを出して、お節料理で酒を出し、新年の挨拶、つづいて宴会をやったものです。あの、日比谷公会堂で演説中に襲われて亡くなった、沼崎委員長*も一緒に住んでおられて、盆踊りや新年会の音頭を取ってくれてました。

吉住　（酒をつぐ）

内田　どうも。（呑む）私はここで大人になり、青春を送り、結婚して、子供を育てて、ははは……このアパートは私の人生そのままですよ、はッはは。しかし、やはり古くなりました、当時は最先端の設備を誇ってましたが、今の人には、不便なところも出て来ますな。ま、何かありましたら御連絡下さい、突然伺って御馳走になって恐縮です。しかし板倉さんお元気ですな、まだ現役でお仕事をなさっているとか、田中さんに伺いましたが。

板倉　ええまぁ、時々、山岸の方へ。

内田　いや結構です、人間身体を動かして働きませんと長生き出来ませんよ。では、今日のところはこれで失礼致します、御馳走様でした。

板倉　失礼致します。

内田　どうも、失礼致します。（去る）

　板倉、吉住、玄関へ送って行く。

板倉　（戻って来る）酒の肴にもろキュウでも作ろうか。

吉住　まだ呑むのかね。

板倉　ああ。

吉住　私はお腹が空いたから何かつくるよ。今日はあんたの分も作って上げるよ。

板倉　呑んじまったから面倒だろう、何か食いに出ようか。

　SE　玄関の音

吉住　おや、帰って来た。

磯八　ただいま。（自分の荷物の所へ行く）
木村　ちょっと外へ出てたんで時間をくっちまいました。
板倉　あんたのうどん屋の店は遠いのかね。
木村　冬木弁天ですから遠くはありませんよ。
板倉　今日は休みかね。
木村　やってますよ、私はこれから店へ出るんです。
板倉　案内してくれんかね。
木村　来てくれるんですか、ちょっと待って下さい、用を済ましちまいますから。

磯八の所へ行く、磯八は自分の鞄や持ち物を広げている、木村それを点検する。

吉住　うどん屋へ行くんですか。
板倉　ああ、いやかい。
吉住　じゃ、ちょっと着替えますよ。
板倉　うどん屋へ行くのに何で着替えるんだ。
吉住　だって、この態《なり》じゃ、羽織るもんでも持って来ますよ。（部屋へ入る）
木村　（小声で）部屋の中には？
磯八　部屋は板倉さんが使ってるから、私の物はないですよ。
板倉　何？　わしがどうしたって？
木村　いや、何でもありません。
吉住　お待ちどうさま。
板倉　（木村に）おい、用事はまだ済まんのか、行くぞ。
木村　はいただいま、じゃ来週また来るからね。
磯八　お待ちしています。
木村　じゃ御案内します、すみませんねぇ。
板倉　おい、君も来んか、ご馳走するよ。
磯八　今、木村さんにラーメンご馳走になったからいいです。
吉住　じゃ、あと頼みますよ。
磯八　行ってらっしゃい。

三人、玄関へ行く。貞子の声。

貞子　（声）ただいま、あらおきよさん出掛けるの。
吉住　（声）木村さんのうどん屋へ行ってくるよ。
貞子　（声）行ってらっしゃい、夏目さん帰ってますか。
吉住　（声）いるよ。
佐枝　（声）行ってらっしゃい。

貞子、佐枝、出る。

貞子　ただいま帰りました。
佐枝　ただいま。
磯八　おかえり、お母さんとどこへ行ったの。

佐枝　東京タワー。
磯八　へぇ、よかったね、上へ登ったの？
佐枝　登った、面白かった、目がまわったよ。
貞子　前からこの子にせがまれていたんです。けどなかなかね……今日、無理して行って来ました。佐枝、手を洗っといで。
佐枝　はい。（洗面所へ入る）
貞子　お茶でも入れましょうね。酒盛りしたの？
磯八　板倉さんたちです。
貞子　はい、ちょっと出がらしかな。（一口飲んで）磯八さん、今日どこかへ出掛けましたか？
磯八　ええ、田中さんに呼ばれたものですから、区役所まで。
貞子　そう、今帰る途中でバス停の所で女の人に声をかけられたのよ、変なこと、訊かれたわよ。
磯八　何です。
貞子　十号館二〇一号室にお住まいですかって言うのよ。だから、はいそうですけどって言ったらね、いきなり、同じ部屋に住んでる男の人、あなたの、あなたってのは私のことだけどね、あなたの御主人ですかって訊くじゃない、驚いた！
磯八　それ、私のことですか？
貞子　だって板倉さん私の主人に見える？

佐枝　（聞いていたが）お母さん、アイス食べていい？
貞子　いいわよ、部屋で食べなさい。
佐枝　はい。
磯八　……あの、全然知らない女なんですか。
貞子　知らない女の人よ、気味が悪いでしょ。でもさ、田中さんに言われてるから夫婦じゃありませんとも言えないじゃない、だから、あの人が主人であろうとなかろうとあなたに答える必要はありません、第一藪から棒で失礼じゃありませんかって言ってやったわよ。
佐枝　（部屋から出て）お母さん怖かったよ、目つり上げて。
貞子　こら！……ねぇ、磯八さん何か心当りある？
SE　玄関をそっと開ける音
磯八　いくつくらいの女ですか？
貞子　私と同じくらいかな、ちょっと若いかな。ねぇ、正直に言いなさいよ。
佐枝　正直に言っちゃいなさい。
貞子　佐枝ちゃん、部屋へ入りなさい！
佐枝　（玄関口に目が行く）キャーッ！
磯八・貞子　（驚いてふりむく）

玄関口に若い女がいる、やつれた感じ。

佐枝　お母さん！（貞子に抱きつく）

貞子　何なの、黙って入って来て、誰ですか！

磯八　この女ですか!?

貞子　違うわよ、全然違う！　あなた誰なのよ。

女　（その場に崩れ落ちる）ごめんなさい、玄関で声をかけたんですが……中にいらっしゃるようなので、どうしてもお願いしなくてはと思って、つい夢中で……ごめんなさい。（泣く）

貞子　……。

磯八　……。

貞子　黙って上がり込んで、驚くじゃありませんか。あなた、誰なんですか！

女　隣りの増淵です、すみません。

貞子　増淵さん？　あなた、奥さんじゃないでしょう、奥さんなら知ってますよ。

女　母は病気なんです、寝たきりになってしまいました、次女の陽子です。

貞子　陽子さん、陽子さんがどういう御用なの、泣いてないではっきりおっしゃい。お母さん、入院なさったの？

陽子　入院させなければいけないんですけど。

貞子　他にお家の方は、お父さんはどうなさったの、お姉さんだっていたでしょう。

陽子　父はもともと、職場の事故で、動けなくて家から出られません……姉は、家を出て行って行方が判りません。

貞子　それじゃ、あなた一人なの、働ける人は。

陽子　あと、弟と妹がいますけど、まだ、学校で……私一人の給料では、とても母を入院させられません……どうにもならなくなってしまって……（泣く）

磯八・貞子　（顔を見合せる）

貞子　佐枝、部屋へ入ってなさい。

佐枝　（部屋へ入る）

貞子　それは、お気の毒だけど、私達に何をしてほしいの。うちも、みんなで働いていて、ぎりぎりのところで暮してるのよ。私達にどうしてほしいの？大してお力になれないと思うわ。

陽子　御迷惑を承知でお願いに来ました。

貞子　……。

磯八　……。

陽子　すみませんが、お米を少し拝借出来ないでしょうか。

貞子　お米……ですか。

陽子　はい、二合でも三合でも、貸して下さい、弟と妹の食べる分だけでいいんです。

磯八　(貞子に) お米、ありますか?

貞子　私と佐枝の分ぐらいしかないわよ。陽子さん、でしたね。

陽子　はい。

貞子　ちょっと待ってね。今、見てみるから。(慌てて部屋へ入る)

磯八　(慌てて自分の荷物を引っかき回す)

貞子　(米を持って出る) 磯八さん、うち三合くらいしかないわ。

磯八　私は一合ちょっとですけど。

貞子　ちょっと待って、吉住さん、持ってるかも知れない。(また入る) 吉住さん、持ってた。三合くらいあるよね、これ……。

磯八　いいんですか、黙って持ち出して。

貞子　訳を話せば、大丈夫よ。合計七合くらいあるじゃない。

磯八　七合あれば、子供二人、十分ですね。

貞子　両親は、おかゆにしてもらおうよ。

磯八　そんなこと、あの娘さんが決めればいいんです。

貞子　これ、上げちゃおうね。

磯八　そうしましょう。

貞子　陽子さん、七合あったわよ、これ持ってって!

陽子　七合も……助かります、ありがとうございます、本当に助かります。(泣く)

貞子　返さなくていいからね、早く帰って、弟や妹にご飯炊いてあげなさい。ご両親はおかゆにしてね。

磯八　だから、それはそちらが決めれば……。

貞子　判ってるって。

陽子　では、勝手ですが帰ります。

貞子　うん、早く帰って、おかずはあるわね。

磯八　うちにはおかずありませんよ。

貞子　判ってるって。

陽子　ありがとうございました。本当にごめんなさい、さよなら。(急いで去る)

磯八、貞子、床の上にへたり込んでしまう。

貞子　ああ、胸がどきどきしてる。

磯八　私もです。

佐枝　お母さん、よかったね。

磯八　お隣り、えらく困ってたんですね。判らんもんですね。

貞子　戦争が終って二十年以上経って世の中落ち着いただなんて嘘っぱちだよ。今だって困っている人いっぱい居るんだ、可哀想だよ、青春真っ只中で、恋人の一人や二人いて、遊びたい盛りのあんなお

磯　八　嬢さんが、お米借りに来て、見ず知らずの私達に頭下げて、少しばかりの米、貸してもらって喜んで、可哀想だよ、可哀想で見てられないよ。ねぇそうでしょう磯八さん、見てられないよねぇ、可哀想で……見てられないよ可哀想だよ、可哀想だよ、ねぇ。

貞　子　はい。

磯　八　（だんだん泣いてきて、やがて号泣になる）壁一つ向うのお隣りが、そんなに困ってたなんて、可哀想だね、気の毒に。

佐　枝　仁科さん、泣いちゃいけません、仁科さん。佐枝ちゃん、お母さんにタオル、タオル。

磯　八　（急いで洗面所からタオルを持って来る）お母さん、泣いちゃ駄目、タオル、涙ふいて、お母さん、泣いちゃいやだ、お母さんたら。（泣き出す）

佐　枝　可哀想だよ、見てられないよ。（号泣）

貞　子　泣いちゃいやだよ。（泣く）

佐　枝　仁科さん、佐枝ちゃん、貞子さん、佐枝ちゃん、

磯　八　困ったな……！（少し離れて、涙をふく）

―溶暗―

第六場A

SE　窓の外は強い風雨、雷鳴

時々、稲妻が閃く。

部屋から佐枝が飛び出して来る。正面の窓を開ける、吹き飛ばされる。

やっとのことで窓を閉める佐枝。

SE　玄関を開ける音　玄関の外にも風雨と雷鳴

磯八が出る。

磯　八　佐枝ちゃん、帰ってたんだね。

佐　枝　台風が来るからお昼の給食の後、皆帰されたの、台風来たんだね。

磯　八　物凄い雨と風だ、おまけに雷さんまで来てるよ、お母さん達は帰ってない？

佐　枝　まだ帰って来ないよ。

磯　八　そりゃいかん、ちょっと見て来るから、じっとしていなさい、判ったね。

佐　枝　怖いよ、磯八さん。

磯　八　ちょっと待ってね（鞄からでんでん太鼓を出す）怖かったら、これ、こうやって鳴らして待ってて

ね。

佐枝　磯八さん、買ったのこれ？

磯八　いや……でんでん太鼓。

佐枝　ありがとう……。

磯八、飛び出して行く。

SE　玄関を開ける音　同時に風雨、雷鳴

―溶暗―

第六場B

テーブルの下に佐枝がいる。

SE　玄関を開ける音　風雨の音

吉住と貞子、帰って来る。

貞子　佐枝、佐枝ちゃん！

佐枝　ここにいる。

吉住　タオル、タオル。（洗面所へ入る、出る）ほら、貞子ちゃん。（タオルを渡す）

貞子　（顔、その他を拭く）

吉住　こりゃえらいことだ、大嵐だよ。

SE　玄関の音　風雨、雷の音強く

磯八　ああ、無事でしたか。

吉住　あんた、わざわざ私達を探しに行ったのかい。

磯八　ちょっと心配でしたから……じゃ、行って来ます。

貞子　どこへ行くの、この嵐に。

磯八　いえ田中さんの世話で区役所の清掃課に入れてもらったんですけど、清掃係ってのは、台風その他緊急の場合は、災害救助班に編入されるんですって、だから全員区役所に待機しろって言うんです。

貞子　だから行って来ます。
佐枝　大変ねぇ。
貞子　お母さん、でんでん太鼓、磯八さんにもらった。
磯八　まぁ、あなた、いつもすみません。
吉住　いや、じゃ。
ちょっと板倉さんどうしたの？（部屋を覗く）居ないよ。
磯八　え？　居ないんですか？
吉住　この嵐にあの爺さんどこへ行ったんだろう。
貞子　危ないわ、私、探して来ようか。
吉住　やめなやめな、齢とっても男だから何とか帰って来るだろう。
磯八　とにかく私は行って来ます。（出て行く）
貞子　吹き飛ばされないようにね、気を付けてね。
吉住　貞子ちゃん、ちゃんと拭いたのかい、風邪ひくよ。
貞子　大丈夫。
佐枝　お母さん、こうやって鳴らすんだよ。（太鼓を鳴らす）

電気が消える。正面、窓に薄暮が浮き上る。

吉住　あらやだ！
佐枝　停電だ！

—暗転—

第六場C

舞台無人、停電のまま、窓に薄明かり。

SE　玄関の音　風雨荒れ狂う、雷鳴

田中　（声）板倉さん、板倉さん。（連呼）

部屋から吉住、貞子出る。

吉住　誰だろう、今頃。
田中　（声）板倉さん、開けて下さい。（連呼）
貞子　（蠟燭を灯す）
吉住　気味が悪いね。
貞子　板倉さん達（部屋を覗く）二人とも帰ってないわ。
田中　（声）板倉さん、区役所の田中です、開けて下さい、田中です。
吉住　田中さんだって、何だろう。はーい、今開けます。（玄関へ行く）

SE　玄関の音　風雨の音

田中　（声）板倉さん緊急です。お願いがあります。
吉住　（声）田中さん、この嵐に今頃どうしたのよ！（出る）
田中　（出る）夜分、すみません。

吉住　あんた、びしょびしょで、部屋が濡れちまうよ、雑巾持って来るから。

田中　それどころじゃありません、よく聞いて下さい。台風で三つの運河の堤防が決壊して大水が出ました。そのためこのアパートの一階部分の住宅が、床下浸水となり非常に危険な状態です。したがって、災害時の決りで一階の住民を二階の住宅に緊急避難させます。御協力お願いします。

吉住　それ、どういうことなの。

田中　一階一〇一号室の清田さん一家を水が引くまで、ここへ避難させてもらいます。

吉住　今、板倉さんも磯八さんも居ないんだよ、私達だけでは決められないよ。

田中　決めるも決めないもないんですよ。この交仁会アパート全体の決まりなんだから、区役所もやむを得ないと決定したんです、我慢してもらいます。

吉住　何人来るのよ。

田中　たしか、五、六人です。今、連れて来ますからよろしく。（出て行く）

吉住　そんな決りあったのかねぇ。

貞子　佐枝を起こそうか。

吉住　可哀想だよ、寝かしときなよ、五人も来たって寝る所もないよ、迷惑だねぇ。

貞子　一階は水浸しだって言うんだから、それこそ寝る所もないいんじゃないの、我慢するより仕様がないよ。

SE　玄関の音　台風の音

田中　板倉さーん、入りますよ、清田さん入って入って、そこに立ってたら雨が吹き込むから、早く入りなさい。（出る）吉住さん、清田さんの両親と長男は、ちょうど横山町の兄さんの家へ遊びに行ってるんだって、当分向うにいるより仕様がないから、とりあえず三人だよ、三人！　よかったじゃないの……どうぞ入って下さい、どうぞ入って。

清田健介（40）と周子《ちかこ》（43）続いて細川美与（70）が入って来る。健介と周子は小荷物と毛布を持っている。美与は肩から小さな鞄を下げている。

健介　どうも、下の清田健介と妻の周子です。御迷惑をおかけします。

田中　御迷惑じゃないんだったら、災害時の決り事です。大手を振って厄介になって下さい。

吉住　そんなあんた、えばることないだろう。清田さんだっけ……仕方ないよ、のんびりして下さいよ。

田中　私は吉住きよ。
貞子　またまた、違うでしょう。
田中　(遮って)清田さんですね、板倉貞子です、これは母のきよです。少しはっきりしないところがありまして、すぐ、嫁入り前の苗字を言っちまうんですよ。私達の他に私の娘と父と主人がおりますから、よろしくね。
貞子　水が引くまで狭い所へ大勢でお気の毒だけど、仲良くやって下さい。
健介　(美与を指して)そちら様は、清田さんのお母様ですか。
貞子　いいえ、両親は偶然兄の所へ遊びに行っておりまして、しばらくは向うに居てもらうつもりで、とりあえず、家内の周子と二人でお世話になります。
健介　では……そのお方は?
田中　そのお方って……(美与を見る)あなた、どなたですか!
吉住　えっ?
田中　何だって、田中さんどういうことよ。
　　　だって階段上がって来る時三人だったじゃないか、私は奥さんのお母さんだと思ってたよ。
周子　私の母は東京におりません。
健介　全然知らない方です。あなた、どこの人ですか?

美与　(おじぎをする)
田中　あなた、お名前、何ておっしゃるの?
美与　細川美与です。
田中　住所は、お住まいはどこですか。
美与　迷子になっちゃった……。
田中　なっちゃったって……どこに住んでるんですか?
美与　判らないの……歩いてたら、道に迷っちゃって、雨がひどいから、下で立ってたら(田中を指して)この人が早く二階へ来なさいって言ってくれて、ねぇ、そうよね。
吉住　田中さんが間違えて連れて来たんじゃないか、どうするんだい。
田中　だって清田さんの玄関の脇に立ってたら、誰だって清田さんちの誰かだと思うだろう。
吉住　それに、この人、少しおかしいよ、この人こそ、少しはっきりしないところがあるんじゃないのかい。とにかく連れて帰って下さいよ。
田中　それは困る。外はこんな嵐ですよ、この人、しばらく、こちらに預けます。この年寄り外へほっぽり出す訳にはいかんでしょう。
貞子　判りました。とりあえずお預かりはしますけど、この人の住所とか、身内の人を早く探して下さい。この人の家だって今頃心配してますよ。

田中　判った、急ぎ調査しましょう。
貞子　あなた、ここへお掛けなさい、寒くない？　大丈夫？
美与　何だか、疲れちゃった。
貞子　いま、熱いお茶を入れますからね、清田さんもどうぞ。
健介　ありがとうございます。

SE　玄関の音　風雨の音

内田　（声）板倉さん、板倉さん。
吉住　また、誰か来たよ。
内田　（声）開けて下さい、板倉さん。
田中　何だ、理事長の内田さんですよ、開いてますよ。
内田　（飛び込んで来る）板倉さん！　隣りの増淵さん、知りませんか。
貞子　増淵さん？　増淵さんの娘さんですか。
内田　いえ、増淵さんです、全員です。来てませんか。
吉住　そんなに大勢入れないよここには。
貞子　理事長さん、増淵さんがどうかしたんですか？
内田　居ないんだ！　一階二号室の加藤さんを避難させようと、増淵さんに頼みに行ったら居ないんだ。
貞子　居ない、どなたが居なくなったんですか。
内田　誰も居ないんだ、もぬけの殻だ。
田中　えッ、一家で避難したのかな。
内田　避難するのに家財道具まで持って行くかね！
田中　えッ、それじゃ。
内田　消えちまった、一家揃って消えちまったんだよ。
貞子　だって奥さん寝たきりで動けないって言ってましたよ、御主人だって身体が不自由で思うように動けないって。居なくなる訳ないでしょう。
吉住　いつだったか、娘さんがお米を借りに来たんだろう？
貞子　ええ、陽子さんて娘さんが……。
内田　その時、引越すとか何とか言ってませんでしたか？
貞子　いいえ、引越すなら田中さんか理事長さんに届ける筈でしょう。
田中　それはそうだ。
貞子　でもその時、お米を借りに来た娘さん、やつれて、弱ってたみたいだった。
健介　もしかしたら、夜逃げではないですか。
一同　えッ!?……
田中　一家揃ってかね。
健介　……誰か置いていく夜逃げってないでしょう。
田中　だけど、そんなに困ってたのかな。
貞子　寝たきりの奥さん、どうやって連れてったんだろう。

吉住　……今でも夜逃げなんてあるのかね。

一同　……。

田中　しかし、台風の最中に夜逃げするかね。

内田　ゆうべとは限りませんよ。

田中　板倉さん、隣りに居て判らなかったんですか。

吉住　判ったら夜逃げにならないだろ。

田中　それもそうだ……。

SE　台風と雷の音

—休憩—

突然電気がつく、一同眩しそうに顔を見合せる。吉住、蠟燭消す。貞子と周子、顔が合う。

貞子　あら。

周子　どうも。

貞子　あなた一階の清田さんの奥さんだったの。

周子　その節は……。

健介　家内を御存知でしたか。

貞子　ええ、バス停で。

周子　(プイと横を向く)

吉住　また、真っ暗だ。

—暗転—

第七場

前場から三日後の朝

板倉と磯八、舞台下手の蒲団の上に座っている。玄関口から清田健介が出る。

SE　玄関の音

健介　板倉さん、水は大分引いたようです、救助用の小舟も見えません、外は歩けるようになりました。

板倉　あんたの所は？

健介　水は引きましたが、畳が凸凹で踏むと水が出ます。壁には浸水のあとが線になって残っていて、黴《かび》が生えて来ました。

板倉　当分、帰れんなぁ。

健介　申し訳ありません、私達のために部屋を提供していただいて、御不自由をおかけして。私、これから工場へ出まして機械の点検をして、急いで帰って来て部屋を何とか寝られるようにしますので、夕方まで、家内を置いといてやって下さい。お願い致します。

板倉　そんな所へ寝られる訳がないだろう。

磯八　吉ず……お母さん達はもう仕事へ行ったんですかね。寝過ごしてしまって、気が付かなかった。

健介　炊き出しをしなくてはいけないからって朝暗い内にお二人は食堂へ行かれました、お嬢さんも学校の大掃除だって登校なさったようです。

板倉　迷子の婆さんはまだいるのかい。

健介　部屋で寝ています。

板倉　ふーん。あんたの会社も開店休業か？

健介　はい、何しろ工場が稼働しないので。板倉さん、床に直に寝て寒くないですか、腰や背中が痛いんじゃないですか。

板倉　うむ。少し応えるな、まぁ、ここの床はコルクだから、軟らかいし、板と違って冷えないから大丈夫だ。

健介　あれ、下、コルクですか？　へぇ、板敷きじゃないんですか……。

板倉　さて、わしも出掛けるか……。

磯八　えッ、今日も出るんですか。

板倉　ああ、嵐で会社の貯木場の筏《いかだ》がバラバラになって流れ出たんで探し出して回収しないと大損だからな。

健介　材木が沢山、街中に流れ出してゴロゴロしてましたけど、板倉さんの会社の材木だって見分けがつくんですか？

板倉　見分けるのがわしの商売だ、長年やってれば、うちの材木か他《よそ》のかぐらいすぐ判る。今じゃそんな職人は少なくなった、会社も困っとるよ。

磯八　でも、会社やめたんでしょう。

板倉　やめとらんよ……やめとらん。

磯八　でもね板倉のお父さん、台風の来た夜も、昨日も一日中材木探して、帰って来たの明け方ですよ、三時間くらいしか寝てないじゃないですか。今日は休んだ方がいいですよ、お父さん！（健介を見る）

板倉　いや、行く、行かなきゃならんのだ。

磯八　大丈夫かなぁ、じゃ一緒に出ましょう。

板倉　いや、八百春で握り飯を作ってもらうから、先に行く。

磯八　八百屋へ行ってお握りなんて注文するから、おかみが怒るんですよ。

板倉　気にせんでいい。じゃ失敬。（出て行く）

健介　じゃ私も……。

磯八、蒲団の上にあぐら、パイプに火をつける。

周子　いい匂い。懐かしいわ。

磯八　（パイプをくわえたまま蒲団をたたむ）

周子　お出掛けですか。

磯八　（頷く）

周子　お仕事？

磯八　（頷く）

周子　前の会社へ行ったら、無断欠勤がつづいている、理由を知ってますかって訊かれたわ……。もう、やめちゃったの？

磯八　（頷く）

周子　今は何の仕事をしてるの？

磯八　……。

周子　教えてほしいわ、あなたの今、知らなければ、納得出来ないのよ。

磯八　区役所の清掃係に雇われているんだ。

周子　区役所の清掃係って……あなた、どうしたの一体……何があったんですか。

磯八　別におかしな仕事じゃないだろう。

周子　違うの、どうしてそこに行き着いたのか知りたいの、どうして？

磯八　……。

周子　朝、行って来ますって出たっきり、居なくなってしまうなんてあんまりです、私の知る限りの所、探して歩いたのよ。何が理由で、私達の生活終りにしたのか聞かせて、私の何が悪かったの？

磯八　隔離されちまってね、知らせる所があるなら言えと言われたが断ったんだ。

周子　カクリ……？　あなた、病気なさったの、病院に入れられたの？　そうなの？

磯八　病気か……そう、病気だな。罪悪という意識が僕の中でどんどん薄れて来てね、無意識の裡《うち》に身体の動きが止まらなくなって、他《よそ》からの力がなくては止められなくなったんだ、その結果が隔離だったんだ。

周子　あなた、何を言ってるの？　私に判るように言ってちょうだい。

磯八　みっともないねぇ、一流の会社に勤めて、人様の娘さんを同棲まがいの生活に引きずり込んで、あげくの果てに、けちな万引を止《や》められなくて、警察に捕まって、刑務所に入れられて、こんなこと、会社や君に何て言って知らせるんだ。以前と同じ生活なんか取り戻せる訳がないだろ、断ち切るより仕方がなかったんだ……。（苦笑する）今、初めて、人に話した、君にだけ話した。

周子　……あなた。

磯八　ごめんよ、人には言わないでくれるかい。

周子　言わないわ……でも。嘘でしょう？

磯八　嘘じゃない！

周子　私に諦めさせようとして、嘘をついてるんでしょう。

磯八　嘘であってほしいよ。でも君、諦めるも何も、今は立派な旦那さんがいるじゃない、君が同じアパートに住んでいて、そりゃ、驚いたけど、いい人と結婚していたんで、正直、ほっとしたんだ。

周子　そう、たしかに結婚はしてる、だけど、あなたも私も、お互い嫌いになって別れた訳じゃないわ、それを忘れないでほしいわ……ひどい人、警察だの、刑務所だの下手な嘘をついて、私に諦めさせようなんて、そうはいかないわよ。

磯八　（呆然と周子を見る）……俺、万引常習犯だよ、嘘じゃない。一年も刑務所に。

周子　嘘！　嘘！

磯八　（慌てて部屋へ入り、トランクを持って出て、中から子供の人形をいくつかテーブルに並べる）これ見たまえ。

周子　何よ、この人形。

磯八　れっきとした盗品だよ。

周子　あなたまだやってるの？

磯八　今はやってないよ、残り物だ。

周子　あなた、私にだけ話したなんて、今の奥さん、知らないの？

磯八　女房なんかいるもんか。

周子　でも、嵐の夜、あの人、あなたのことを夫ですって言ってたじゃない。
磯八　そ、それは……。
部屋から細川美与が出て来る。
美与　（笑いながら二人に会釈する）
二人　（会釈を返す）
美与　冷蔵庫にアイスあったけど、食べていい？
磯八　あれは駄目ですよ、佐枝ちゃんの。
美与　アイス食べちゃ駄目？
周子　い、いいわよ、あとで補充しとくから、食べなさい。
周子、台所からアイスを出して、美与に与える。
美与　（ニッコリ笑って椅子に座り食べ始める）そのお人形、いただけるの？
磯八　これは駄目ですよ。
美与　お人形ちょうだい、お人形……。
周子　あげたら……。
美与　頂戴！
磯八　ちょっと待って（手持ちの鞄から、他の人形を出して）はい、これあげるね。
美与　ありがとう。

周子　それ、どう違うの？
磯八　領収証……今は買ってるんだ。（他の人形はトランクに仕舞い部屋に戻す）じゃ、仕事に行くから、君も早く御亭主と下へ帰れよ。
周子　まだ畳が入ってないから、主人の両親や子供も帰って来られないのよ。
磯八　子供？　じゃまだ一つにもならないだろ。
周子　主人の亡くなった奥さんとの子供、佐枝ちゃんと同い年。
磯八　大変だな、女の子？
周子　男の子、私、育て方も判らないの。
磯八　……。
周子　あなた、教えてちょうだい。
磯八　子供の育て方なんか知らないよ。
周子　違うわ、私達やり直せないか教えてよ。
磯八　（周子を見る。間）そんなこと……仕事に行かなきゃクビになっちまう。
周子　行ってらっしゃい。
磯八　行ってきます。
周子　あなた、そう言って帰って来なかった。
磯八、慌てて去る、立ち尽くす周子。
美与　（人形をもてあそびながら）……今そこに、居たかと思う炬燵かな。*

周子 （美与と顔を合わす）

美与 （ニッコリと笑う）

周子 （急ぎ足で部屋に入る）

SE ポンポン蒸気と水鳥の声

美与、人形と遊んでいる。

―溶暗―

第八場

台風が去って四日目の夕刻

SE ポンポン蒸気船の音

美与がテーブルについている。貞子が丼を二つ持って台所から出る。

貞子 佐枝、佐枝ちゃん。

佐枝 （部屋から登校姿で出る）

貞子 これ、晩ご飯、おばあちゃんと仲良く食べるのよ、ポットにお茶が入ってるからね。お母さん食堂へ行って吉住のおばちゃんと交代しなきゃならないからね、お母さん帰って来るまでに宿題やっとくのよ、判った？

佐枝 判った。

SE 玄関の音 （周子が出る）

貞子 あ、清田さん夕食は？ この子達に作った残りでよければ台所にありますけど。

周子 いえ、ガスや水道は来てますんで、下で調理は出来ますので……。

貞子 じゃちょっと仕事に行って来ますので。

周子　行ってらっしゃい。（部屋に入る）
貞子　（美与に）細川さん、おばあちゃん。
美与　はい。
貞子　これ晩ご飯ですよ、佐枝と二人で食べて下さいね。
美与　佐枝ちゃん？
貞子　そうよ、娘の名前は佐枝。
美与　ああ、佐枝ちゃん、いいお名前ね。
貞子　じゃ行ってくるよ。

佐枝、玄関に送って、帰って来る。

佐枝　おばあちゃん、食べようか……。
美与　はい、食べましょう。
佐枝　（お茶を汲んで出す）はい、お茶。
美与　ありがとう、ではいただきます。
佐枝　いただきます。（佐枝食べ始める）
美与　（食べない）
佐枝　食べないの？
美与　佐枝ちゃん。
佐枝　はい。
美与　このご飯、まだ残ってるって、お母さん言ってたわね。
佐枝　うん、おばあちゃん足りなかったら、もっと食べていいよ。
美与　ちがうのよ、じゃ、お父さんの分は、とってあるのね。これ、私、食べてもいいのね。
佐枝　お父さん？
美与　佐枝ちゃんのお父さん。
佐枝　お父さん、いないよ。
美与　いつも、そこに寝てる人、お父さんじゃないの？
佐枝　ちがうよ。
美与　ちがうの？
佐枝　お父さん、はじめからいないよ。
美与　あら……ごめんなさい。
佐枝　あやまらなくていいよ、お母さんがいるもの。
美与　そうだよね、佐枝ちゃんのお母さん、やさしいからいいね、うらやましいねぇ。
佐枝　すぐ怒るよ。
美与　すぐ怒る？
佐枝　でも、すぐ直る。
美与　そうよ、いつまでも怒ってないで、すぐ直る人は心がやさしいんだよ。
佐枝　早く食べよう。

SE　玄関の音

菜花　（声）こんちは、入りますよ。（出る）あ、おばあちゃん。

美与　はい？

菜花　（玄関の方を見てから）佐枝ちゃん、おじいちゃんかお父さんか、おばあちゃんか、お母さんいないの？

佐枝　誰も居ません。下のおばさんなら、部屋に居ますけど。

菜花　ええ？　そりゃ困ったね。家の人、誰も居ないんじゃねぇ、どうしよう……。

女の声　どうしたんですか、居るんですか、居ないんですか。

菜花　（玄関に向って）お尋ねの人だと思うんですけどねぇ。

女の声　居るんですね。

菜花　（玄関に向って）ええ、その人は居るんですけど、家の人が誰も居ないんですよ。

女の声　この家の人は居なくても、私が確かめることは出来るでしょう。

菜花　困ったねぇ……じゃ、確かめるだけにして下さいよ、家の人は居ないんだからね。

女の声　上がらしてもらいますよ。

　美与の義娘、紀子(40)出る。

紀子　（美与を見る）お義母《かあ》さん！

菜花　この人ですか？

紀子　そうですよ……お義母さん、何回こんな目に遭わせれば気が済むの？……ああ、もういやだ！　お義母さんが居なくなる度に私は足を棒にして、深川中探し廻って、恥ずかしいったらありゃしない、ああ、あの嫁はまた、目をつり上げて姑を探して走り廻ってるって噂されて、それでも探し廻らなければならない私の身にもなって下さいよ、私にも限度というものがありますよ、あなたの面倒はもう見切れません、いいですか、よく聞いて下さい、私はね。

菜花　ちょっとあんた、落ち着いて下さいよ、小さい子供だって居るんだから。（周子が出る）あ、清田さんの奥さん、このおばあちゃんちの嫁さんらしいんだけど、私の手に負えないよ。

周子　佐枝ちゃん、部屋に入ってなさい。

佐枝　はい。（紀子を気にしながら入る）

周子　（美与に）細川さんでしたね。

美与　（頷く）

周子　（紀子に）あなたは細川さんの息子さんの奥さんですか。

紀子　そうです、嫁です。

周子　ご心配だったわね。

紀子　当り前ですよ、（菜花に）あなた、すいませんけど、水を一杯下さい。

菜花　えッ。（台所へ行ってコップに水を汲んで来る）はい、水。

紀子　（水を呑む）私はね、あの台風が来た日は仕事に行ってたんですよ、共稼ぎなものでね。台風が来るっていうので早目に仕事を切り上げて帰ってみたら、お義母《かあ》さん居ないんですよ。居なくなるのは今度がはじめてじゃないんですよ、普段の日なら驚きやしませんけどあの日は大きな台風が来るってテレビで言ってた通り夕方から強風や横なぐりの雨が降ってきたでしょう、慌てて探し廻りましたよ、どこ探したって居やしない、今日まで、三日間、一日中探し歩いてもうへとへとですよ。主人なんか毎度のことなんで探しもしないんです、仕事があるからって知らん顔ですよ、頭に来るのは当然でしょうが。

周子　お宅にも事情があるでしょうけど、少し冷静に話しましょうよ。八百春のおかみさん、この方お宅には初めていらしたんですか？

菜花　そうなんですよ、さっきお店へ飛び込んで来てさ、写真を見せられてね、この年寄りを見かけなかったかって言うから写真を見たら、板倉さんちへ迷い込んで来たおばあちゃんじゃないの、私も驚いたよ。だけどねぇ、細川さんのお嫁さん、みんなね、大騒ぎして、身元を探したんだよ、管理組合の理事長から、区役所の田中さんから、交番のお巡りさんとか、うちの父ちゃんまでさ、ちったぁありがたいと思いなよ。

紀子　本人に訊けばよかったでしょう、この人は、ちゃんと答えられますよ。

周子　私の家はこのアパートの一階なの、台風で水が出て家が水浸しで住めないからこの家に避難させてもらったのよ。その時、お宅のお義母さんが家の玄関先にびしょ濡れでしょぼんと立ってたから、ここへお連れしたの、可哀想だったわよ。

紀子　私の方がよっぽど可哀想です！

周子　まぁお聞きなさいな、その時、お義母さんにお住いはどこですかって聞いたら、迷子になって家が判らない、住所も、電話番号も何も忘れちゃったって仰ったのよ。失礼ですけど少し痴呆が入っているようなのでみんな気を遣ったわ。

紀子　嘘です、痴呆なんか入ってません。よく使う手なんです。

菜花　嘘には見えないけどね。

紀子　家は、三好町ですよ、この清澄から目と鼻の先でしょう。それを惚《とぼ》けて、ここに居れば大事にしてもらえると思って耄《ほう》けたふりをしてるんですよ。

菜花　じゃ、あんたの所じゃ大事にしてないんだ、じゃ帰りたがらなくて当り前だ。

紀子　他人にとやかく言われたくないよ。仮にも家族です、大事にしない訳がないじゃないか！

菜花　家族なら、家族らしくしろい！　亭主の母親が惚《ぼ》けの真似までしてでもここに居たがるなんて可哀想で見ちゃいられねえや。手前《てめえ》の言いたいことばかり言いやがって腹が立つったらないね、まったく。

周子　おかみさん。

紀子　お義母さん帰りますよ。嫁がこうまで言われて何も感じないんですか、帰りますから支度をして下さい。

周子　それは困ります。お義母さんのお世話をしたのは私達じゃありません、この家の人達です。その人達が留守の間に連れて帰られたんでは私達が困ります、御礼の一つも言ってからお帰り下さい。

紀子　私はこの三日間、仕事も休んでこの人を探し歩いてやっと見つけたんです。もう私の身体も限界です、どうしても連れて帰ります。御礼は日を改めて主人に来てもらいます、それで十分でしょう。

菜花　そんな言い草はないだろう。

紀子　お義母さん、支度をなさい、帰りますから。

美与　（のろのろと立って部屋へ向う）

周子　細川さん……。

美与　（小さな荷物を持って出る）

紀子　何ですその荷物は。ちゃんと家出の支度までしてたんですか。

菜花　嫁さん、いい加減にしな、これはこの家の人がおばあちゃんの下着だの何だの買ったんだ。同じもの着せてる訳にはいかないだろうが。

佐枝　（人形を持って出る）おばあちゃん。

美与　……。

佐枝　これ、おばあちゃんの人形だよ、持って帰って……。

美与　（ニッコリ笑って人形を受け取る。三人に向ってお辞儀をする）

三人　……。

紀子　ふん……。（先に玄関に行く）

美与　ありがとうございました。

三人　……。

美与　佐枝ちゃん。

佐枝　おばあちゃん。

美与　楽しかった、本当に楽しかったよ。

佐枝　さよなら……。

美与　いい子でね……お母さんにありがとうって御礼を言ってね。（去る）

佐枝　（泣きながら）おばあちゃん！（追う）

菜花　あの齢になってさ……帰っても、あの人の居場所なんかないよねぇ。

SE　玄関の開いて閉まる音

周子　……今そこに居たかと思う炬燵かな……おばあちゃん、正気で言ったんだわ。

菜花　……何を……。

周子　なんでもない。

SE　水鳥の鳴き声　ポンポン蒸気船の音

―溶暗―

第九場

前場より十日余過ぎた日の朝、秋

SE　蒸気船の音　水鳥の鳴き声

貞子と佐枝（ランドセル姿で）出る。

貞子　ほら、また吉住のおばちゃんに先に行かれちゃったじゃないか。

佐枝　だから送って来なくていいよ。

貞子　下まで行く、お母さん今日は夕方に帰って来るからね、無理に校庭で遊んで来なくていいよ。

佐枝　うん、今日は盆踊り大会だものね。

貞子　浴衣、出してあるからね。

佐枝　うん、絹ちゃん達と行っていい？

貞子　何だ、お母さんと行かないの？　櫓《やぐら》のそばに居るんだよ、判らない所へ行っちゃ駄目だよ。

佐枝　早く行こう。

貞子　今夜はカレーライスだからね。

佐枝　わぁ、嬉しい、ハヤシもあるでよー。

貞子　こら、学校でそんなこと言っちゃ駄目よ。

佐枝　みんな言ってるよ、あッと驚くタメゴロー。

などと言いながら出掛ける、清田健介と周子出る。

健介　お弁当入れた？

周子　入れました。

健介　畳屋まだ来ないのかな、田中さん何も言って来ないかい。

周子　ええ、うちだけじゃないから、きっと順番待ちよ。

健介　二階へ来てもう十日になるよ、親爺とおふくろだっていつまでも兄貴の所へ置いとけないしなぁ。

周子　あちらの方が広いから、ここへ帰って来るより、お父さん達も楽よきっと。

健介　だって弘志を学校へ通わせてもらってるんだぜ。

周子　そのために、少しだけど食費を入れてるんだもの遠慮することないわよ。弘志さんだっていい中学へ入れたんだから、よかったじゃない。

健介　行ってくるよ、それにしても居候は疲れるね。

周子　私は案外平気よ、図々しいのかな。

二人去る。

SE　玄関の音

貞子　（声）あら、行ってらっしゃいまし。

健介　（声）行ってきます。

貞子、急ぎ足で部屋へ入り、上衣をひっかけながら出る。

周子　（帰って来る）お仕事ですか。

貞子　そうなの、佐枝が愚図だから、遅くなっちゃうの、行ってきます。

周子　ここのところ、磯八さん見ませんね。

貞子　そうなの、不良よあの人、ちっとも帰って来やしない、外泊ばっかり、じゃ。

出掛ける。

SE　ポンポン蒸気船の音

周子　……。（部屋へ入る）

―溶暗―

第十場

前場の夕刻

SE　祭り囃子がかすかに聞える、盆踊りの曲に変っていく（「東京音頭」その他）

部屋から、浴衣姿の吉住と佐枝、普段着の貞子が出て来る。

吉住　貞子ちゃん、あんた浴衣持ってなかったかなぁ。
貞子　持ってないわよ、佐枝が着てるからいいじゃない。
吉住　何だか、私だけお洒落して恥ずかしいじゃない。
貞子　何で恥ずかしいのよ、よく似合いじゃない。でも、浴衣を着てると、お洒落してることになるのかしら。
佐枝　なるよ、私、今日お洒落だもん。
貞子　じゃお洒落ついでに、もう一つお洒落。佐枝これを履きな、新しいんだよ。
吉住　あら、よかったね、日和《ひより》下駄って言うんだよ。
佐枝　わぁ嬉しい、ありがとう。（下駄を受け取って玄関へ行く）お母さん、お客さんだよ。
木村　入りますよ。（出る）おや佐枝ちゃん、浴衣を着てお洒落しちゃって、盆踊りに行くの？　あら、おきよさんも。
吉住　やっぱりお洒落に入るんだよ。
木村　何が入るんですか。
吉住　こっちのこと、それより木村さん、せっかく来たのに磯八さんなら居ないよ。いいのが出来たらしいんだ、五日も帰って来ませんよだ。
木村　（血相変えて）なんですって！　五日も帰って来ないって本当ですかそれは。
吉住　何よ血相変えて、大の男が五日やそこら帰って来なくてもどうってことないじゃないの。
木村　とんでもない、大ありです。このまま、あと二日帰って来なかったら、大変なことになるんだ、七日未満でも定められた住居を留守にする時は緊急の場合を除いて保護観察所か保護司に申告しなくてはならないのですよ。また、保護司も観察対象者の行動を把握していなかったとして叱責されるんです。えらいことになりそうだ、このまま帰って来ないと更生保護委員会から不良措置が取られ、戻し収容になってしまう。（と、ぺらぺら内緒にしてたことを喋ってしまう）
貞子　うどん屋の木村さん、（吉住と目が合う。吉住と佐枝、部屋へ）夏目磯八さんは犯罪人なんですか？　保護観察の対象となるような犯罪を犯したんですか、うどん屋とは仮の姿で、あなたは保護司なんですか？

木村　えッ……あッ、いやその。あとでまた来ます。

貞子　逃げないで下さい、磯八さんは何をしたのですか、殺人ですか。

木村　そ、そんな馬鹿な、大したことではないんだ、ほんの末端です。

貞子　犯罪に重大も末端もないでしょう。木村さん聞かせて下さい、あの人何をしたんですか。

木村　まいったな、区役所の田中さんに黙っててよ、磯八君が気の毒だから誰にも言わないことにしてたんだ。

貞子　言いませんよ誰にも。

木村　実はですね、ま、万引の常習犯。

貞子　万引、常習犯。

木村　警察に、睨まれててね、立派な会社に勤めて、奥さんもいたらしいのに、みんなパーだよ。

貞子　奥さんがいたんですか。

木村　私にはそうほのめかしたんだが、取調べには完全黙秘だったらしい。立派な大人が判らんものだ。

貞子　磯八さん、先週も今週も外泊が多いのよ、それも急に外泊しだしたのよ。これは緊急の場合にぶち当ったのかも知れない。その場合は、一週間以内なら、木村さんに届けなくていいんでしょう？

木村　うーん、しかし外泊が多いな、何か犯罪に関わっていなければいいのだが。

貞子　あの人、規則を破るような人じゃないわよ。今日か明日、必ず帰って来るわ。そうしたら外泊の理由を聞いて下さい。

木村　もちろん聞きますよ。

貞子　お願いします。私達、盆踊りに行きますけど、木村さんは居るでしょう。

木村　しばらく待ってみますよ。

貞子　きよさん、すみませんでした、盆踊りに行こう。

吉住　いいのかい。

貞子　ええ、木村さんが居てくれるって。

吉住　佐枝ちゃん行こう。

佐枝　……（玄関へ行く）あ、磯八さんだ。

一同　（緊張する）

磯八が大きな縫いぐるみを持って帰って来る。

磯八　ただいま……ちょっと留守にしちゃって、佐枝ちゃん、おみやげ。

佐枝　えッ、私に？

磯八　ああ、佐枝ちゃんが欲しがってたの、憶えてたんだ。

佐枝　お母さん、もらっていいの？

一同、じっと縫いぐるみを見る。

木村　君。

磯八　まさかこんな大きな物。（紙片を渡す）

木村　（受け取る）あ、領収書ね。佐枝ちゃん、もらっていいよ、ねえ、お母さん。

貞子　こんな高いもの買って来て、すみません。

磯八　いや。

吉住　あんた、ここんとこ訝《おか》しいよ、どこへ泊ってたんだよ。

磯八　昼間は区役所で掃除です、夜は決壊した堤防の修復工事に雇ってもらって現場の人夫宿舎で寝てましたよ。

木村　嘘ではないね。

磯八　はい。

木村　（貞子を見る）

貞子　……。

佐枝　磯八さん。

磯八　え？

佐枝　どうもありがとう。

磯八　私、少し横になってもいいですか。

木村　（小声）その前に色々と報告があるでしょう、ラーメンおごります。

SE　玄関の音（清田健介が出る）

健介　皆さん、下の部屋に畳が入りました、やっと自分の家で寝られます。長い間、お世話になりました、今夜から下へ帰ります、本当にありがとうございました。

貞子　よかったですね。

吉住　今夜はぐっすり寝られるね。

健介　はい。（風呂敷の荷物を持って出る）お部屋の掃除は、明日、させてもらいます。では、失礼致します。（去る）

SE　玄関の音

磯八　（見送って）……私も今日から外泊はやめだな。

貞子　……。

磯八　もう疲れました。

SE　玄関の音（板倉が慌てて帰って来る）

吉住　旦那、盆踊りに行かない？

板倉　それどころじゃない！

吉住　まぁま慌てふためいてどうしたんです。

板倉　まさかとは思うが、いや、たしかにこっちに向ってたな、こんな所にわしが居るなんて知る筈がない、しかしこっちに向ってたんだ。いいか、万が一誰かここに来たら、板倉なんて人間はここには居ないと言ってくれたまえ。
吉住　私達は盆踊りに行きますよ。
板倉　いかん、それは困る。誰か居て、万が一誰かわしを訪ねて来たら追い返して下さい、いいな。（部屋へ入る）
吉住　訳が判らないことを言って、仕様がない爺さんだね。いいよ、私が居るから。木村さんも盆踊りに行きなよ。
木村　私は店へ帰ります。
貞子　せっかく、お洒落したのにね、じゃ、行きますよ、ごめんねきよさん。
吉住　早く行っといで、あとで行くからさ。
佐枝　吉住のおばちゃん早くおいで。
吉住　すぐ行くよ。
貞子　櫓の辺りにいるからね、おきよさん。
木村　私らも用があるから出掛けますよ。
吉住　どうぞ、行っちゃって下さい。

SE　玄関の音

吉住　旦那、みんな行っちゃったよ、本当に誰か来るのかい？
板倉　（部屋から出る）おい。
吉住　なんです。
板倉　あんたに話さなきゃならん時が来た。
吉住　何をです、顔色変えて大そうですね。
板倉　あんたの子供は間違わずに生きてて羨ましいと、いつか言ったことがあったな。
吉住　それがどうしたんだね。
板倉　わしにも息子がいて二人して同じ会社に勤めて何とかやっていたんだ。
吉住　はぁ、そうですか。
板倉　ある日息子がな、会社の金を着服してドロンしちまったんだ。
吉住　まあ、そりゃまた、どうしてなの？
板倉　金額も決して少なくなかった。家内がわしら二人おいて家を出てしまってからわしは男手一つで息子を育てたんだ、六つの時からだぞ。その息子が泥棒になってしまった、会社一筋に働いてきたわしの息子が会社の金を……わしはもう会社におられんだろ、しかし、会社が好きで生きて来たわしだ、すぐそばに居たかった、それで、区役所の田中を騙してこのアパートに住みついたんだ。見つからないようにして今日まで暮して来た。そうしたら先刻、山岸の会長の姿を見かけたんだよ、しかも、こっちの方へ向って来るんだよ。どうしよう、大恩ある会長に顔なんか合せられるか、十代から世話になっとるんだ、ここへ来たら、どうしよう、おい、なんとかせい。

吉住　しっかりしなよ、今さらうろたえてもどうにもならない。第一、会社のある芝翫河岸《しかんがし》の目と鼻の先に居て隠れ住んだもないもんだ、見つけてくれと言ってるようなもんだよ。

SE　玄関の音

女の声　ごめん下さい、板倉さん。

吉住　はい、どなた。

女の声　芝翫河岸の山岸ですが、板倉さんご在宅ですね。

吉住　ちゃんとばれちゃってるじゃないか、はい、ただいま。覚悟決めなよ、私がそばに居てやるから。はい、お待たせして。（出て行く、声のみ）どうぞ、お上がり下さいまして、（出て来る）あんたより立派な旦那と女の人……さ、どうぞ。

板倉　（正座して、平伏する）

山岸の秘書・風戸綾（36）出る。

風戸　失礼致します。（板倉を見る）会長、板倉さん、おいでです。

山岸総業の会長・碌之助（70）出る。

風戸　板倉さん、会長さんですよ、お顔を上げて下さい。

山岸　いつまで蝦蟇《がまがえる》ごっこしてるんだ、手を上げろ、手を上げろ。元気そうだな。

吉住　（椅子を出し）どうぞ、お掛けくださいまして。

山岸　あなたは？　板倉のおかみさんかい？

吉住　は、いえ、その……。

山岸　盆踊りに行くところじゃなかったのかい。

吉住　いえ、ちょいと浴衣を着ただけで。

山岸　浴衣がよく合ってる、粋なもんだ。

吉住　恐れ入ります。

山岸　すぐ用事を済ますからね。板倉、這蹲《はいつくば》ってちゃ、話は進まないよ、盆踊りに行くんだろ、おかみさん待たせちゃ気の毒だ。

板倉　いえ、女房などではございません。

山岸　そんなことはどうでもいいんだ、板倉、何で居なくなった？

板倉　ははッ！

山岸　何故、逃げ出したんだよ。

板倉　は、はい。倅がとんでもない不始末を致しまして……親ともども、警察に捕まりますところ。

山岸　江戸時代じゃないんだ、親までお縄にはならんよ。

板倉　いえ、私にも責任は十分ございます。それを警察にお届けにならず、一切を不問にして下さいました。父親としてこれ以上旦那様に甘えてはいけないと愚考致しまして……誠に誠に申し訳ないことでございました。

山岸　その台詞は倅が会社の金を持っていなくなった時に聞いたよ。それでお前、本当に私の前から消えちまいたかったのかい、生涯、私には会わないと覚悟を決めたのかい。

板倉　はい、旦那様に合わせる顔もございません、こうするより他に仕様がなかったのでございます。

山岸　じゃ何故、遠くへ逃げなかったんだ、こんな近くに居て隠れたつもりかね。

吉住　ほれごらん、こんな近くに隠れたって見つけて下さいと言ってるようなもんじゃないかって私は言っただろう。

山岸　はッはは……板倉、おかみさんの言う通りだ。

板倉　家内では断じてございません。

山岸　そんなことはどうでもいいんだ、この人の言う通り私に見つけてもらいたかったんだろうが……。

板倉　（泣く）

風戸　（タオルを出して渡してやる）

山岸　おい板倉、事業をやってると色んなことが起こる、社内の者が金品を横領することはよくあることだ、それを一つ一つ表沙汰にしたのでは会社の信用に関わる、社内で始末することもある、今度はたまたま、お前の倅が当事者だった、しかし倅も一社員に過ぎぬ、お前が責任を取ることはない。いいかよく考えろ、倅に金を持っていかれるは、お前もいなくなるはじゃ、金と貴重な頭脳と労働力と三つも失うことになるだろう、会社にとってこれは大損害だ。金は諦めるが、お前の職人としての頭脳と労働力は掛け替えのないものだ、これは失いたくない、帰って来い、いつ帰って来る、返事をしなさい。

板倉　は……ありがとうございます。（泣く）

山岸　泣くな、明日にでも帰って来い、このアパートの後始末は風戸君にしてもらう。風戸君、いいね。

風戸　はい、このアパートは馴れておりますから。

山岸　はッはは。聞けば、お前、台風の時に、流された材木を探してたそうじゃないか。材木をひと目で見て、うちの材木だと判るのは、板倉しかいない、助かりましたって、他の社員どもも言っておったぞ。それにな、尾張木材の戸越武吉も、お前のことをえらく心配しておったぞ。

板倉　面目ないことでございます。（泣く）

山岸　よく泣く男だな……。お前が居なくなって、木を見る職人が居なくなったもんだから、尾張木材から戸越武吉《ぶきち》を借りていたんだが、そうそう尾張に迷惑もかけられん、そろそろ返してやらなきゃならん。いつお前が帰って来るかと待っていたんだが、とうとう俺に迎えに来さしおって、厚かましい男だ。

板倉　申し訳ございませんでした。ありがたく、板倉、帰参させていただきます。

山岸　それでいい。山岸総業の大番頭はお前でなくては務まらん。

板倉　旦那様、もったいないことでございます。

山岸　また泣くのかい！　……出社したら、武さんの所へ礼に行け、判ったな。

板倉　はい。

山岸　それから……これは言わずもがなのことだがな、お前の倅な、昔、出て行ったお前の女房の所へ行ったらしい。

板倉　……えッ？……

山岸　少し調査はしたんだ、だからってどうってことない、それだけの話だ。

板倉　……では、今、倅は……。

山岸　前から連絡はとっていたんだろう、一緒に居るらしい。よくよくお前も家族運のない男だ、金はくれてやったよ。

板倉　面目次第もございません……。

山岸　それだけだ、風戸君、帰るぞ。

風戸　はい。会長、あの件はお話ししときますか？

山岸　ああ、差支えないだろう、それに、この家にも迷惑をかけたらしいからな。

風戸　板倉さん、あなたがここに居ることは、私が隣りの増淵さんの所に出入りしていたんで判ったんですよ。

吉住　隣りに出入りしてたって……でも、お隣はこの間、皆さん、居なくなっちまったんですよ。

風戸　そうです、居なくなるお手伝いをしていたんです。

吉住　どういうことです。お隣りはひどくお困りで、家でもお米をお貸ししたりしたんですけど、台風の日にはもう居なくなっていたんですよ。

風戸　増淵さんの御主人は山岸で働いていたんですけど、仕事で大怪我をなさって退社されたあと、色々おありになったんでしょう。高利の金を借りたのがつまずきで、うちの退職金も何もかもなくされたんです。それでお嬢さんが相談に見えられたんです。高利貸に金を借りたら、解決策は一つしかない。

風戸　では、お宅さんで立て替えられたのですか。

吉住　いえ、それでは、また、山岸会長に借金したことになり負担になるでしょう？

風戸　じゃ、どうしたんですよ。

吉住　夜逃げです。これが一番いいんです、借金取りが追いかけようがありません。それのお手伝いをしたんです。

板倉　あの、それでどうなさったんでございますか、お隣り一家を……。

山岸　木曾へ逃がしてやった。木曾には古石場《ふるいしば》に居た堀川商店が居るから都合がいい、お松婆さんが面倒みてくれるよ。しかし、内緒だよ、喋るなよ。

（笑う）

板倉　はい、もちろん口外は致しません。

風戸　では、会長お帰りになりませんと、七時に予定が入っております。

山岸　うん……それからあなた、名前は？

吉住　はい、吉住きよでございますが……。

山岸　あなたもいらっしゃい、板倉と一緒に。

吉住　ええッ？　私がでございますか。

山岸　そう、先刻から見てると、いい風情だ、どう見ても、これのおかみさん……。

板倉　とんでもございません、この人、女房なんぞじゃございません。

山岸　そんなことはどうでもいいんだ、齢とって一人はいかんよ。いやですか、きよさん。

吉住　少しお時間をいただきませんと、私にも子供達と今まで一緒に暮した人もおりますし。

山岸　あの母娘かね、それも一緒に来てもらってもいいのだがね……まあ考えてみて下さいよ。板倉じゃ不足だろうが。

吉住　お心遣い、ありがとうございます。

山岸　じゃ、これで……。（去ろうとする）

板倉　あ、風戸さん、タオルをありがとうございました。

風戸　あら……さっき、お貸ししたのね、忘れてたわ。

（受け取る）

山岸　（じろりと風戸を睨む）タオルを方々に置き忘れる癖をいい加減直しなさい。

風戸　……。

二人去る、板倉、吉住、送って行く。

SE　盆踊りの囃子が聞える　近くにポンポン蒸気船の音

板倉、吉住、帰って来る。吉住、台所へ入り酒を持って来る。板倉に注いでやる。

吉住　これは一杯やらなきゃあね、（呑む）旦那よかったねぇ。

板倉　（呑む）……うむ。

吉住　……いつ帰るの？

板倉　うむ……。

間。

吉住　私、盆踊り行って来ようかな。

板倉　……先刻の話だがな……。

吉住　……え？……

板倉　旦那が言ってたろう……さっき。

吉住　うん……息子さんのことは、あたしゃ何も言えないよ。

板倉　それはもういい……その話じゃないんだよ。

吉住　……じゃあ、何の話よ。

板倉　わしと一緒にあんたにも来ないかって、旦那が言ったたろ。

吉住　……でもねぇ、仁科の貞子ちゃん母娘とも長いこと一緒にいて、その生活に馴れちゃってるしさ。

板倉　だから、あの母子も一緒に来いって言ってたじゃないか。

吉住　貞子ちゃんの性格じゃ、まあ来ないね。

板倉　そうかなぁ……。それじゃ、あんたの息子や娘がどう言うか心配してるのかね。

吉住　あの子達はもう、自分達の生活を持ってますよ、私も子供達に厄介はかけたくありませんよ。山岸の旦那からの話を聞けばかえって安心するでしょうよ。

板倉　うーむ……じゃ何で駄目なんだろうねぇ……何がいやなのかなぁ……？

吉住　私しゃ別に、駄目なんて言ってないよ、いやだなんて言ってませんよ。私、貞ちゃん達待ってるから、盆踊りに行って来るね。

板倉　ちょっと、きよさん……。

吉住　やっぱり浴衣ってお洒落なんだ、着てよかった、芝翫河岸の旦那が粋だねって言ってくれたもんね、盆踊りに行って来るね、おまえさん。（去る）

板倉　旦那、ありがとうございます。

SE　盆踊りの喧騒が聞える

―溶暗―

第十一場A

前場から十二、三年経過した或る日、初秋

正面窓の下を流れる運河からは、相変らずのポンポン蒸気船やら水鳥の鳴き声が聞えて来る。夕方である。

舞台では、区役所の田中、うどん屋の木村、理事長の内田が立ち働いている。テーブルの中央には、大きな寿司の皿が置かれ、乾き物の袋から皿にせんべいなどを盛り付けている。一升瓶がある。

内田　湯呑も何もないじゃないか、磯八さん、湯呑茶碗も小皿もないよ、どうするんだ。

磯八　すみません、その袋の中に、紙コップと皿があります。

内田　あ、これね。（袋から紙コップと紙の皿を出して並べる）

磯八　お寿司のところに箸がありますか。

田中　あるよ、寿司屋が余分に持って来たんだな。

磯八　頼んだんです。引越しで、みんな片付けちまったもんで、あ、紙コップをあと二つ出しといて下さい。

木村　佐枝ちゃん達の分かい、じゃ三つだろ。

磯八　いいえ、下の清田さん夫婦も呼んだんですけど。

木村　あ、そうかい。じゃ五つだな。

磯八　いや二つで結構です。

内田　それじゃ始めましょうか。（酒瓶に手を伸ばす）

木村　理事長さんは座ってて下さいよ、私がやります。

内田　すみませんね。

木村　皆さん紙コップを持って下さい。

一同　はいはい。（コップを持つ）

木村　へい、どうぞ、へいどうぞ。（注いでまわる、一通り注ぎ終る）

田中　じゃ乾杯と行こう。磯八君、音頭を取りなさい。

磯八　とんでもない、私は駄目ですよ。

内田　じゃ、田中さんにお願いしましょうよ、区役所で馴れてるんでしょう。

木村　いや、田中さんは、もう、課長だから、もうちょっと下の人が音頭取るんじゃないの？

内田　いや、乾杯の音頭は上の人が取るんでしょう？

田中　上も下もないよ、誰だっていいじゃないか。

内田　だから、あんたやって下さいよ。

田中　じゃ、まあ、私が。

SE　玄関の音

磯八　ちょっと待って下さい。清田さん来たのかな、（玄関へ行く、声）どうも、忙しいのにお呼出しして、皆さんお揃いです、どうぞ入って下さい。

田中　（の声があって、清田健介と周子が出る）今、ちょうど乾杯するところ。どうぞ。

木村、二人にコップを持たせる、磯八、酒を注ぐ。

健介　どうも私どもまで呼んでいただいて恐縮です、今日、どういう集まりですか。

田中　この二〇一号室、最後の住人、夏目磯八君が引越しするんでね、お別れ会。

周子　えッ？　磯八さんも居なくなるんですか、どこへ引越すの？

木村　なに近くですよ、小伝馬町。

健介　本当に近くだ。何かの時には、また、お会い出来ますね。

磯八　は、どうも……。

周子　本当、遠くに行かれては、寂しいですものね、ずっと昔にご一緒に住んだことだってあるんですものね……。

磯八　……。

内田　じゃ、田中さん。

田中　では、皆さん、手前味噌になりますが、私がお世話して、この交仁会アパート十号館二〇一号に住みついて、十三年、よく住んで下さいました。まず、板倉さん吉住さんが越されて、次が仁科さん母娘、それで磯八さん、これで誰も居なくなっちまう、寂しいけど人生有為転変仕方がない。これからは、楽しく、あんたの人柄を愛してくれた人々に囲まれて、お元気でお過ごし下さい。では磯八君、またのご拝眉《はいび》を願っております、乾杯。

一同　乾杯。（各々、型通り拍手）

磯八　どうも、ご挨拶痛み入ります。ひょんなことから、うどん屋の木村さんにお世話になり、区役所の田中さんにこのアパートに入れていただき、仕事まで御心配いただき、この十年あまり、人間らしく生きて来ることが出来ました。感謝の言葉もありません。今日から他の場所で暮すことになりましたが、今後とも、よろしくお付き合い下さいますようお願い致します。皆さん、ありがとうございました。

一同　（拍手）

田中　磯八君、清掃課から聞いたよ。

磯八　聞いていただけましたか、せっかく仕事に慣れて来たのに申し訳ありません。

田中　いや、いつまでも掃除してたって仕様がない、いくらやったって、正式な区の職員になれる訳でもないしね。

木村　やっぱり、区役所やめちゃうの？

磯八　はい、昔の会社の同僚が、独立して呼んでくれたもので、小さな会社ですが、そこへ行くことになりました。

内田　そうかい、なんだかすっかり縁が切れちまうようで寂しいじゃないですか。

磯八　申し訳ありません。

田中　縁なんか切れないよ理事長。仁科の佐枝ちゃんの嫁ぎ先へ行けば、貞子さんにも佐枝ちゃんにも磯八君にも会えるじゃないか。

健介　じゃあ、磯八さんは仁科さんの娘さんの嫁ぎ先へ寄宿するんですか。

田中　寄宿じゃないよ、貞子ちゃんの旦那になるんだよ、知らなかったのかい。

健介　えッそれはおめでたいことです。磯八さん、そういうことだったんですか。

磯八　ええ、まぁ……佐枝ちゃんも、そう勧めてくれるものですから。

田中　惜しいことしたよ、私だって、佐枝ちゃんの養父《ちちおや》になりたいなと思ったことはあるんだよ。ま、仕方ない、私に磯八君ほどの魅力を感じてくれなかったんだから、貞子ちゃんは。

内田　そういうことですな。

一同　（笑う）

木村　しかし磯八君はあの母娘にゃよく尽くしました。

内田　そう、中学高校の入学式や卒業式には働いている仁科さんに替わって親代わりに出席してましたな。

田中　貞子さんも情にほだされたんだよ。

木村　違います。魅力を感じたんです。

田中　ちきしょう。

一同　（笑う）

周子　あの。

一同　……？

周子　私、夕食の支度がありますので、お先に失礼します。

健介　じゃ僕も。

周子　あなたは、もう少しお邪魔していて。

一同　じゃ、奥さん、また。（等々）

周子　（帰りかける）

磯八　奥さん、お世話になりました……。

周子　（小声で）何が奥さんよ、お幸せにね、さよなら。（出て行く）

磯八　（呆然と立ち尽くす）

―溶暗―

第十一場B

木村、田中、内田、酔ってそれぞれの椅子で寝ている、健介は居ない。部屋から磯八が荷物を持って出る。

SE　盆踊りの喧騒が聞える

磯八　木村さん、木村さん。

木村　え……なんだよ。

磯八　私、行きますよ。

木村　何？　行く、どこへ。

磯八　貞子さんと佐枝ちゃんの所へ帰ります。

木村　あ、そうか。今、何時だ。

磯八　まだ、六時半ですよ、盆踊りが始まりましたよ。内田さん、お元気でいて下さい。

内田　え？　もう行っちゃうの。

磯八　お先に失礼します、遅くなると先方に悪いですから……。

内田　ああ、そうか、初めて行くのに、あまり遅くなっては失礼ですからね。

磯八　まだ、お酒が大分残ってますから、ゆっくり呑んでいって下さい。

田中　判った判った、早く帰んなさいよ、貞子ちゃんによろしく言ってね。

木村　時々、顔を出さないと、いかんよ。仮処分取消すぞ。

田中　そりゃ君、七年も前に解除になっとるだろう、磯八、気にするな気にするな。

磯八　では……本当にこれで帰ります、皆さん、お元気でお暮し下さい。

木村　幸せになれよ、うん……。

田中　送らんぞ、元気でな。

内田　磯八君バンザイ！（皆でバンザイ！）

磯八　（一礼、笑いながら、去る）

田中　さぁ、呑み直しだ。

木村　そう、呑み直しだ。

などと言いながら、また眠り始める。
照明、すーッと暗くなり、またすーッと正常に戻る、三人居眠り。

SE　盆踊りたけなわ　玄関を開ける音

佐枝(26)飛び込んで来る。

佐枝　あら、何これ、あらあらみんな酔いつぶれて、ど

うしたんだろう、うわー臭い。（窓を開ける）

SE　盆踊りの曲、喧騒が入って来る

佐枝　お母さん、田中さんとうどん屋の木村さんと理事長さんが居るよ、みんな酔っ払ってる。だけど磯八さんは居ないわよ。

貞子　居ないの？……（貞子、出る）あらあら、どうしたの今日は……。

佐枝　田中さん、（起こす）木村さん、理事長さん！

田中　何だ、どうしたんだ。

佐枝　木村さんったら。

木村　ああ……どうも……。

貞子　（笑いながら）理事長さん。

内田　はい……はい……あら、仁科さん。

佐枝　皆さん、しっかりして下さい……まだ酔いつぶれる時間じゃありませんよ。

田中　おお、貞子さん、さっき、噂してたところ。

貞子　私の？

田中　そう、あなたは魅力的だってね。

貞子　こんなお婆さんつかまえていやですよ。

田中　お婆さん、何言ってるんですよ、娘に負けない元気があるくせに……。

木村　はッはは、本当本当、いやめでたい。

貞子　酔っ払って人をからかって、やぁねぇ。

佐枝　あの、磯八おじさんは？　買物にでも行ったんですか。

内田　ははは、先刻帰られましたよ。

佐枝　どこへ？　ここが磯八おじさんのお家でしょ。

三人　（段々目が覚めて来る）

田中　はッはは……さっきまでは、たしかにここがお家だけど今は空家、磯八君は、新居へ帰ったんだよ。

貞子　え、どこかへ引越したんですか？

田中　（笑う）少し照れてるな、仁科貞子さんと娘の佐枝ちゃん夫婦が待つ新居だろう。

佐枝　何、それ。

田中　磯八君は、天下晴れて貞子さんの旦那さんになったんじゃないか、佐枝ちゃんの義理のお父さんだぞ。

佐枝　お母さん！（青褪《ざ》める）

貞子　どういうことですか。

三人　え……？

佐枝　誰がそんなこと言ったの？

田中　本人だよ。

貞子　磯八さんが……。

木村　そうです、彼が言ったんです。佐枝ちゃん夫婦も許してくれたので。

田中　貞子さんと佐枝ちゃんと一緒に暮せることになりました。
木村　色々、御心配かけました。
田中　ありがとうございました。
内田　お別れパーティが済んだら、早く帰って来なさいよなんて貞子さん言ったんでしょ。
貞子　私、そんなこと言ってません。
三人　……!?
木村　だって私ら三人、二日前に磯八さんに聞いたんですもの。
田中　ついては、明後日の土曜日、今日ですよね、盆踊りの日の夕方、お別れ会を開きたいから。
内田　是非、来てもらえませんかって……（二人に）そうですね。
田中・木村　そうですよ!
貞子　私、磯八さんに家に来て下さいって言えなかったんです、だからまだ、まだ言ってないんです。
三人　えッ?
木村　では、あなた方から磯八さんにそのようなことは申し入れてないんですか。
貞子　はい、なかなか言い出せなくて。
佐枝　（叫ぶように）今日、言いに来たのよ!
田中　じゃ、磯八君の言ったことは何だったんだ。
木村　見栄を張ったのかな。
内田　いや、願望だったんじゃないでしょうか。
木村　こうなったらいいなっていう。
内田　そうです。
　間。全員それぞれの思惑。
内田　そうすると何ですか。
田中　えッ?
内田　いや、あなたじゃない、仁科さん。
貞子　……?
内田　磯八さんが、思っていた願望。
木村　こうなったらいいなぁという。
内田　そうです、それと同じことを今日、言いに来られたんですね。
佐枝　そうです……そうよねぇ、お母さん。
貞子　（頷く）
佐枝　さっき、亮ちゃんが。
田中　亮ちゃん?
佐枝　主人の名前です……亮ちゃんが、磯八さんに家《うち》に入ってもらったらどうだろうか、いやそうした方がいい、お義母さん、僕はそう思います……って言ってくれたんです。
田中　それまでは、佐枝ちゃんからは持ち出しにくかったんだ。

木村　それはそうだ、自分の母親のことだから、遠慮があったんだよ。

内田　それを御亭主が察してくれたんですな。

木村　しかし妙ですね、昔の癖が直ってないのかな、私にね、これ、新しい住所ですって、この書付けよこしましたけど。

田中　東京都中央区小伝馬町二ノ十二ノ十三、電話番号は。

木村　電話番号はまだ貞子さんに聞かなかったって。

佐枝　（書付けを見て）違います、家は浜町です。磯八さんは知ってます。

田中　それじゃ浜町へ行ったんじゃないかな。

内田　だって先刻までの時点で磯八さんは、仁科さん達の気持は聞いてないんだ。

木村　そうですよ、浜町へ行く訳がないよ。

田中　俺達が磯八を訪ねて浜町へ行ったら、俺達に話したことが嘘だってばれるからか、しかし何故、行方をくらましたんだ。

木村　こうなったら、どうしても仁科さん母娘の気持をですな。

田中　あの男に伝えなきゃいかん……一体どこへ行ったんだよ……。馬鹿な奴だ。

内田　もう少しここで呑んでればですよ。

木村　そう、幸せになれたのに……。

田中　どうしよう。

内田　磯八さんは、我々を起こして、盆踊りが始まりましたよ、私はお先に帰りますよって言いましたよね。

木村　うん、盆踊りはまだやってるよ。

内田　ここを出てってからそんなに時間は経ってませんよ。

田中　そうだ、解決策はただ一つ、探してみよう。

木村　その辺りで盆踊りを見物してるかも知れません。

内田　とにかく、アパートの中庭の周辺から一帯を探してみましょう。

田中　よし。（酒を注いで二人に渡す）

三人　（酒を一気呑みする）

田中　行こう。

木村　見つけなけりゃ。

内田　探しましょう。

三人、ふらふらしながら出て行く。

SE　玄関の音

佐枝　お母さん、どうしよう。浜町へ帰ってみよう、住

貞子　所知ってるから、来てるかも知れない。行こう！
佐枝　（否定の首を振る）
貞子　浜町へ来てるよ、きっと……。
佐枝　けじめはきちんとした人だから……一杯呑んでいい？
貞子　呑みな……。（酒を注ぐ）
佐枝　（呑む）
貞子　私も呑もう。（呑む）お母さん！
佐枝　えッ？
貞子　私が中学へ入る時も高校の卒業式にも父親代わりに来てくれたね、磯八さん。
佐枝　うん。（ニッコリ）
貞子　その人が肝心な時に居なくなる。そんなことあるかしら。
佐枝　（窓際へ行き、運河を見下ろしている）佐枝ちゃん。
貞子　何、お母さん。
佐枝　（テーブルへ戻る）もう一杯、呑もうかな？（乾杯の形）
貞子　何に乾杯するの？
佐枝　磯八さんが元気でいるように。
貞子　いやだ！　お母さん。私、磯八さんを探すからね、絶対探してみせるからね。
佐枝　（呑む。佐枝を見ている）
貞子　SE　ポンポン蒸気船　水鳥の鳴く声

―静かに幕―

深川の赤い橋

スタッフ

作・演出	横澤祐一
美　術	野村真紀
照　明	須藤　実
効　果	富田健治
舞台監督	那須いたる
制　作	劇団東宝現代劇七五人の会

登場人物・配役

時節時代《じせつときよ》（60）	佃煮屋荒井屋の隠居	新井みよ子
西村次郎（60）	西村材木店主人	小西良太郎
亀島一太郎（60）	亀之湯亭主	横澤祐一
竹中弥生（21）	竹中家の孫娘	松村朋子
西村鶴子（50）	材木屋の女房	梅原妙美
福留フジ（60）	竹中家家政婦	鈴木　雅
都筑笙平《しょうへい》（60）	竹中鈴の弟	丸山博一
竹中鈴（60）	竹中次良婦人	菅野周子
西村伸太郎（28）	材木屋の倅	那須いたる
竹中次良《つぐよし》（70）	竹中医院院長	内山惠司
石村圭子（60）	次郎の幼馴染	下山田ひろの
市山富子（40）	区役所の職員	高橋志麻子

第一幕

第一場

舞台は江東区深川の佐賀町、永代橋に近く、大川に注ぐ油堀川《あぶらぼり》の河口近く辺りにある竹中医院の待合室、上手客席寄りに、住居に通じる通路、アーチ型の通路入口が見えるだけでよい。その隣に診察室の出入口のドア。その隣、舞台奥寄りに調剤室の窓口（引戸型の小さなもの）、その下に小さなカウンターが付いている。一番奥に医院の出入口に通じる通路（アーチ型の出入口、登場人物はそこから出入りする）、正面は壁。その前に長椅子、そばに洋服掛け等ある。額縁に画が飾ってある。正面壁下手寄りに窓がある。この窓の外に、道路と、その先に掘割、油堀川が流れている設定。窓を開けると川を挟み開けた風景。下手には、壁に沿って畳敷きの小上りがある。小上りと同じ長さの窓がある。その隣、舞台客席寄りにトイレへの出入口、上手通路と対でよい。小上りのそばに小さなテーブル、そばに新聞入れ、テーブルには腰掛け椅子が二脚ある。応接室の内部は、竹中医院の建物、三階建ての鉄筋コンクリート造りを感じさせる造りである。雰囲気は古いモダンな感じを漂わせる。窓枠、診察室のドア、小上りの窓ガラス等に昭和初期の丁寧な細工が施してあり、天井からは、古い電灯がぶら下がっている。

昭和四十八年（一九七三）頃、夏、夕暮れ時

下手、将棋盤の前で無言の亀島と西村、それをテーブル前の椅子へ腰掛けて眺めている時節時代、いずれも六十歳くらいの年頃。

SE　上手奥から大工仕事の音

時代　あんた達、いつまで将棋盤と睨めっこしてんだ、誰の指す番よ。

西村　一《いっ》ちゃんの番だろう。

亀島　俺かい。

西村　そうだよ、俺はそこに歩をついただろ、あと二手で詰みだよ。

亀島　えっ？　詰みゃしないよ、詰みませんよ、ねえ時ちゃん。

時代　うん、逃げの一手、残ってるね。

西村　またまた、時ちゃんはいつも亀之湯の味方するね。時々只で入れてもらってるもんだからさ。

時代　只で入ったことなんかないよ、ねぇ、亀島さん。

亀島　うん、こないだは、小銭がないってから、次でいいよって言っただけだよねぇ。

時代　そうだよ、変に焼き餅やくんじゃないよ。

西村　何だって俺が時ちゃんに焼き餅やくんだよ、たいがいにしな。

時代　そりゃそうだ、二人も女房持ってりゃ私にまで気は廻らないやね。

西村　……！

亀島　時ちゃん、そりゃいけないよ、次郎ちゃんにそいつを言っちゃいけねぇ。

時代　……だって次郎さんだって、私に、時ちゃんは亀之湯の後妻に入るつもりだろなんて言うから……。

西村　えっ、言わねぇよそんなこと。

時代　言ったじゃないか、亀之湯の一ちゃんは、かみさん亡くして淋しいだろうけど、あそこは鬼千匹がいるから苦労するだけだ、やめなやめなって言ったろう。

西村　……！

亀島　次郎ちゃん、そんなこと言ってるの？　困りますよ、そんな噂を立てちゃ、私は、清澄だの佐賀町一帯の警防団長や民生委員だのやってんの、冗談にもそんなこと言わないで下さいよ。町民に顔向け出来なくなっちまうよ。

西村　町民だって言いやがる、その町民の後家に程《ほど》のいいこと言ってねぇで、早く次の一手願いますよ、どっちみちあと二手で詰みなんだから。

亀島　えっ？　あ、俺か……いやあと二手では詰みませんよ。ねぇ、時ちゃんだって逃げの一手残ってるって言ったもんね。

時代　逃げの一手だ。（指す）これで当分詰まないね……。

亀島　はい、次郎ちゃんの番、あと二手で詰めてみて。

西村　畜生……やっぱり後妻に入れる気だな、民生委員の助平……。

亀島　おい、さっき、次郎ちゃんのこと、庇《かば》ってやったろう、助平はねえだろう。

時代　そうだよ、いい齢《とし》して、女房二人持って、材木屋だから気が多いやね、助平。

診察室から、竹中家の孫娘・弥生（21）出る。

弥生　（窓口から）西村のおじさん。

西村　はい。（ニコッ）

亀島　聞かれたかな？

時代　聞かれたね。

弥生　これ、今日のお薬です。

西村　弥生ちゃん、俺、診察まだだぜ。

弥生　おじいちゃんが、いえ、先生が、診察してもしなくても同じだし、毎日来てるんだから、二日分出しといたらいいって。

時代　ここを将棋倶楽部と間違ってんだから、この人達は。

西村　時ちゃんだって、毎日来てるじゃねえか。

弥生　それからこれ、鶴子おばちゃんの薬、おじさんにお渡ししていいでしょ。

西村　ちょっと待った。鶴子の薬って、女房来てんのかい？

弥生　さっきここに座ってたでしょ、私、大声で鶴子おばちゃんどうぞってお呼びしましたけど……。

西村　嘘だぁ……（二人に）知ってた？

亀島　気が付かなかった。

時代　私は知ってた、挨拶したもの。次郎ちゃんの顔、じろっと見てたよ。

西村　いやなこと言うなよ。

弥生　鶴子おばちゃんにじろっと見られて、何が厭なんですか。

西村　い、いや、とにかく。この薬、鶴子に直接手渡してよ。薬のことだ、間違いがあっちゃいけねぇ。

弥生　私、薬を間違えたりしません。御夫婦なんですから、一緒でいいでしょ、うち、手が足りないんです。

西村　いや、ちょっと事情があってさ……。

弥生　事情？　じゃ、診察の請求書も駄目？

診察室から西村の妻・鶴子（53）出る。

鶴子　弥生ちゃん、それ、私がもらうよ。（弥生から請求書を取る）はい、これちょうどだよ。

弥生　ありがとうございます。今、領収証出しますから……。（診察室へ入る）

鶴子　ちょいとあんた。

西村　……。

鶴子　女房の薬を渡されたくらいで、おろおろしちゃって、ちょっと事情がありましてもないもんだ。黙って受け取って、あとでうちに持って来てくれればいいじゃないか、毎日店の方へは来てるんだろ。

西村　……。

鶴子　圭子ちゃんの身体よくないんだそうで、どうなのよ。

西村　えっ？　まぁ……何とか。

弥生出る。

弥生　西村のおじさん、先生が診察するのかしないのかって言ってます。

西村　あ、ああ、してもらう、診察してもらうよ。
鶴子　ちょっと、私の薬はもらっとくよ。（西村の手から薬をひったくる）
西村　（急いで診察室へ入る）
弥生　鶴子おばちゃん、領収証です。
鶴子　はい、ありがとう。
弥生　お大事に……。伸太郎さん、身体の具合どうですか。
鶴子　うん、店の仕事はしてるけど、相手は材木だからね、すぐひと休みだ……。
弥生　今年は八幡様の本祭り*だから、町会のお神輿担ぐって張切ってたけど、大丈夫かな……。
亀島　鶴子ちゃん、無理させちゃ駄目だよ、角材一本担いだだけでひっくり返っちまうんだ、神輿は無理だろ。
鶴子　でもさ、今週から始まる町会神輿の担ぎ手の息合せには出るって言ってるよ。亀島さんがいいって言ってたって言ってるよ、神輿は無理だはないだろが。
亀島　いや、伸ちゃんがどうしても担ぎたいってから、神輿総代の所の担ぎ手希望者の中に名前を入れといたんだよ。西村材木店の跡取りが担ぐってんで、総代、喜んでたよ。
鶴子　総代がいくら喜んでもねぇ、私しゃ、息合せの稽古でひっくり返ると思うよ。それでなくても普段からやれ熱が出たの息が苦しいのって、ここの大先生や、弥生ちゃんに厄介になってんだから。
弥生　大丈夫よ、伸太郎さん芯は強いもん。
鶴子　うちの父さんが、世間狭くしちまってるから、その分、伸太郎が帳尻合せようとしてるんでしょうよ、とんだ子不孝だ。
時代　鶴ちゃん……弥生ちゃんにそんなこと言ってどうすんだい。
鶴子　伸太郎はおとなしい子だから、そんな父親を見ても何も言わないで私にはやさしくしてくれてるよ。ちったぁ倅の気持も察しろってんだ。
亀島　鶴ちゃん、身体に障るよ。
時代　そうだよ、血圧上がるよ。
鶴子　でも、亀島さんと時代さんには、以前と変らずの付き合いをしてもらって、あの人も喜んでると思うよ。ここで将棋指せなきゃ、行く所ないもの、いくら圭子ちゃんと二人住まいでも、そうそう籠ってもいられないやね。
時代　鶴ちゃん、弥生ちゃんの前……。
弥生　……。
時代　まったく亭主のこととなるとこれなんだから。

鶴子　でも、店へは朝から来てんだよ、弁当持ってさ。それで伸太郎や職人叱りつけて、商売はきちんとやってるんだ。それで仕事が済むと母屋へは顔も出さないで、そそくさと圭子ちゃん所へ帰っちまうんだから、へのへのもへじだよ。

弥生　西村のおじさん、やさしいから……。

時代　鶴ちゃん、嫁入り前の娘の前で亭主が焼け棒杭《ぼっくい》に火をつけて家には帰って来ないで女の所へ行ったきりなんてことぺらぺら喋ってどうするの。

亀島　時ちゃんが喋ってんじゃねぇか。

鶴子　亭主のこと考えてると頭に血がのぼっちまうよ、まったく。

弥生　鶴子おばちゃんに出してる薬は、血圧の薬ですよ、カーッとなるのが一番いけないんです。

鶴子　はいはい、判りました。あの人診察終って出て来る前に帰ろっと……。じゃ、皆さん、ごめんなさいよ。（去る）

診察室から西村出て来る。

西村　ほととぎす　厠半ばで　出かねたり。* おっかなくて、出るに出られねぇ、大先生に終ったから帰っていいよって言われても困っちまうよ。水一杯ご馳走して下さいって、水をゆっくり飲んで来た。がははは……。

弥生　西村のおじさん、おばちゃん可哀想よ。

西村　はいよ、弥生ちゃんにも言われちゃ立つ瀬がねぇや。

時代　あんたの立つ瀬なんてどこにもないよ。

弥生　これ、おじさんの薬、請求書！

西村　すまないね、ありがとうよ。

弥生　これからは、ちゃんと別々にしときます。（診察室へ入る）

西村　あれ、弥生ちゃん怒らせちゃったかな。

時代　鶴ちゃんが、あんたと圭子ちゃんのこと、改めて喋ったからね。

西村　えっ……あいつ何だって家の中のことぺらぺら喋るんだよ……。

時代　いくら呑み込んでるって言っても、嫁入り前だからね。

亀島　ああ、多感な年頃だからね……私もね、民生委員としての立場から、そうそう庇いきれないね、君のこと。

西村　またまた、一ちゃんまでそんなこと言って、勘弁してよ、二人ともこれまでの経緯知ってるくせに、大目に見てやるかって言ってたくせにさ。

時代　鶴ちゃんも言ってたよ、私達二人に見放されたら淋しいだろうから、よろしく頼むってさ。

西村　本当だよ、鶴子の言う通りだよ。ねえ、そろそろ時分どきだ、機嫌直して冷えたビールをどう？おごるからさ、俺だって一杯引っかけないと帰れないからさ。

亀島　本当におごる？

時代　割り勘は駄目だよ、今日は。

西村　おごる、おごる、じゃ棋譜はこのままにして、明日勝負ってことにしようよ。行こう、行こう。

弥生、出る。

弥生　西村さん！

西村　西村さん!?

弥生　お会計お願いします。

西村　あ、いけねえ、はいこれ、お釣りはいらないよ。

弥生　そうはいきません、それからこの薬は糖尿の薬です。ほどほどにして下さい。

西村　判った、判った、さ、行こう、行こう。

三人出て行く。

弥生　あっ。お釣りですよ……。伸太郎さんがおじさんに似なくてよかったよ。

竹中家家政婦・福留フジ（60）出る。

フジ　みんな帰ったの？　大先生は中ですか。

弥生　カルテの整理してる。

フジ　今日は来ませんでしたね。

弥生　笙平叔父さん？

フジ　明日、また来たらどうします。

弥生　来るもの仕方ないよ、でもあの叔父さん何か胡散《うさん》臭いから嫌いよ。

フジ　でも奥さんの弟さんだからね、そうそう粗末にも扱えないしねぇ。とにかく表は閉めちゃいますよ。

（去る）

SE　蝙蝠《こうもり》の鳴き声が通り過ぎる

―溶暗―

第二場

前場より数日後の昼下がり

SE　祭り囃子が遠くに聞える、時々「ワッショイ、ワッショイ」という神輿担ぎの息合せの稽古の騒めきが聞えて来る

医院の出入口通路から院長夫人の弟・都筑笙平（60）出る。診察室を覗いてから、台所口へ向って声をかける。返事がないので小上りに腰掛ける。台所から福留フジが出る。

フジ　あら……いらっしゃいまし、いついらしたんですか。

都筑　今です……声を掛けたんですが。

フジ　どこから入って来たんですか。

都筑　病院の出入口からですが。

フジ　あら、鍵かけるの忘れたのかしら。

都筑　鍵？

フジ　いえ、今、昼休みですから鍵を掛けるんですよ、いつも。

都筑　ああ……それで、そこに義兄《にい》さん居ないんですね。

フジ　ええ、大先生は昼休みは一時間ばかり奥で昼寝をなさるんですよ。弥生さんは出掛けたし、今誰も居ないんですよ。

都筑　昼寝の邪魔しちゃ悪いな……鈴子姉さんは。

フジ　えっ……あの……奥さんは自分のお部屋で。

都筑　昼寝ですか……。

フジ　みんな昼寝をしてる訳じゃありません。

都筑　じゃ呼んでくれませんか、せんだってのお話で、いい知らせを持って来たんですから、そう言って呼んで下さい。

フジ　はぁ……油断しちまって、弥生ちゃんに叱られちゃうかな。

都筑　油断？

フジ　いえ、今、奥さん呼んで来ますけど、暑いから長話は遠慮して下さい。

都筑　判ってます。いい話なんですから……あ、それから冷たい麦茶をいただけると、ありがたいなぁ……。

フジ　……（黙って入る）

都筑、所在なさ気に煙草を出して火をつける。

SE　ポンポン蒸気船が通る

フジ、麦茶を持って出る。麦茶を出す。

都筑　すまないね、何しろ暑くて、今まで、鈴子姉さんの頼みで区役所の連中と話をしててね、朝からずっと。

フジ　奥さんが、あなたに頼んだりしたんですか。

都筑　そうだよ、あの橋の件でね。橋の件、あ、ここの町会長だか民生委員だかのおっさんもいましたよ。これは公のことに発展したんですよ。

フジ　そんな公の席に何だって都筑の旦那さんが出られるんですかね。

都筑　私の会社は、区の道路だの施設だのの建設工事にタッチしているんですよ、それで鈴子姉さんのたっての願いで旧知の役人達に話を渡しているんです。（麦茶を呑む）ああ、おいしい。

フジ　（空になったコップを持って去る）

SE　神輿の息合せをしている町会の人達の掛け声

都筑、窓から覗いてみる。

SE　掛け声が蝉時雨にかき消されるように遠ざかる

竹中院長夫人・鈴（60）が出る。

鈴　暑いのに御苦労さん。

都筑　いやいや、しかし暑いね、姉さんよく着物なんて着ていられるね。

鈴　だって、夏の洋服って手足がまる出しになるようで昔から馴染めないのよ。

都筑　まぁ、姉さんは和服が似合うからいいよ。うちの女房なんざ、夏はあっぱっぱ着ちまってひどい恰好だよ、まったく。

鈴　お豊さんは店へ出てるの？

都筑　私の所は年中資金繰りに追われてる小さな会社ですからね、大勢雇えないの。豊子に少しだけ給金出して人件費の控除に役立ってもらってますよ。ああ、豊子が、あの話は考えてくれたかって、姉さんに聞いといてくれって言ってましたよ。

鈴　話って、どっちの話よ。

都筑　どっちって、義兄さんと鈴子姉さんが私ん所へ来て一緒に暮すって話ですよ。

鈴　なんでお前の所へ厄介になる必要があるのよ。

都筑　竹中の義兄さんもトシだしさ、何かあった時、姉さん一人じゃどうにもならんでしょう。幸いと言っていいかどうか判らないけど、お宅もうちも夫婦二人きりだ。鈴子姉さんも私も二人きりの姉弟だから、一緒に住んで、面倒を見させて欲しいって豊子が言うんですよ。

鈴　お豊さんのお志だけ頂いておきますよ。幸いお父さんも私もまだまだ元気だし、家には弥生もいるんだから、何の心配もいりませんよ。

都筑　弥生ちゃん、看護学校そろそろ卒業だろ、偉いねぇ薬剤師の資格まで取っちゃって。だからっていつまでもここを手伝わせてたら、自分の仕事出来なくなるよ。

鈴　便利使いはしてませんよ、弥生の両親に代って大事に育てて来ましたよ。あっという間だね、朝之介さんと紀子さんが亡くなって二十年も経っちまった。あの頃はうちのお父さんも老け込む齢じゃないし患者も大勢かかえていたし私は朝之介に代って弥生を育てるのに忙しくて、朝之介達を野辺送りしたままで、今日まで来ちまった。でも今はね、お父さんも齢だし難しい患者さんは、あそか病院に送るようにして時間に余裕も出来たと、私も弥生が一人前になって一安心ですよ。それでね、朝之介達夫婦の二十三回忌をめどにして、息子夫婦に何かしてやりたいのよ。

都筑　それが、姉さんの考えた橋供養ですか。

鈴　そうよ、お父さんの先輩の*清田先生にあやかって、先生が奥さんを供養したと同じように橋を架けて供養したらって思ったのよ。

都筑　気持はよく判るけど、時代が違うよ姉さん。清田先生が当時の大島川に橋を架けたのは昭和の初期ですよ、その頃は道一つでも、都道だの区道だの区別がやかましくなかったから、比較的楽に金さえ出せば個人でも橋を架けられて、また、住人からも感謝されたんですよ。今の橋はほとんどが都道や区道が橋の両側にあって、都や区の道を通らなきゃ橋を渡れないだろう、橋の他にその土地も買わなけりゃ架けられないんだよ、油堀にも橋は沢山あるけどみんな区の管理だ。これ以上橋はいらないんですよ、まして個人で架けるとなると……。

鈴　だって家の前には橋はないじゃない、右と左を見たってずいぶんの距離歩かなきゃ橋はないじゃないか、家の真ん前に架けたいんだよ。

都筑　うーむ……金も相当かかるよ姉さん。

鈴　二十年前の台風*で深川で十三人も犠牲者が出て、その中の二人が、朝之介と紀子さんだった。あんたも知ってるじゃない。

都筑　言葉にするのもいやだけどね、弥生ちゃんが助かってよかったよ。

鈴　三人で遊びに来てたんだ、夕方から雨がひどくなって、泊まって行きなさいって言ったんだ、でも、勤めている病院に気になる患者がいるので、明日六時に行かなけりゃいけないからって、弥生だけ置いて紀子さんと帰ったのよ。弥生はまだ四つだったから、風邪を引かしちゃいけないから母さん頼みますって言って置いてった、そして夜中に家ごと水に呑まれちまった。あの子達の木場の家からここへ、弥生の所へ帰ろうとしていたように、油堀川であの子達が見つかった。水の中でなく、朝之介と紀子さんが、橋を渡ってここへ来られるように、家の前に橋を渡してあげたいのよ……。

都筑　姉さん……。

鈴　笙平……朝之介達に橋供養をしてやりたいと思ったのは、何かの時に大島川に架かっている清田先生の赤い橋を渡った時だよ。お父さんは先生に親しくしてもらって、そのせいか、朝之介も清田先生を尊敬してた、先生は空襲で亡くなったけど、あの橋は今も残っているわ。竹中の真似しんぼって笑われるかも知れないけど、私はどうしても橋を架けたいのよ。幸いあんたが土建の方に顔が利くから頼んでるのよ、あんたにこの話をしてからもう半年も経つのよ、あんた返事ばかりでちっとも話が進まないじゃないか、方々に話をしてくれているのかい?

都筑　今日も役所へ行って来たんだ、係の役人に会って来ましたよ。

鈴　本当かね、お父さんも内心期待してるんだから。

都筑　大丈夫だ、この辺の町会の役員やってるおっさんにも役所で会ったんだ、嘘だと思うなら聞いてごらん。

鈴　あそか病院の事務局の方からも働きかけてもらってるからね、とにかく早くしてよ。

都筑　判ったよ、しかし姉さん、橋を架けるって簡単に言うけど懸かる費用も並じゃ済まないよ。姉さんの齢になって、そんな大金遣っちまうのはどうかねぇ。

鈴　あんた、親からもらったお金で今の会社起こしたんでしょ、私は遣わずに持ってただけよ、妙な心配しないでよ。

都筑　何とか区と折半するように頼んでみるよ、これがまた面倒でねぇ……。

鈴　……。

SE　神輿の息合せの掛け声

都筑　何だい、さっきからワッショイ、ワッショイって、何か工事でもしてるの?

鈴　何を言ってるの、お神輿の担ぎ手の息合せだよ、神輿担ぐにも稽古するんだよ。

都筑　ああ、今年は本祭りか、月島なんて近くにいても祭りには来たことなかったなぁ、今年は豊子と来てみるか……。

フジ、出る。

フジ　おや、まだいらしたんですか、奥さん、そろそろ休まないと身体に障りますよ。

都筑　何だ、姉さん、どこか悪いのかい。

フジ　いえ、病気じゃありませんけどね、なにしろ暑いしお話の内容によっては身体に毒ですから……。

鈴　はいよ……じゃ、笙平、頼んだよ。あ、それから、これ、色々とかかるだろうから……（手に持っていた袋を渡す）

都筑　え……いや……そうかい、じゃ、まあ預かっとく。（ポケットに入れる。ガラッと変って）それから、他にもちょっと。

フジ　奥さん、お身体に毒です。

鈴　はいよ、笙平、お豊さんによろしくね。（奥へ行こうとする）

出入口の開く音がして騒がしい人の声に続いて弥生が飛び込んで来る。続いて西村の倅、伸太郎（28）、鶴子、亀島、時代が出る。

弥生　（フジに）おばちゃん、おじいちゃんは？

フジ　お昼寝。

弥生　起こして、患者、患者！

フジ　（台所口に入る）

鈴　どうしたんだい。

弥生　伸ちゃんが倒れたの、亀島のおじさん、診察室へお願い。

亀島　はいよ。

弥生と亀島、伸太郎を連れて入る。

鶴子　奥さん、すみませんねぇ、お騒がせして。

鈴　うちは医者ですよ、遠慮はいらないよ。

鶴子　よしなって言ってるのに、神輿の息合せに行ったんですよ。

鈴　担いだのかい。

鶴子　神輿なんかありゃしません、掛け声だけの息合せ。

鈴　それでひっくり返ったの？

鶴子　情けないったらありゃしない。

鈴　子供の頃からひ弱だったからね、引きずっちゃってるのかねぇ。

時代　みんなで見に行ったから、張り切っちゃったんじゃないかね。

台所から院長・竹中次良(70)、フジに付添われて急いで診察室へ入る。
亀島とフジ、出て来る。

時代　(亀島に)大丈夫かい?
亀島　判らねぇ。
都筑　じゃ、姉さん、帰りますよ。(亀島に)さっきはどうも、また改めまして。(去る)
亀島　へぇ、どうも。
鈴　区役所へ一緒に行ってくれたんですってねぇ、御厄介かけてますねぇ。
亀島　……?
鈴　フジさん、皆さんに麦茶お出しなね。
フジ　飲みますか?
一同　(口々に)飲みますよ。

フジ、去る。診察室から弥生が出る。

弥生　鶴子おばちゃん、おじいちゃんが来て下さいって。
鶴子　はい。(弥生と診察室に入る)
鈴　亀島さん、区役所の方はなかなか捗《はか》がいかないらしいねぇ。
亀島　いや、そうでもねぇですよ。奥さんから橋を架けたいって相談受けたんで、ほら、福住の豆腐屋の村上さんの倅が区役所にいるもんで、そっちから話をしてもらったのがもう半年くらい前だよね。そうしたら昨日になってやっと橋梁係から呼び出しがあってよ、豆腐屋の村上さんと今朝行って来ましたよ。
鈴　おや、それは御苦労さんでしたねぇ。
亀島　そしたらね、橋を架けるってのは都や区の仕事だから、個人の意向に添えるかどうか判らねぇそうですよ。でも、竹中先生の申し出だから無下にも出来ねぇから、一応意見として、上の人に話しますって言うの、半年も経ってんのに今頃、上の人に話すてぇんだから、役所仕事は捗が行かねぇよなぁ。それから奥さん、銭のことだけど、藤倉や鹿島*ならともかく、いくら竹中先生でも、橋一つ架けるとなるのに入用な金額は、とても個人じゃ無理ですって言ってましたけどねぇ。
鈴　おやそうなの……でも私のお金を遣ってくれてこそ息子達の供養になるんだから、その辺は私が直接区役所の人と、架けられると決ったあとで話し合いますよ。それにしても、お風呂屋さんの亀島さんがこれだけ具体的な話を持って来てくれるのに、土建屋やってる弟の話の曖昧なことと言ったらないね。区役所に一緒に行ったんでしょう、うちの弟。

亀島　いえ、それなんですがね……。

フジ、麦茶を持って出る。

フジ　はい、冷たい麦茶。（テーブルの上に置く、めいめい取って飲む）

診察室から鶴子出る。

時代　鶴ちゃん、伸ちゃんどうだった？

鶴子　すいません心配かけて。

鈴　どうでした？　大丈夫？

鶴子　何でもないそうです。

鈴　よかったねぇ。

時代　何でもないってことはないだろう、私達の前で崩れるように倒れちまったんだから。何だったのよ病名は、悪い病気じゃないんだろうね。

亀島　な、何を言い出すんだよ、何でもないって言ってるじゃないか。

時代　鶴ちゃん、誰にも言わないから、私達に隠しちゃいけないよ、病名、何だったのよ、はっきりお言いよっ！

鶴子　日射病だって。

時代　日射病？　それだけ？

鶴子　少し貧血気味だって。

時代　他には？

鶴子　胃が少し弱いって、あの子あんまり食べないのよ。

時代　ほら、三つも病気抱えて鶴子ちゃんも大変だよ、ひ弱な息子を持って、亭主は女の所へ行ったきり帰って来ないし。

亀島　何を言い出すんだよ、伸ちゃんが倒れたのと何の関係もねぇだろうが。

診察室から弥生に抱えられた伸太郎が出て来る。

伸太郎　奥さん、御迷惑をおかけしました。

弥生　気を遣わないで、そこへ座りなさい。（椅子に座らせる）

伸太郎　御迷惑かけました、もう大丈夫ですから、僕、息合せに戻ります。

一同　えっ、やめなよ、無理だから……。（等々）

弥生　鶴子おばちゃん、伸ちゃんを少し休ませてから私が送っていきます。

鶴子　とんでもない。私が連れて帰ります。皆さん、ご心配かけてすみません。さ、帰ろう帰ろう、まっ

仲太郎　たく弱虫なんだから……。
鶴　子　せっかく弥生ちゃんが送ってくれるって言ってんだから、おっ母さん先にお帰りよ。
仲太郎　甘えるんじゃない！（仲太郎を無理やり連れて行く）
時　代　あれ、何だいありゃ、何か変だね、伸ちゃん弥生ちゃんのこと好きなのかね。
一　同　弥生ちゃん、ごめんね。（連れて行かれる）
時　代　（びっくり）
鈴　気をつけなよ弥生ちゃん、西村の二郎さんの倅だよ、他に女作るよきっと。
亀　島　まあまあ、弥生が困ってるじゃないか。
フ　ジ　馬鹿だねぇ、まったく。
一　同　麦茶飲まないんですか。
時　代　飲みますよ。（各々コップをとって）乾杯！（飲む）
何か変だね。

SE　ワッショイ、ワッショイの掛け声。

—溶暗—

第三場

前場より二、三日後、昼下がり

舞台には誰もいない。

SE　福住太鼓の音低く聞える　神輿の担ぎ手の息合せ（稽古）のワッショイ、ワッショイの声　蟬時雨　玄関のブザーの音、何回も騒々しく聞える

台所からフジ小走りに医院の出入口に行く。

フ　ジ　どなた!?　どなたですか、今日は休診ですよ！
西　村　すみませんね、材木屋の西村です。
フ　ジ　西村さん、今日は休診ですよ、将棋はお休み、亀さんも来てないよ。
西　村　判ってます。すみません、急病人が出ちまって、お願いしますよ。
フ　ジ　誰だろ、また倅がひっくり返ったのかね。ちょっと待ってよ、今開けるから。（声）おやまあ、どうしたのよ。
西　村　（声）何とも面目ねぇ、お休みだって判ってたけど、急なことで。
フ　ジ　（声）とにかくお入んなさい。
西　村　（声）すみませんねぇ。

フジ、西村、西村の幼馴染・石村圭子（60）出る。
圭子は弱っている。

フジ　どうしたのよ、石村さんでしたよね。

西村　二、三日前から調子が悪かったんだ、今朝になって我慢出来ねぇてもんだから、迷惑と思ったんだけど来ちまったよ。

フジ　病人だもの、迷惑も何もあったもんじゃないけどさ、あいにく大先生も奥さんも居ないんだよ。弥生ちゃんは看護学校からまだ帰ってないんだ。

西村　えっ……そいつは弱ったな。

フジ　石村さん、苦しいのかい。

圭子　ごめんなさいねぇ、朝より少しはましだけど……胸の辺りがどうにも苦しくて……。

西村　大先生も弥生ちゃんも居ねぇんじゃ仕方ねぇな……あぁ、ここお借りしますよ、病院の中に居りゃ本人も少しは気が休まるだろうから。

フジ　そこに横になりな。（診察室へ入る）

西村　おい、大丈夫か、そこへ横になれよ。

フジ　（診察室から患者用の白い枕を持って来て圭子にあてがう）石村さん、二、三十分我慢出来るかい、私しゃひと走り大先生を呼んで来るから……。

西村　呼んで来るって、近所に居るのかい。

フジ　永代渡った新川の大泉さんのお屋敷の昼食会に呼ばれて二人で出掛けたんだよ。

西村　悪いよそりゃ、大泉さんに呼ばれてんじゃ、抜けにくいだろう。

フジ　仕方ないじゃないか。急患なんだから。大泉さんだって大先生だってその辺は心得てるよ。ちょいと待っててておくれ。

圭子　すいません。

フジ　大先生引っ張って来るから、それまで我慢してなよ、いいね。（玄関口へ走る）

西村　すまねぇな、頼みますよ。

SE　太鼓の音

西村　暑いな……。（小上りの窓を開ける）

圭子　ああ、楽だ。

西村　（傍の団扇で風を送る）水、飲むか？

圭子　いらない……いい風だねぇ。

西村　ああ、隅田川の風だな。

間。

西村　……ちょっと……。

圭子　どこ行くの？

西村　はばかり。

　　間。

圭子　次郎さん。

西村　（洗面所から出て来る）……何だ。

圭子　座らせて下さいな。

西村　寝てなよ。

圭子　背中が痛いのよ。

西村　そうか……ほらよ。（座らせる）

圭子　やっぱりお水飲もうかな、あるの？　お水。

西村　あるある。（診察室から水を持って来る）将棋の時な、入れ替わり立ち替わり飲みに行くもんだから、大先生がおいしい水を用意しといてくれてるんだ。

圭子　（飲む）……本当においしい。……半分飲む？

西村　いらねぇ。

圭子　（飲む）

西村　（コップを受け取り）もう、いいか？

圭子　……次郎さん。

西村　え……？

圭子　やっぱり時って来るんだねぇ。

西村　何？

圭子　時っていつかは来るんだ。

西村　時って、時間のことか？

圭子　うん。

西村　時ってのは経つんじゃねえのか、来るなんて言うかなぁ。

圭子　言うよ、次郎さんにも時があって、私は私の時があって……その時は遠くから迷わずにさ、私達の所へたどり着く。

西村　おい、すぐ大先生来てくれるから、それまでしっかりしてなきゃ駄目だぜ……訳の判らねえこと言ってねえでよ……。

圭子　木場の河辰って材木屋で修業してた時、憶えてる？　次郎さん。

西村　何だい、ばかに古い話を持ちだして、五十年くらい前の話だ。

圭子　そんなに前じゃないよ、四十年くらいだよ。

西村　で、それがどうしたい。

圭子　私、女学生だったよね。

西村　おっ！　そうそう女学生、女学生、俺が材木担いでふうふう仕事してる前をお前、涼しい顔して通りやがってよう。

圭子　人間って努力するもんだね。

西村　努力？　やめてくれ、俺はしたことねぇ、俺に努力なんか似合わねぇ。

圭子　私はしたよ、何とか次郎さんに逢う手段はないものかって努力したよ。
西村　何でえ、そんなことは俺だってしてたよ。
圭子　努力の甲斐があって、二人で両国の川開きに行ったよね。
西村　行ったなぁ、でもお前、すぐに疲れちゃって、花火見ねえでしゃがみ込んでばかりいたじゃねぇか。
圭子　そうだね、あんな頃から私の身体って少しずつおかしくなりかけてたんだよ。
西村　……古い話だ……。
圭子　そのうち、あんた、秋田へ行っちまったねぇ。
西村　そうよ、親方が、秋田で木をじっくり見て来いって、いやも応もありゃしねぇ。ずいぶん長ぇ間、秋田の山ん中だった。
圭子　そう……そうして私のことも忘れちまった。
西村　忘れた訳じゃねぇけど、考える余裕なんてなかったぜ、木樵《きこり》みてえに毎日毎日山ん中、ほっつき歩かされて。
圭子　忘れたんだよ次郎さん、帰って来たって、私に連絡くれなかったもの。
西村　だって、（首振る）どうやって連絡したもんか、考えもつかなかったんだ。
圭子　親方に勧められて、次郎さんは鶴子さんと結婚しちまった。伸太郎ちゃんと静子ちゃんが出来て……伸ちゃん、身体が丈夫じゃないんだって？
西村　ああ、弱ったもんだ。
圭子　材木屋の跡取りがそれじゃいけないね。
西村　嫁ももらえやしねぇ、しょっちゅうひっくり返ってる奴に、手前《てめえ》の娘やる親もあるめぇよ。（笑う）
圭子　次郎ちゃん……もう、鶴ちゃんの所へお帰り……。
西村　何だと？
圭子　怒らないでよ……次郎ちゃん思い込みが激しいんだから……鶴ちゃんや二人の子供がいるのに、クラス会で偶然私に会って、私がずっと嫁にも行かず、身体ばかりどんどん弱って行くって知った途端、そうなったのは、次郎ちゃん、自分のせいだと思い込んで、突然、鶴ちゃんの所ほっぽり出して出て来てしまって、何も次郎さんのせいでも何でもないのに、人それぞれの人生なのに、でも、それに引きずられるように、次郎ちゃんとこうなった私がいけないのよ、気が弱ってたのよ……ごめんね。
西村　な、何だよ……今さら、それはねぇだろう、おい、いやになっちまうなあ、まったく。俺だって餓鬼じゃねぇんだ、そのくらいの覚悟は出来てたぜ、承知で女房子供ほっぽり出してお前とこうなったのに、今さら、お帰りはねえもんだ。お前、そんなつまらねぇことを考えてたのか、そんな話をするためにここへ来た訳じゃねぇだろう、いいか、もうすぐ大先生が帰って来て、お前を治してくれるんだ、そうしたら一緒に帰ぇるんだ、馬鹿野郎！

圭子 大きな声を出さないでよ、時が来たのよ、さっき言ったでしょ、何となく判るのよ、今のままだときっとうまくいかなくなるよ、そんな気がするんだよ、ああ、時が来たんだって私は思うのよ。

西村 しっかりしろよ、しっかり、お前にそんなこと言われたんじゃ、俺はお前、心細くなっちまうじゃねぇか、え、しっかりしろよ、馬鹿野郎！

フジが出る。

フジ 何だい、大きな声出して、病人相手に馬鹿野郎はないだろう。

西村 あ……いや……。

フジ 大先生、帰って来たよ。

竹中次良と鈴が出る。

竹中 やぁ、次郎さん、どうしたい。

西村 大先生、申し訳ねぇ、お食事中……。

竹中 いや……石村圭子さんだったね、三年ぶりだね。

圭子 はい、御無沙汰ばかりで……。

竹中 私なんかには会わない方がいいんだ。さ……おいで。（診察室の方へ行く）おフジさん、タクシーを呼んどくれ。

フジ タクシー、一台でよござんすか。

竹中 何台もいらない。（圭子に）さ、お入り。

鈴 石村さん、心配いらないよ。顔色いいじゃない。

全員、診察室に入る。鈴とフジは台所口へ入る。

SE 遠くに福住太鼓聞える

照明、時間の経過を示す。明るくなる。

SE 蟬時雨　ポンポン蒸気船が通る　車のクラクションが鳴る

フジ、台所口から玄関口へ、すぐ戻る。

フジ 大先生、タクシー来ましたけど。

竹中、西村、鈴、圭子、出る。

竹中、血液を運ぶ袋を持っている。

竹中 （鈴に）おかあさん、タクシーであそか病院へ行

　ってくれ。
鈴　私がですか。
竹中　弥生は学校だろ。病院二階の中央検査室へ直接行きなさい、私の名前を言って。これ、石村さんの血液、早急に検査を頼んで下さい。
鈴　結果はどうするんです。
竹中　今日出来たらもらって来なさい、一時間は待たされるよ。出来なければ明日の昼までに頼むと言って帰って来なさい。
鈴　判りました。（フジと玄関口へ入る）
竹中　次郎さん、石村さんは今日うちに泊ってもらうよ。
西村　えっ、そんなに悪いんですか。
竹中　心配しなくてもいい、用心のためだ。点滴もゆっくりしたいしね。
　フジ、戻って来る。
竹中　おフジさん、二階の保養室へ石村さんを。泊ってもらうから。
フジ　はい、判りました。
西村　じゃ私は帰って入院の支度をして来ますから。
竹中　ああ、長くは泊めないよ、規定で今、うちは入院は出来ないから、親戚が泊っているという形だな。（笑う）
フジ　石村さん、今夜はおいしいもの沢山食べてもらうからね。
圭子　すみません。
西村　それじゃおフジさん、二人前頼みますよ、大先生、私も親戚ってことにしてもらって泊り込んでいいですか、そばに居てやりてぇもんで……。
竹中　構わないよ。
圭子　次郎さん、いけませんよ。私の身体は大先生にお任せしたんだから、御迷惑かけちゃ駄目よ、潔くして下さいよ。
西村　うっ……判った、じゃ着替えだけ……。
フジ　じゃ、石村さん……。
圭子　あんた……鶴ちゃんに……（何か言おうとするが去る）
　竹中、フジ、圭子のあとから去る。
　SE　鳩の鳴き声、しばらく
　西村、椅子に座り込む。
　亀島と時代、出る。
亀島　次郎ちゃん、圭子ちゃんどうかしたのかい。
西村　ああ、ちょっとね。

時代　豆腐屋の村上さんが、次郎ちゃんが圭子ちゃん抱えてここへ来たってからさ、休診日も構わず来たってことは、圭子ちゃんよほど悪いのかと思ってさ、どうしたの、病名は何なのよ、隠さず言いなさいよ。

西村　まだ判らねえんだよ、これから点滴打って、今夜はここへ泊りだってよ。

時代　泊り？　じゃ、よっぽど悪いんだよ。

亀島　時ちゃん、何でもかんでも悪くするなよ、次郎ちゃん可哀想だよ。

時代　だってそうだろう、可哀想に圭子ちゃん、鶴ちゃんの恨み魂魄《こんぱく》が乗り移っちまったんだ。医者よりお払いの方がよかないかね。

亀島　馬鹿なこと言うなよ、まったく、人の不幸を楽しんでるみたいにとれるよ。

時代　何言ってんだい、人一倍心配してるよ。

SE　福住太鼓の音

時代　ほら、怨念の太鼓の音が聞える。

鶴子が飛び込んでくる。

時代　わっ！　魂魄！

鶴子　魂魄？　びっくりした、どうしたのよ。

亀島　何でもないよ何でも。

鶴子　あんた、圭子ちゃんが悪いんだって？

西村　何でお前が知ってるんだよ、俺、誰にも言ってないよ。

鶴子　だってこの人達がうちへ飛び込んで来て、あんたが圭子ちゃんを竹中病院へ担ぎ込んだって知らせに来たんだもん。

亀島　……。

時代　……。

西村　ちぇ……お喋りが……。

鶴子　それでどうなんだよ。いけないのかい。

西村　いけなかないよ、大先生が採血してよ、奥さんがタクシーであそか病院へ検査に持ってってくれて、結果待ちだよ。ここ四、五日、あいつメシも碌《ろく》に食えねえし……どうなっちまうんだよ……あいつ。

(うなだれる)

鶴子　あんた、しっかりしなよ、あんたがうろたえてちゃいけないよ、圭子ちゃん心細くなっちまうよ。あんたがどんと構えてそばに居てやれば、圭子ちゃん、きっとよくなるよ。あんた頑張んなよ、しっかりしなよ。

西村　うん……しっかりしなくちゃなぁ。

鶴子　うん……私が付いてるよ、頑張んなよ。

西村　……判ったよ。
時代　何か変だね、亀ちゃん、何か変じゃない？……
亀島　もう帰ろうよ、時ちゃん居ると碌なこと言わねぇ、帰ろ、帰ろ。

亀島、時代を連れて去る。

SE　福住太鼓の音

西村に寄り添う鶴子。台所口からフジ出る、二人の様子を見てから、二階を見上げる。

SE　福住太鼓の音、フォルテになり

―溶暗―

第四場

八月十五日、昼下がり

SE　花火の音　雑踏の喧騒　蟬時雨

テーブルの上に一升瓶と精進料理が用意されている。花瓶に花。
鈴が湯呑茶碗を手に出て来る。小上りを開け、座る。

SE　微かに神輿を担ぐ掛け声が聞える

玄関口からフジが帰って来る。

フジ　ただいま、ああ暑い。(団扇で風)
鈴　どうだった、伸太郎さんは。神輿担げたかい？
フジ　まだですよ、先導の木遣と手古舞が永代を渡ったのが十二時過ぎですから、佐賀町の神輿は二十二番目だからなかなか。見て来ようと思ったけど、見物が多くて、私しゃ小さいからなかなか見られない。暑くて暑くて、私が帰る時、十一番目の枝川の神輿が行きましたから、あと十基も待っちゃいられません。
鈴　神輿はいくつくらい出てるの。
フジ　最後の神輿が深浜で、五十二基ですよ。奥さん見物したことないんですか。

鈴　あるけど全部は見やしない、大したもんだね、朝の七時から神輿が五十も深川中練り歩くなんざ……。

フジ　うっかり神輿について歩こうもんなら、水をぶっかけられてびっちょびちょになっちまいます。あっちこっちに放水車だの水掛けのトラックが待ち構えてるからね。水掛け祭りとはよく言ったもんですよ。水のぶっかけようも並じゃありませんって、亀島さんが言ってましたよ。

鈴　弥生はどうした、伸ちゃん見つけたのかい?

フジ　川向うの新川の先に佐賀町の神輿は控えてましたよ。担ぎ手は、呑んだり食ったり大騒ぎだったけど、弥生ちゃんは、すぐ伸太郎さんを見つけましたよ。永代渡って、仲町の交差点辺りでやめさせて連れて帰るって、そばにくっついてますよ。

鈴　伸ちゃんのおとっつぁんやおっかさん、見に行ってるんだろう。

フジ　お鶴さんは、弥生ちゃんと伸太郎さんにくっついてますよ。西村の次郎さんは居ませんでしたねぇ。

鈴　だってもう家へ戻ったんだろう?

フジ　何だかねぇ……石村の圭子さんに追い出されちゃって、腑抜けになっちまったらしいですよ、よく別れられたもんだ。

鈴　だって、あのままって訳にはいかないだろ、近所に次郎さんの女房も子供も居るんだから、いつかはけじめをつけなけりゃ。

フジ　この間、倒れて、大先生に診てもらったあたりで、石村さんも別れる気になったみたいですよ。でも、三年も人の亭主借りてたんだ、返し頃ですよ。

鈴　何て言い方だねぇ、人ってものはもっと複雑ですよ。

フジ　すいません、でも、みんな知り合いだから見て見ぬふりしなきゃしようがなかったものねぇ。今は、周りの人間もホッとしてんじゃないですか。

鈴　フジさん、呑まないの?　せっかく用意したんだから、今日はお呑みなさい。

フジ　あとでみんな来ると思ってね、そん時頂きます。

竹中、出る。

フジ　おや、お目覚めですか。

竹中　うん。

フジ　大先生、神輿、永代を出発してますよ、奥さんと行っておいでなさいましよ。

竹中　私は出る訳にはいかないよ、どのみち伸太郎君が担ぎ込まれて来るだろうから。それまで動けない、よく来たら知らせてくれ。

玄関口が騒がしくなる。

時代　(声) 入りますよ。

竹中　ほら、もう来た。

亀島、時代に助けられて鶴子が出る。

時代　あれ、奥さんすみません、あら大先生も居たのかね、ちょっと休ませてもらいますよ。

フジ　あら？　仲太郎さんはどこよ、ねえねえ、弥生ちゃんがついていただろう？　伸ちゃんが倒れたんじゃないの？

亀島　伸ちゃんは、立派に神輿担いでたよ。

時代　担いでたってより、神輿の担ぎ棒にぶら下がってたと言った方が正しいね。

亀島　時ちゃんは黙ってな、話ぶち壊すだけだから。ちゃんと担いでよ、永代から福住太鼓の櫓《やぐら》の方へワッショイワッショイってよ、その姿見て、鶴ちゃんがひっくり返っちまった。

フジ　親子でひっくり返っちゃいけないよ。

鶴子　ひっくり返っちゃいませんよ。あの身体でさ、他の人に負けまいって、神輿にかじりついてる姿見てて私しゃ涙が出て来ちまってさ、大先生に奥さん、そんな伸太郎に弥生ちゃんがぴたっと付き添ってくれてましたよ、ありがとうございます。

鈴　あれも、医者の娘だから、身体の弱い人見ると放っておけないのよ、気にしないでちょうだい。

竹中　そうか、伸太郎君は立派に神輿担いでたか、じゃ安心だ。みんな、ゆっくり休んどくれ。(去る)

フジ　亀島さん、時代さん、鶴ちゃん、一杯やろうよ。私も今日は奥さんからお許しが出てるんだ、付き合うよ。(茶碗に酒を注ぐ)

鈴　私にも頂戴よ。

フジ　はいはい。

鶴子　あの子、どの辺りまで行ったかねぇ、まさか、八幡様の大鳥居までは無理だろうねぇ。

時代　大鳥居の脇で目一杯に神輿を揉むのが仕来《しきた》りだけど、まず無理だね、水ぶっかけられただけで……。

亀島　それ以上喋るな、時ちゃん。

時代　うっ……。

鶴子　神輿について行きたかったけど、あの健気な姿見てると、私しゃまた泣いちまいそうで……(と、泣く)

時代　鶴ちゃんばかり感激してるけど、父親はどうしたのよ、次郎ちゃんは。

亀島　時ちゃん！

時代　圭子ちゃんに追い出されて腑抜けになっちまって倅の晴れ姿、見もしないのかい、女々しい男だね。

亀島　やめなって時ちゃん。

鈴　おフジさん、鶴子さんに一杯注いでおあげなね。

フジ　（杯を持たせ酌をしてやる）ぐっとやんなよ。

鶴子　いただきます……（呑む）まったく、亭主も倅も、みんなに心配かけて……。（目を拭く）

玄関の開く音、また騒々しい人声、弥生の声

フジ　あれ、弥生ちゃんだ。（玄関へ行こうとする）

弥生、飛び込んで来る。

弥生　鶴子おばちゃん、いる!?

鶴子　弥生ちゃん、伸太郎かい？

弥生　フジおばちゃん、おじいちゃん呼んで、伸太郎さんが倒れた。

一同　やっぱり。

フジ「大先生、大先生」と叫びながら台所口へ入る。

鶴子　伸太郎、どこなの？

弥生　おじさんが……。おじさんが、おじさんが！

一同　えっ!?

西村次郎が伸太郎を抱えて出る。伸太郎「おとっつぁん、はなしてくれ、俺、大丈夫だ」西村「うるせぇ」伸太郎「はなせよ」西村「ここに座らせてもらえ！」

時代　次郎ちゃん、やっぱり隠れてそっと見に行ってんだ。

鶴子　伸太郎、よく頑張った、偉かったよ。

時代　偉かったけど、大鳥居までもたなかったね！

亀島　時ちゃん！

竹中、フジ、出る。

竹中　診察室へ入れて。（診察室へ入る）

鶴子、割り込んで、伸太郎を抱えて診察室へ入る。鈴、西村が残る。西村、隅へ立っている。

鈴　大丈夫ですよ、うちのお父さんが診てくれるから。

西村　……どうも……。

鈴　ここへおいでなさい、一杯おあがんなさい、落ち着きますよ、さ……。

西村　いただきます……本当にうちの倅てものは……。

鈴　え？

西村　いえ……。

弥生が出て来る。

鈴　仲太郎さんはどんな具合？

弥生　脈拍計って、触診して、……おじいちゃんがちゃんと診てる。

鈴　それはそうだろうけど、苦しそう？

弥生　少しね……おばあちゃん、私もお酒呑んでいい？

鈴　あら、お前、お酒あがるのかい？

弥生　私、二十四、看護学校の友達と時々呑んでる。

鈴　おやまぁ、おみそれしました。（弥生に酒注ぐ）

弥生　おばあちゃん、私のお父さんってどんな人だった？

鈴　え……何よ急に……よく知ってるでしょ、小さな頃からお父さんやお母さんの写真を穴が開くほど見ていたろ、おじいちゃんや私に、お父さんやお母さんの話をさせてたじゃない、忘れちまったのかい。

弥生　憶えてるけど……近頃の仲太郎さんを見てると、何だかお父さん見てるような気がするんだ。

鈴　え……朝之介と仲太郎さん……似てませんよ……ねえ次郎さん。

西村　……若先生は二枚目でしたよ、仲太郎なんざ比べ物になりませんや。

弥生　うん、顔は似てないけど、二人とも弱いじゃない。

鈴　朝之介は弱くなんかないよ、お神輿だってちゃんと担いでたよ。

弥生　でも弱いよ、水の中からお母さん助けられなかったじゃない。

鈴　……！

弥生　娘の私を置いてけ堀にして逝ったじゃない、弱いからだわ、仲ちゃんと変らないよ。

鈴　……。

弥生　だからってお父さんのこと、責めてる訳じゃないよ、仲太郎さん見てるとお父さんの顔が重なるんだ、弱っぴいの仲太郎さん見てると尚さらお父さんのこと思い出すのよ……何故だろう。

鈴　次郎さん……。私の可愛い孫娘はね、小さい頃からこうして難しい質問をして私を困らせるんですよ……。（苦笑する）

弥生　ごめんね、おばあちゃん。（診察室へ入る）

SE　蟬時雨

―幕―

第二幕

第一場

祭りも済んだ或る日、昼下がり

SE　ポンポン蒸気船が通る

小上りに西村と時代が将棋を指している。そばに亀島が居る。

時代　ねぇちょいと、次郎ちゃんは指された後に次の手を考えるから長いのよ、二、三手先読んで指しなよ。

西村　生意気言うんじゃないよ、ほれ、これでどうだ。

時代　……いいんだね……はい、王手だ。あと二手で詰みだよ、待ったはないよ。

亀島　何でぇ、次郎ちゃん、時ちゃんにも歯が立たねえのかい。

西村　うるさいよ、ええと……あと二手じゃ詰まないよ、なぁ一《いっ》ちゃん、詰まねぇよなぁ。

亀島　うーん。

時代　亀島さん、教えちゃ駄目だよ。

亀島　ははーん、なるほど……。

外からフジが帰って来る。

亀島　おかえり、伸太郎君はどうだったね、薬届けに行ったんだろう。

フジ　何で、父親がここで将棋指してんのに私がこの人の倅の所へ薬届けなくちゃいけないのよ。

時代　それ言っちゃ可哀想だよ、あと二手で詰みなんだから。

フジ　下手な将棋指してないで、伸ちゃんからの伝言だ。亀戸の浅山木材が居なりで買った杉の磨《みがき》丸太を午後に引き取りに来るから、昼休み終ったら必ず帰って来てくれって、聞いてる？

西村　聞いてますよ、帰りますよ。時ちゃん、この勝負、今日は引き分けだな。

時代　また引き分けにされちゃった。

亀島　杉の磨丸太なんて上物を、次郎ちゃん所でまだ扱ってるの？

西村　扱ってますよ、上物でないと商売にならねぇんだ、一般材じゃ単価安いし、大量の取引にゃ、うちあたり人出が足りねぇもの、跡取りが頼りねぇからねぇ。

フジ　伸ちゃん元気じゃない、丼メシ食べてたよ。

西村　あいつは体力ねぇから、昔の川並《かわなみ》みたいに材木の良し悪しがひと目で判るように、目利きの勉強に出そうと思ってんだ。

フジ　出すって、どこへ出すのよ。

西村　三、四年、秋田の知り合いの銘木屋にでも、行かせようかって考えてんだ、俺や鶴子が元気なうちによ。

時代　そんな遠くでひっくり返ったらどうすんのよ、近くにここの大先生みたいな医者でもいるのかい？

西村　判んねぇよ、そんな細かいこたァ、まだ具体的な話じゃねぇんだから。

亀島　そうよなぁ、次郎ちゃんの代で西村材木店を潰しちゃう訳に行かないもんなぁ。大変だよな次郎ちゃんも。

時代　そう、他《よそ》の女に手ぇ出しちゃいられないね、年貢の納め時だね。

亀島　時ちゃん、済んだこと言うんじゃないよ。

フジ　この人、うろうろさしとくと碌なこと言わないから、亀之湯で引き取っとくれ。

西村　ようよう。

亀島　そうはいかねぇの、ここんとこ、こっちの商売も斜陽でね、ここ二、三年で二百軒くらい銭湯がなくなっちゃった。深川なんかまだいいけど、新宿や池袋なんて所はどんどん廃業に追い込まれてんだよ。風呂屋やってるより駐車場にした方が儲かるらしい。そういう訳だから時ちゃん、諦めとくれ。

時代　馬鹿馬鹿しい、私しゃ鬼千匹うじゃうじゃの所へなんか行かないよ。

フジ　そうか……あんたが行ったら鬼が一匹増えるだけか。

西村　馬鹿なこと言ってられねぇ、商売商売、磨丸太三十本、ありがてぇありがてぇ。

亀島　次郎ちゃん所、どうするの？　新木場へ行くのかい。

西村　いや行かねぇ。

亀島　木場がなくなるとはなぁ、風呂屋どころじゃねぇなぁ。

時代　新木場なんかに行かないどくれよ、亀島さんや私達困っちまうよ。

西村　倅が丈夫なら行くかも知れねぇ、でもあの身体じゃ、店の後ろに家がなきゃ、心細くってしょうがねぇよ。

亀島　人が住んじゃいけねぇんだってね。

西村　ああ、仕事の形態もね、変りますよ、商売の仕方も、考え直さなきゃ……じゃあ。（去る）

フジ　私も大先生を起こして昼めし食べさせなくちゃ、

時代　今日は奥さんも昼寝してるんだ、そうめんでも茹でるか。(去る)
亀島　じゃ、私達も帰ろう、二人でここにいたって仕様がない。
都筑　ああ……。
去ろうとする、都筑が入って来る。
亀島　(亀島を見て)あ、よかった、いま亀之湯さんに上がったらここだって言われたもので大急ぎで来たんです。
都筑　何の御用で……。
亀島　御用なんてものじゃありません、ぜひあなたに伺いたいことがあるんです……。(時代に)あの、亀島さんに重要な話がありますんで、あなたお引き取り下さい。
時代　何だい、こんな感じの悪い人初めて見た、頼まれたって居てやらないよ。(去る)
都筑　怒らしちゃった、ヒッヒヒ、(笑)あなた、この間から役所で会いますけど、私の姉、ここの奥さんに橋を架けるの手伝ってくれって頼まれてませんか?
亀島　ええ、頼まれてます。
都筑　ふん……それで区役所とか関係方面に交渉にいらっしてる……。
亀島　ええ、こちらの先生にはお世話になってんでね、ちょいとした伝手《つて》もあるもんで、まあ、役に立てればと橋渡しにね。
都筑　橋渡しだなんて洒落てちゃいけませんよ、ヘッヘヘ、で、どうでした、いい返事もらえました?
亀島　……。
都筑　ねぇ、どうでした……。
亀島　どうって……。
都筑　ぶっちゃけた話、にべもなく断られませんでしたか……ねえ。
亀島　まあ、あまりいい返事はもらえねぇね。
都筑　でしょう……民生委員だの警防団長だの要職についているあなたがそれだもの、一土建屋の私なんか、けんもほろろ。
亀島　……。
都筑　それであなた、今、困ってませんか? 昭和も四十年代ですよ、個人で東京の川に橋を架けることなんか出来ませんよ。
亀島　ここの大先生の想いもあるだろうし、奥さんの息子さん夫婦の供養に油堀のこの病院の玄関先の流れの上に橋架けたいって願いを叶えてさしあげてぇと思ったんだけど、駄目でしたとも言われねぇ

都筑　し。

亀島　息子夫婦の二十三回忌、再来年ですね、そこを目指しての橋供養への想いは判るけど、私は無理だと思ったんですよ。しかしね、私は思惑通り断られましたが、ひょっとしてあなたはと思ったんだが、やはり駄目でしたか、いや、よかった、よかった。

都筑　え？

亀島　私ねぇ、会社がもう一つうまくいってないんです、それで姉さんに少々融通してもらいたいんですよ。それを橋を架けるなんて、少女の思い込みみたいなものに大金を投じてもらいたくなかったんですよ、その分こっちに回してほしかったんです。その意味、断られてホッとしてるんです、黙ってて下さいよ、姉さんに。

都筑　はぁ……。

亀島　でね、私は姉さんに区役所に顔が利くだの、費用は折半にさせるだの偉そうに言っちゃったんでね、言いにくいんです。あなた言ってくれません？　断られたって。ついでに私ね、弟さんも駄目だったらしいって……。

都筑　そんな、あんた……。

亀島　私、姉さんのがっかりして落ち込む顔を見たくないんですよ。

都筑　そりゃ、私だっていやです。私だって、交渉はうまく行ってるみたいなこと言っちゃってますから……。

亀島　とにかくあなた、どうしても姉さん夫婦が認めざるをえないような、うまい断り方考えて下さい、それを頼みたくてあなた探してたの……あんまり長居すると、姉さん達に会っちまう、今日は会いたくないんです。いいですか、どうしても諦めざるをえないような理由をですよ、あなた、考えて下さい、頼みましたよ、じゃ、失礼。（去る）

都筑　……。

外から弥生帰って来る。

弥生　ただいま。

亀島　お帰り。

弥生　今、都筑の叔父さん来てたでしょ？

亀島　ああ、来てた。

弥生　私のこと、わざと気が付かないふりして小走りに帰ってったもの、何しに来たの。

亀島　大先生や奥さん昼寝ですよって言ったら帰ってったよ。

弥生　おばあちゃんに会わずに帰ったの。ああ、よかっ

SE　ポンポン蒸気船が通る

亀島　た、あの人ああやって来てはおばあちゃんからお金を持って行くのよ、頼まれた橋のことは万事、俺に任せなさいって大きな顔して来るたんびに運動費だってお金持って行くの。亀島のおじさんに任せればいいのに、なんで都筑の叔父さんなんかに頼むのかしら、小さな建設会社の言うことなんか、役所が聞く訳ないのにねぇ、亀島のおじさん。

弥生　そんなこともないと思うけど……。

亀島のおじさん、おばあちゃんのお願い叶えてあげて下さいね、私の父と母が橋を渡って、ここへ帰って来られるようにしてあげて下さい。ね、お願いします。

亀島　弥生ちゃん。

弥生　何？

亀島　今日は……看護学校へ行ったの？

弥生　そう。

亀島　そう……もうすぐ看護婦さんになるんだ、偉いね弥生ちゃんは。

弥生　試験に受かればの話よ、どうしたの、急に。変なおじさん。（笑う）

亀島　……話題を変えたかったんだ。

弥生　何よ、変なおじさん。（去る）

―溶暗―

第二場

一年後の夏、昭和四十九年（一九七四）頃

SE　蟬の声　ポンポン蒸気船が通る

台所口から鈴、診察室から伸太郎出て来る。

鈴　おや、伸太郎さん診察？
伸太郎　はい。
鈴　また、どこか悪いの？
伸太郎　いえ、そうじゃないんです。

診察室から竹中出る。

竹中　君、健康保険証と紹介状。
伸太郎　あ、すみません。
鈴　今日はお母さんは？
伸太郎　（苦笑）もう母に付いて来てもらう齢ではありませんよ。
竹中　そうだね、伸太郎君は親元を離れて働きに出るんだから、一人でね。
鈴　まぁ、どこへ行くの？
伸太郎　秋田です。
鈴　まあ遠い所、身体は大丈夫なの？
伸太郎　はい、少し心配で大先生に相談に来たんです。
鈴　お父さん、どうなんです。
竹中　いや、元々、そんな弱い身体じゃないんだ。明日一番であそか病院へ行ってもらって精密検査だ。なに、心配いらないよ、いい空気吸って、山歩きをすれば治っちまう。ただし、ちゃんと食事は摂らなければダメだ、少々胃弱だ。
鈴　おや、疝気《せんき》？
竹中　馬鹿。
鈴　それでいつ行くの、秋田？
伸太郎　もう少し先です。
鈴　行く前に教えてよ。
伸太郎　はい。
鈴　お父さん、お昼にしないと、もうすぐ区役所が来るそうよ、ずいぶん待った甲斐があったわね。悪い返事なら職員がわざわざ来ませんよ、電話で済むことだものね。
竹中　お前に任せるよ。
鈴　そうはいきません、私達にとっては大事なことよ。お父さんそばに居て下さいな、お願いよ。（去る）
伸太郎　やっと橋が架かるんですか？
竹中　さぁ、婆さんは楽しみにしてるがね。
伸太郎　大先生、じゃ帰ります。

竹中　ああ……。

伸太郎、帰ろうとする。出会い頭に石村圭子と会う。

伸太郎　……。

圭子　……どこかまた、悪いの？

伸太郎　いえ、大先生帰ります。（去る）

圭子　どうしたんですか伸太郎さん。

竹中　いや……今日はどうした。

圭子　いえ、どうもしやしません、すっかり元気になりました。大先生のお陰です、御礼を言いに来ました。

竹中　そりゃ、よかった。

圭子　それから、もう一つ。

竹中　もう一つの何だい？

圭子　……お別れに来たんですよ。

竹中　お別れ？

圭子　はい……私……これ以上深川に居ても仕方ないから、引越すんです。

竹中　え……。

圭子　遠くじゃないの……海老名に、姪っ子がいて、来い来いって言うから、思い切って。

竹中　そう、姪御さんが……そりゃよかった。

圭子　大先生のそばを離れるのが心細いけれど。

竹中　海老名にも医者はいるよ。

圭子　みんなが居たらどうしようと思ったけど、……あの、誰にも言わないで下さい。

竹中　みんなにか、言わないよ。

圭子　じゃ大先生……。

竹中　何だ、もう行っちまうのかい。

圭子　はい、大先生もお元気で……。

竹中　向うへ行ったら、手紙をくれ、一応、君の住所と電話番号を知っときたいから、それに体調の良し悪しも書いてね。

圭子　はい、判りました、大先生、さよなら。（去る）

竹中　何だ、居なくなる時はまとめて居なくなるんだな。（去る）

SE　ポンポン蒸気船が通る

照明、時間経過。

SE　鳩の鳴き声

都筑、出る。台所口にあまり大きくない声を掛ける。

都筑　こんにちは……。

フジすぐ出て来る。

都筑　あれ、聞えたの。

フジ　聞えないように呼んだんですか。

都筑　そんなことはないよ、聞えるように呼びましたよ。

フジ　区役所来たんですか。

都筑　もうすぐ来るよ、それでね、ここで、私と亀之湯さんとで、区役所と最後の詰めを話すから、それまで誰も来ないで下さい、判りましたね。

フジ　判りましたよ、奥さん方は今、そうめん食べてますから、こっちが済んだら大きな声で呼んで下さい。（去る）

出入口から声。

亀島　（声）どうぞ入って下さい。

区役所の職員・市山富子（40）出る。都筑、椅子を勧める。

市山　（亀島に）こちらは？

亀島　竹中先生の奥さんの弟さんです。月島で建設会社をやってらっしゃいます。区役所へも度々行ってましたよ、お願いに。

市山　ええ？

都筑　都筑です。（名刺を出す）

市山　……。

都筑　姉が橋を架けたいなどと無理なお願いをして困ったものです。今日はわざわざお越し願って恐縮です。区民の請願を断りにいらっしゃるなんて、厭なもんですよね、ヘッヘへ。

市山　請願案件が不許可の時は電話一本でお断りします。職員が請願者のもとに来るなど本来ありえませんよ。

都筑　ごもっともです。

市山　請願者が竹中先生です。また、あそか病院の方からも許可願が出てました。清田橋の清田先生と竹中先生の関係、それにあそか病院、そのあたりを考慮して、上の方から、直接、伺ってお断りしろと通知がありましたので伺ったんですよ。その辺、お忘れのないようにして下さい。

都筑　はい、それで亀島さん、こちら様のお名前は？

亀島　市山富子さんです。災害対策センターの偉い人です。

市山　別に偉かありません。

都筑　で、亀島さん、竹中先生に断りを言う時の市山さんの台詞の方は……。

市山　台詞！

亀島　ちゃんとお願いしてありますよ、今までの我々の

市山　請願運動の苦労と、市山さんの配慮のなされ方と、その甲斐あって、やっと橋を架けていいという許可が下りたことと……。

亀島　許可なんかしてません。

市山　ですから、そこは方便で、私とこちらの弟さんの運動が認められたことにして下さいとお願いしたじゃありませんか。

亀島　都合のいいことばかり並べ立てて……。

市山　その上で、奥さんや周りの人達が、認めざるをえないような理由で断ってもらうように市山さんにお願いしてありますよ。

都筑　その諦めざるをえない理由というのを市山さんはどう創作したの？

市山　創作？　後ほど発表します。

都筑　絶対諦めざるをえないんですね、間違いありません？　市山さん……。

市山　……ひつこい人だね。

都筑　何て言って諦めさすの？　教えて下さいよ。

市山　皆さんに直接、申し上げます。

亀島　市山さんにお任せしましょうよ、都筑さん。じゃ、皆さん、お呼びしていいですね。

市山　どうぞ、早く済ませましょう。

都筑、台所口に向って叫ぶ。亀島、外へ出て行く。それぞれの口から鈴、フジ、弥生、西村、時代、鶴子、仲太郎、出る。

鈴　おフジさん、お父さんは。

フジ　そうめん食べてすぐ、気になる患者さんがいるとかで往診に行きましたけど。

鈴　え、逃げたのね。

弥生　仲太郎さんまで来ちゃって、お店いいの？

仲太郎　番頭さんが居るから、俺は、奥さんや大先生や弥生ちゃんの喜ぶ顔、見たかったから。弥生ちゃん、俺、明日一番であそか病院行って来るんだ。

弥生　よく調べてもらってよ、仲太郎さん。

亀島　みんな、私語はおやめ下さい。この人が災害対策センターの市山さんだ。市山さん、竹中先生の奥さんです。

鈴　まぁまぁ、お忙しいのにわざわざお越し下さってありがとうございますねぇ。

市山　いえ、では、用件に入ります。

鈴　どうぞどうぞ、お願い致します。

市山　約一年前に亀島さんを通して竹中先生と奥様の名前で出された、油堀川のこの場所への橋梁建設請願についての役所からの答申を致します。

鈴　……。

一同　……。

市山　ええ……区と致しましては、竹中先生の医療を通じての区民に対する功績とあそか病院の請願協力と亀島民生委員と、ええと、あんた……。

都筑　都筑です。

市山　都筑氏の橋梁建設実現に対する熱意あふれる運動に対して……（亀島に）この言い方でいいんですか？

亀島　（慌てて）え、へぇ、結構です。

市山　橋梁建設を許可する……。

一同　わぁ……（喜ぶ）

時代　奥さん、よかったねぇ。

一同　奥さん、おめでとうございます。

鈴　ありがとう、ありがとう……。

市山　静かにして下さい。

都筑　皆さん、まだ、市山さんの話は終ってないですよ、続きを聞きましょう。

鈴　……？

一同　……。

市山　まだ続きがあるのよ！

一同　……。

市山　橋梁建設を許可する直前になって……

一同　えっ？

市山　都の方から、緊急の決定事項が届きまして、橋の話、許可したくても出来なくなりました。

鈴　なんです？……どういうことですか。

弥生　一度許可しておきながら、したくても出来ないとは、何ですか。我々を馬鹿にしてるんですか！

市山　馬鹿になんかしてません、橋は架からないの、架けられなくなりました。

弥生　じゃ、その理由を言って下さい、我々が納得出来るような理由があるのですか。

鈴　弥生、お話を聞きましょう、それで？

市山　この川がなくなるのよ。

都筑　あなた！　いくら納得のいく創作って言っても、もう少し信憑性のある……。（亀島に制止される）

亀島　市山さん、そこまで嘘を言わなくていいですよ、油堀川はなくせねぇでしょう。

一同　……？

市山　油堀川は埋立てになるんです。*

亀島　まさか……。

都筑　嘘だい、市山さん。

市山　嘘なんか言ってませんよ。

時代　あんた！　私達はこの川の辺りで生れて、油堀見ながらこの齢まで生きて来たんだよ、それがなくなる訳ないだろ。

鶴子　市川さんとやら……

市山　市山です！

鶴子　あんた、ちゃんと調べたのかい、間違いじゃないのかい。

市山　間違いじゃありません。この辺りでは、あなた方が一番早くこの情報を知った人達です。

鈴　あなた……深川には、掘割が沢山あるのに、どうして私達のこの川が埋立てられるの？　どうした訳ですか？

市山　よく判りませんけど、恐らく木場がなくなるからでしょう。油堀は隅田川と木場を直結して筏《いかだ》を流していましたから、木場がなくなれば最初に用のない掘割になります。以前からの都市計画に入っていたんだと思います。

鈴　確かなことなんですか。

市山　残念ながら確かな通達です。

鈴　私達は油堀の水の流れの中に色々な想いを込めて生きて来たのですよ、あなたお判りになる？　弥生ちゃん、お前のお父さんとお母さんは、もう、この家には帰って来られなくなりましたよ。

弥生　……。

鈴　（市山に）あなた、御苦労様でした。フジさん、部屋に戻りましょう。

鈴、フジに連れられ去る。一同、市山を取り囲むように動く。

市山　私のせいじゃない、私のせいじゃありませんよ……。

仲太郎去る。キッと市山見る。

SE　ポンポン蒸気船が通る

時代　あの音、私達は何十年聞いて来たと思ってんだよ……畜生！

—溶暗—

第三場

前場の半年後、昭和五十年（一九七五）

舞台無人。

SE　花火の音　ポンポン蒸気船の音――筏を引く蒸気船が何杯も通過する様子でポンポン蒸気の音が続く、やがて汽笛を鳴らす、そして通り過ぎる

鈴、和服に袴を着けた弥生、手に花束と風呂敷包みを持った鶴子と西村が出る。

弥生　おじさんおばさん、どうぞ！

西村　どうぞなんて言われると恥ずかしくなっちゃう。

鈴　おや、亀之湯さんとお時さん達は？

西村　私らの後ろで見物してましたけどね、今に来るでしょう。

鶴子　弥生ちゃん、よく間に合ったねぇ。

弥生　卒業式が十時に終ったの。家の前、蒸気船が通るのがお昼頃だって聞いてたから、もう大急ぎよ、袴取りたくなっちゃった、停留場から走り詰めだった。汗びっしょりよ。間に合ってよかった。

鈴　謝恩会には出ないで帰ったのかい。

弥生　おばあちゃん、謝恩会は夕方六時から精養軒よ。

鈴　また、上野まで戻るの？

弥生　そう、友達は、それまで銀座へ行ったり、動物園へ行ったりしてるんじゃない。誘ったけど誰も来なかった。

鶴子　そりゃそうよ、深川で育った人間でなけりゃ、掘割が一つなくなったって、別にどうってことないと思うよ。

鈴　区役所の人が来て橋を架けるの断られてから、もう半年も経っちまった、早いねぇ。時代さんじゃないけど、何十年も聞きなれたポンポン蒸気の音も今日が聞き納めでしたね。

西村　もうすぐ埋立て工事が始まるってんで、新木場の協同組合も粋なことやりやがった。

弥生　筏引いてたポンポン蒸気、何杯も続いてたね。

西村　木場から隅田川までの、引き納めだ。

弥生　淋しいね。

鶴子　本当だね、奥さん大丈夫ですか？

鈴　ああ、もうさばさばしたものよ。あの時は少し落ち込みましたけど、もう何ともなくなりました。深川に赤い橋は一本ありゃいいんですよねぇ。うちのお父さんなんか、もっとひどいわよ、最初から駄目だと思ってたらしいのよ、人の気持も知ら

ないで、本当、ひどいったらありゃしないわよ。今日だって出て来やしないでしょ。あ、弥生ちゃん、その恰好のまま、あとでおじいちゃんに挨拶だけしておいで、お前がいやだって言うから、私もおじいちゃんも卒業式へも行かれやしないんだもの。

弥生　だって、誰も親なんて呼んでないもの、恥ずかしいもの。

鈴　これですものねぇ、西村さん。

西村　へぇ……（鶴子に）……おい。

鶴子　弥生ちゃん、看護学校卒業おめでとうございます……これね、つまらないもんだけど、私達からのお祝いですよ、受け取って下さいな。

西村　それと、長い間、伸太郎の奴がすっかり迷惑かけたからねぇ、ほんの御礼ですよ、納めて下さいよ。

鶴子　（花と品物を渡す）

弥生　ありがとうございます。おじさん、鶴子おばちゃん、いただきます。

鈴　ありがとうねぇ……この子も両親亡くして、爺婆に育てられて、可哀想でしたよ。あなた方や亀之湯さん、時代さん、豆腐屋の村上さん達に親代りをしてもらったと思ってます。御礼を言うのはこちらの方ですよ。

西村　とんでもねぇこって、うちだって、娘はとうに嫁に行っちまって、今度は伸太郎の奴を秋田へ行かしちまったから、家の中、このばぁさんと二人だよ。弥生ちゃん、厚かましい話だが、よろしく頼みますよ。娘がもう一人居るって、俺達だって亀之湯だってそう思ってんだから……。

鈴　ほっほほ……威勢のいいおとっつぁんとおっかさんでよかったねぇ、弥生。

弥生　そんなこと言われると恥ずかしいよ。

鶴子　……本当にねぇ、弥生ちゃんみたいな娘がもう一人出来たらねぇ、お前さん。

西村　何だい、そりゃ……。

鶴子　いえね、弥生ちゃんが伸太郎の嫁に来てくれたら、どんなに嬉しいかと思ってさ。

西村　馬鹿、馬鹿野郎、奥さんの前で何てこと言い出すんだ、とんでもねぇこと言い出しやがって、奥さん、すみません、ごめんなさい。

鶴子　何も本気で言ってやしないよ、夢みたいなこと考えただけだよ。怒らなくったっていいじゃないか。

西村　身分違いなこと言いやがって、さ、帰ぇろう、弥生ちゃん、ごめんよ、気分、壊さないでおくれよ。

鶴子　弥生ちゃん……ごめんね。

鈴　何も謝ることはありませんよ、今のお二人のお話を聞いていて、私とおじいちゃんの育て方が間違っていなかったと思って、ホッとしてますよ、ありがとう。

間。フジが出る。

フジ　あれ、どうしたんですか……？

鈴　別に……亀之湯さん達、帰ったの？

フジ　いえね、それがおかしいんですよ。（弥生が貰った花と品を見て）これですよ。

鈴　え？

フジ　この花と包みを次郎さんと鶴ちゃんが持ってるのを見て、自分達が、弥生ちゃんへのお祝いの品忘れてるのに気がついて、慌てて買いに行ったんですよ。今、来ますよ、今の話、内緒ですよ。

出入口で訪《おとな》いの声がする。

亀島　ごめん下さい、いいですか。

フジ　何だろ、いつもどんどん入って来るのに、ごめん下さいなんて言ってるよ。はい、どうぞ入って下さい、何だか馬鹿みたいね。

鈴　……（笑っている）

亀島、包みを二つ、時代は一つ持って入って来る。

亀島　あ、いたいた、弥生ちゃん、今日はおめでとうございます。

弥生　いやだ、改まっちゃって、恥ずかしいじゃない。

亀島　たまには、改まんねぇと……今日から立派な看護婦さんだ、これ、俺からのお祝いだ。それからこれは、うちの倅からだよ、いつもこちらに親爺がお邪魔してるから御礼だってよ、もらってやってよ。

弥生　ありがとうございます。

鈴　お気を遣わせちゃって、息子さんによろしくね。

亀島　へぇ、言っときます……おい、時ちゃん、何してんだよ、自分の分あげねぇの？

西村　何だ！　どうしたんだ、静かだね、具合悪いのかい。

時代　何でもないよ、弥生ちゃんおめでとう、つまらない物だけど受け取っとくれ。

弥生　おばちゃん、すみません、皆さん、ありがとうございます。

鈴　すみませんねぇ、こりゃ、私とお父さんも早くお祝いしなきゃ、皆さんに負けちまうねぇ。（笑う）

フジ　奥さん、人のことを言えないよ、私もまだお祝い用意してないよ、ちょいと行って来よう。

鈴　いいんですよ、フジさんは弥生が小さい頃から面

弥生　倒見てくれたんだから。
鈴　そうよ、私がフーちゃんに御礼しなくちゃいけないのよ。
フジ　また、フーちゃんと言う、失礼でしょう。
亀島　いいじゃないですか、子供の頃からフーちゃん、フーちゃんって私にまつわりついてたんだから。
西村　あんたも若かったからフーちゃんも似合ってたけど、今はどうもねぇ。
一同　フーちゃんてほど可愛くないねぇ。
鈴　(笑う、時代だけ笑わない)
時代　おや、お時さん、元気がないですね。具合でも悪いの。
鈴　いいえ。
亀島　ここに新米看護婦が居ますよ、何だったら奥に居る老博士でも呼びましょうか。(笑う)
時代　違うんですよ、実はね。
亀島　一ちゃん……。
いいじゃねぇか、さっきこのプレゼント買いに鋳物工場の脇に出来た、ちょいと洒落た女物の店へ入ってったら、先に倅の嫁が、それを買ってたんだ。そしたら嫁の奴が、お舅《とう》さんちょうどよかった、うちの人は今、風呂掃除してて行けないから、これを弥生ちゃんに渡して下さいって。まぁ、そこまではよかったんだけど、そのあとで時ちゃんをじろりと見てさ、お舅《とう》さん、いつもいつも、荒井屋さんのご隠居さんを引っ張りまわして御迷惑じゃないんですかって言いやがって、時ちゃんに、世間体もありますのに申し訳ございませんてぇと、さっと帰りやがった。それから、ずっと時ちゃんこれだ。
一同　……!
フジ　なんですねぇ、お時さんらしくもないじゃないか。亀之湯の鬼千匹にやり込められてシュンとしててどうするのよ。言ってやりゃよかったんだ、お前さん達が大事にしないからお舅さんの面倒みるのも大変ですってさ。
鈴　フジさん、おやめなさい。
亀島　俺、大事にされてるよ。
時代　そりゃ、ようござんしたね!
西村　何でぇ、元に戻ってるよ一ちゃん。
亀島　はっはは、ならいいけどよ、まぁ、時ちゃんに機嫌直してもらおうと思ってよ。仲町の一筋裏の天ぷら屋へ行かない?
西村　誰と……。
亀島　みんなでよ、弥生ちゃんも一緒に卒業祝いも兼ねてよ。

弥生　ごめん、私、これから謝恩会。
亀島　あ、そうか……じゃ、フーちゃんも一緒にどう？
フジ　私は弥生ちゃんに軽くお茶漬けでも食べさせなきゃ。
鈴　行っといで。
フジ　でも……。
鈴　フーちゃんはうちのお手伝いさんじゃないよ、家族だよ。構わないから、皆と一杯やっといでな。
フジ　……おかみさん……。
亀島　奥さん駄目だ、皆シュンとなっちまいますよ。
鈴　……あら本当だ、ごめんなさい、フジさん、私や弥生が困っちまうよ、行っといで。
フジ　すみません、じゃ行かしてもらいます。
鈴　ああ、今日はいい日だ。弥生は無事卒業するし、前の油堀川最後の筏流しも見られたし、皆さんに弥生がお祝いしてもらったし、でも少し疲れちまった、失礼して横にならせてもらおう。
フジ　じゃ、亀島さん、奥さん寝かしてから、すぐ追いつきますよ。
亀島　あいよ、いや、ごめん下さい。
一同　（それぞれ挨拶して出て行く）
鈴　弥生、おじいちゃんに顔を見せなさいよ。
弥生　はい、一緒に行きます。

鈴、フジ、弥生、台所口へ行こうとする。鶴子戻って来る。

鶴子　あっ、奥さん。
鈴　はい、どうしたの？
鶴子　あの、秋田から……いえ、息子から手紙が来たんですけどね、中に弥生ちゃん宛のも入ってたんです。
鈴　おやおや、弥生にも……。
鶴子　弥生ちゃんに渡していいですか。
鈴　なんですねぇ、もう二人とも大人よ、どうぞどうぞ渡してやって下さい。（笑）
フジ　律儀だねぇ、鶴ちゃんも……。

二人、笑いながら去る。

鶴子　ごめんね、弥生ちゃん、私、見てないよ、見てないからね。（渡す）
弥生　（受け取る）すみません。
鶴子　じゃあ……。（去ろうとする）
弥生　おばちゃん……。
鶴子　はい。
弥生　……鶴子おばちゃん……ほんと？

鶴子　何が？

弥生　本当にそう思ってらした？

鶴子　えっ……何のこと？

弥生　私が……伸太郎さんのお嫁さんになったらって本当に思ってらした？

鶴子　ごめんなさい、これは、私の胸の中にしまいこんで外に出しちゃいけない夢みたいなことなのよ、怒らないで下さいよ、つい口に出しちまった私が悪いのよ、謝りますから忘れて下さいな、お願いよ。

弥生　私でいい？

鶴子　えっ……。

弥生　私みたいな、はねっ返りでいい？

鶴子　……（茫然として弥生を見つめる）

弥生　ねぇ、鶴子おばちゃん……私でいい？

鶴子　いけないよ、そんなこと、口に出しちゃいけないよ。

弥生　どうしてなの、さっきおばさん、私が伸太郎さんのお嫁さんになったら嬉しいねって言ったじゃない。

鶴子　だから、あれは、私のお腹ん中だけで考えてた夢みたいな話だって言ったでしょう。怒らないでちょうだいよ。

弥生　どうして私が怒るの……私、嬉しかったのよ。私も同じこと、考えていたんだもの、本当よ鶴子おばちゃん、本当よ！

鶴子　……ありがとう……弥生ちゃん、ありがとう。

弥生　じゃ、いいんですか、鶴子おばちゃん。

鶴子　でも弥生ちゃん……よく聞いてちょうだいよ。私ね、弥生ちゃんの気持、嬉しいんだ、嬉しくって涙が出そう……でも、それは身勝手というもんだ。

弥生　……？

鶴子　世の中には、夢が夢で終っちまうことはいくらでもあるのよ、それが夢でなく現実になりそうだからって喜んじまうのは、身勝手というもんなんだ。弥生ちゃんはおじいちゃんとおばあちゃんが、一生懸命育てて、今日、看護学校を卒業させて、立派な社会人として世の中に送り出せて、よかったなぁって、お二人はしみじみ思っておいでだと思うのよ。そのお二人にきちんとした挨拶も済ませてない内に、弥生ちゃん、自分の一生を決めちまうような大事なことを、弥生ちゃんとおばちゃんが話すってこと自体が、あまりにも身勝手でいけないことだって言うんだよ。これからは、育ててもらった分、お返ししなけりゃいけないよ。おばあちゃんの面倒みたり、看護婦としてこの病院手伝ったり、それで何年かして弥生ちゃんと、やっぱりいけないな。おばちゃんが今の話を受け入れたら、大先生や奥さんに顔向け出来ないよ。弥生ちゃんがちっちゃい時亡くなった、お父さんやお母さんに顔向け出来ないよ、世間にも顔向け出来ないし、うちの亭主に知れたら、私しゃ追い出されちまう。第一伸太郎も知らないんだろう、二人で何かそんな話したことあるの？

弥生　いいえ、鶴子おばちゃん以外、誰も知りません。

鶴子　弥生ちゃん、おばちゃんに時間を頂戴、そして弥生ちゃんも、もう一度、よく考えるの、それでも、もしその時が来たら、また話し合おうよ。判ってくれるわね、判るわね、弥生ちゃん。

弥生　……判りました。

鶴子　本当ね。

弥生　はい、でも私は変らないよ、おばちゃん。

鶴子　……物には順序てものがあるからねぇ……それをないがしろにしたら世の中成り立たないよ。もしも、もしもよ、弥生ちゃんの気持が変らなかったら、今度は一番におじいちゃんとおばあちゃんに話すんだよ、いいね。

弥生　鶴子おばちゃん、判りました。

鶴子　うん、じゃおばちゃん行くね、みんな待ってるから……弥生ちゃん……。

弥生　……。

鶴子　ありがとね……。（泣きそうになりながら去る）

弥生、立ち尽くす。フジ、少し衣裳を替えて出る。

フジ　あら、弥生ちゃん、何してるの、おじいちゃん、待ち構えてるよ。

弥生　うん、今、行く……。

フジ　お茶漬けの支度しといたから、少し腹に入れて行きなさいよ。ちょぃと行かしてもらうからね。

弥生　いってらっしゃい。

SE　ポンポン蒸気船が通る

フジ　おや、まだ筏引いてるね、今日一日かかるのかねぇ、木場と油堀、空っぽにするのは大変だ……。

（去る）

弥生、窓から外を見ている。

SE　汽笛を鳴らしてポンポン蒸気船が通る

―溶暗―

第四場

前場より五年後、夏、午後

SE　工事の音が激しく響いている

竹中、鈴、フジ、出る。竹中は杖をついている。

フジ　あら気が付かなかったけど、ここは大分静かだね。

鈴　冷房はいらないよ、お父さんの膝によくないから。今、冷房入れますから。

フジ　はい、じゃ扇風機持って来ますよ。（去る）

竹中　この家も大分古いからな、ちょっと響くな。

鈴　響くなんてもんじゃありませんよ、あれじゃ地震ですよ。乱暴な工事だねぇまったく。恐くて二階に居られませんよ。

フジ、扇風機を持って来て、つける。

フジ　こっち側の窓なら開けて大丈夫かな、（下手の窓を開ける）大丈夫だ、埃入って来ない。二階の窓、閉めて来ますよ、埃が入って掃除が大変だ。（去る）

鈴　……お父さん、お茶上りますか。

竹中　いや……隣の庭の立ち葵《あおい》がきれいだな。

鈴　……。

竹中　……弥生はどうしてるかな……。

鈴　どうしたんです急に……。

竹中　いや、ふっと思い出してな……秋田へ行ってどのくらい経つかな……。

鈴　二年ですよ、学校卒業して、二年くらいお父さんを手伝って、伸太郎さんと式を挙げて、それから二人でまた秋田へ行っちまって……あの子の卒業式の日から、もう五年も経っちまって。

竹中　子供は出来たのかな……。

鈴　西村からは何も言って来ないから、まだでしょ。弥生だって頭越しに知らせて来はしないでしょ。

竹中　そうか……元気にしてるのかな。

鈴　いやですねぇお父さん、先週来た手紙読んであげたでしょ、元気ですよ。

竹中　そうか……。

フジが麦茶を持って来る。

フジ　はい、冷たい麦茶ですよ。

竹中　おフジさん、やはり部屋へ戻ろう、少し横になるよ。

フジ　（何か言いかけるが）……。

鈴　工事の音と振動で寝られやしませんよ。

竹中　少し馴れて来た。（笑う）

鈴　（立とうとする）

フジ　私が行きますよ。（竹中を連れて行く）

鈴、麦茶を飲む。玄関に音がして都筑が出る。

都筑　こんにちは……。

鈴　おや、おいでなさい。

都筑　今日は、いつもの連中、居ないね。

鈴　工事の音が喧《やかま》しくて誰も寄り付かないよ。

都筑　いや、ちょうどよかった、俺も仕事の途中で寄ったんで、のんびりもしてられないんだ、手短に話そう。いや他でもない、いつも俺が言ってる、姉さん夫婦に俺の所へ来てもらう話だよ。

鈴　またかい、何度も断ってるだろう。

都筑　いや、今度ばかりは言うことを聞いとくれよ。いいかい、埋立て工事がやっと終ったと思ったら、間を置かずに高速道路の建設工事だ、まだ当分続くって話だ、しかもこの家の真ん前だ、年寄りは身体を壊しちまう。義兄さんや姉さんにもしものことがあったら取り返しがつかないよ。工事が全部終るまで、是非ともうちへ来てもらう、豊子もそう言ってるんだ。今日は義兄さんにも承諾してもらおうと話に来たんだ。居るんだろう、義兄さん。

鈴　二階に居ますよ。

都筑　ちょっと会って来る……。

鈴　そう足元から鳥が飛び立つようなこと言われたって、お父さんだって面食らっちまうよ。第一年寄りは、普段の環境を変えられる方がよっぽどしんどいよ。親切はありがたいけど、私達は大丈夫ですよ。

都筑　何言ってんだぁ、生活環境、とうに変っちまってるじゃないか、家の目の前に川が流れていて、緑の立ち木がそよ風を送ってくれて、自動車も通らなかった静かな竹中医院の佇まいなんて、ぶっ壊れちまったじゃないか。悪いことは言わないよ、この病院はしばらく休業して、二人で静かな我が家でのんびりして下さい。

フジ　（台所口から出ている）二人じゃありません、三人ですよ。

都筑　あっ……。

フジ　私も都筑の旦那さんのおうちへ引き取ってもらえるんですか……。

都筑　も、もちろんですよ。フジさんも来てくれなきゃ、姉さんも淋しがるよ。（笑う）

フジ　ありがたいことで……でも、私は遠慮しますよ。

もしそうなったら、自分の身の処し方は心得ておりますよ。でもね、都筑の旦那さん、小津の映画を気取ってるなら、ちょぃと違いやしませんか……。

都筑　小津？

フジ　小津安二郎ですよ、最後に老夫婦が、兄弟の家へ引き取られて、肩身も狭く二人*でお茶を飲んで、自分達の来し方を話し合うなんて図は、大先生や、奥さんには似合いませんよ。

都筑　ああ……でもあれはいい映画だよ。

フジ　映画の良し悪しを言ってんじゃありません、あの老夫婦には、そうなるべく理由があったでしょうが！　うちの大先生と奥さんには、旦那に引き取られなきゃならない理由なんかありゃしませんよ、ねえ奥さん。

鈴　そうだねぇ……。

都筑　いや、だから、高速道路の工事が終るまででいいからって言ってるじゃないか、とにかく、今日は義兄さんの意見も聞いてみるから、二階に居るんだね。（去る）

鈴、フジ、見送る。

フジ　奥さん、少しいいですか。

鈴　何よ改まって……。

フジ　少し出しゃばったことしちまって、先に奥さんに謝っておきますよ。

鈴　どうしたの？

フジ　昨日、郵便屋が来て、こちらに都筑笙平さんて方、住んでますかって訊くんですよ。

鈴　え？

フジ　だから、住んではいないけど親戚の人ですって言ったら、郵便屋が、住所がここなもんだから、じゃ、こちらに預けていいですねってこんなもの置いてったんですよ。

鈴　三ツ星不動産……何よこれ。

フジ　大手の不動産屋ですよ、わたしゃいやな気がしたんで、どんどん封切って中見ちゃいましたよ。不動産鑑定の依頼に対する返事ですよ。

鈴　何だって。

フジ　鑑定を依頼された土地建物については、物件の周囲の状況が変ったようなので、直接、行って鑑定したいから、いつがいいかって問合せなんですよ。

鈴　判らないね、どういうこと？

フジ　都筑の旦那さんが、この家の鑑定を三ツ星に頼んだんですよ。借金の担保かなんかにするつもりだったんですよ。

鈴　だって、この土地と建物は私のじゃない、お父さんのものですよ。
フジ　金に困りゃ、そんなことお構いなしですよ。不動産屋にここの住所を教えたもんで、都筑の旦那さんがここに住んでると勘違いして、こんなもの、ここへ送って来ちまったんですよ。都筑の旦那さんに不動産屋が、ここへ送ったと通知したもんで慌てて飛んで来たんですよ。今、大先生の居る二階へ行ったでしょ、うちへ来る郵便物は、二階の大先生の部屋へ上げるってこと知ってて、取り返しに行ったんですよ。
鈴　どうしよう、とんでもないことをしてくれて、私しゃどうしたらいいいんだい。
フジ　（大笑い）断っちまいましたよ。
鈴　えっ？
フジ　この三ツ星不動産の咲松っていう担当の人間に電話して、うちはそんなこと頼んだ憶えはないから、何かの間違いでしょう、不審に思うなら、うちの主人は区でも有名な医者だから、どうぞお調べ下さいって言ってやりましたよ。向うはびっくりして、では都筑さんの方へ至急なんとかって言うから、都筑の方へは、こちらから断っときますから、以後の御連絡は無用に願いますって電話切ってやりましたから、奥さん、心配いりませんよ。
鈴　本当かい、本当に大丈夫ね。
フジ　出過ぎたことをして……。
都筑、出て来る。
都筑　いや、久しぶりに義兄さんに会って来ましたよ。姉さん、義兄さん、乗り気でしたよ、気を遣ってもらってすまないねって、礼言われちまって、はっはは。（時計を見て）あ、もう行かなくちゃ、じゃ、姉さん、さっきの話、進めますよ、いや、豊子も喜ぶよきっと……あ、そうだ、フジさん、私に何か郵便物届いてなかった？
フジ　住んでもいない旦那に郵便なんか来る訳ないでしょう。
都筑　あ、そうか……いや、会社関係の人に、何か間違えてここの住所言っちまった気がするんでね……ならいいんだ、じゃ、また。（去ろうとする）
玄関口から、亀島、時代、出る。
都筑　あ、いつぞやはどうも。
亀島　……奥さん……。
時代　大変なことが起こっちまったよ。
亀島　（制止して）時ちゃん、今、西村が来る。

時代　……。

手に荷物を持った西村と鶴子が出る。

三人　奥さん……。

鈴　どうしたんです。

西村　へえ……山で、秋田の山で、伸太郎が倒れちまったらしいんです。

鈴　伸ちゃんが……。

鶴子　申し訳ありません、また、弥生に、いえ弥生ちゃんに心配かけちまって。

鈴　弥生のことはいいです。伸ちゃんはどんな具合なの、悪いんですか。

西村　詳しいことはまだ……朝、弥生ちゃんから電話が入って、木樵の人に担がれて山下りて来たってんです。

鈴　病院は、医者はどう言ってるか、弥生は何も言わなかったの。

西村　それが、病院は能代《のしろ》まで行かなきゃないそうで、とりあえず山の診療所へ担ぎ込まれたって……。

鶴子　弥生ちゃんが、心配するから大先生と奥さんには知らせないでほしいって言われたんですけど。

鈴　何を馬鹿なことを、弥生は詳しいことをどんどん知らせて来ないのかい、何をしてるんだい、あの子は。

西村　それが、電話が出張所に一つだけだそうで、どうにも大変なとこらしくて、申し訳ありません。弥生ちゃんは、伸太郎につききりでいてくれてるそうで……。

鈴　当り前でしょ、看護婦のくせに慌てふためいて、詳しい病状くらい知らせて来るのが当り前でしょ。両親が心配してるくらい判りそうなもんだ。

時代　そんなこと言ったって、山ん中でひっくり返ったんじゃ、医者も居ないだろうし、亭主の手握るぐらいしか出来ないんじゃないのかねぇ。

鶴子　奥さん、うちの人は店があるもんで、とりあえず、私、これから行ってやります。弥生ちゃん一人じゃどうにもならないでしょうから、行ってやります。

鈴　ちょっと待って下さい。とにかく、うちのお父さんに話をして来ます。行かないで待ってて下さいよ。次郎さん、汽車の時間は……。

西村　（時計を見る）まだ、大丈夫です。

鈴　フジさん、一緒に来てちょうだい。

フジ　はい、鶴ちゃん、ちょっと待ってなよ。（去る）

鶴子、近くの椅子に座り込む。

鶴子　あんた。
西村　何だ……。
鶴子　私達が一番心配していたことが起こっちまったよ。
西村　弥生ちゃんから、近頃は元気でメシもよく食って、山へ入る時も帰って来る時も元気一杯だって手紙もらったばかりだったのになぁ……。
時代　そういう時に限って悪いことが起こるんだよ、好事魔多しって言うからねぇ。好い事には邪魔が入るって言うからねぇ、可哀想にねぇ、二人とも。
亀島　そのくらいにしておきな……。
鶴子　私、怖いよ……。怖くって仕方ないよ。
西村　行ってやりてぇけどよ、お前、母親なんだから行けば二人とも喜ぶぜ、伸太郎と弥生ちゃんの方がよっぽど怖くて心細いだろうからよ。
鶴子　判ってる、でもこんなの初めてだから……じゃあ、行って来る。（立ち上がる）
西村　待ちねえな、奥さん待ってろって言ったじゃねぇか。お前が向うへ行ってしなきゃならねぇことを大先生に聞いてなさるんだろうからよ。
時代　次郎さん、大先生だよ。

台所口から、背広姿の竹中出て、診察室へ入る。鈴、フジ、出る。診察鞄を持った竹中出る。一同、驚いて立ち上がる。

竹中　西村の奥さん、待たせたね、じゃ、行こうか。
一同　大先生！
西村　大先生、行ってくださるんで……。
竹中　（笑っている）
鶴子　秋田の山ん中ですよ……奥さん！
都筑　姉さん！
鈴　この人のことですよ、行くと思ったわよ。
鶴子　（泣く）
時代　鶴ちゃん、よかったねぇ、鶴ちゃん喜びな、泣いてないで礼を言いなよ。
鶴子　ありがとうございます、ありがとうございます。（泣き崩れる）
鈴　鶴ちゃん、私達の孫が倒れたんですよ。おじいちゃんが医者でよかったよ。
竹中　ほれ、泣いてないで、早く行こう。
都筑　車、拾って来るから……。（去る）

一同、行きかける。

竹中　あれ……おかあさん。
鈴　はい。
竹中　お金をおくれよ。

鈴　あら、まぁ。（財布を渡す）お父さん……。

竹中　なーに、二人を連れてすぐ帰って来るよ。

一同出て行く、鈴、残る。

鈴の胸の内には様々な来し方が……。

SE　高速道路の建設工事の音、徐々に高くなって来る

―幕―

代書屋勘助の死

――たそがれ深川洲崎橋

スタッフ

作・演出	横澤祐一
美術	小木浩嗣
照明	小木直樹
効果	井口 潤
舞台監督	吉田光一
制作	内山惠司 佐藤富造 下山田ひろの 棟形寿恵

劇団東宝現代劇七五人の会公演

登場人物・配役

勘助(60)	代書人	内山惠司
千与(25)	その娘	棟形寿恵
津留《つどめ》富次郎(60)	代書人	丸山博一
清吉(25)	土地のやくざ者	那須いたる
野村綾乃(20)	令嬢	岩崎さおり
富塚	廓の客	児玉利和
富塚まさ	その母	和田弘子
宇田すえ	遣り手婆	鈴木 雅
圭子	娼妓	村田美佐子
薫	娼妓	染川ユリ
竜子(24)	娼妓	金森治美
友末《ともすえ》英一(24)	社会運動家	松川 清
岡 平八(58)	元刑事	巌 弘志

第一幕

第一場

大正十二年（一九二三）頃、晩秋　深川洲崎界隈

舞台正面には崩れかけたレンガ造りの塀が一面に立ち塞がっている。その向うは土手で掘割の感じ。下手半分はバラックの掘立小屋。上手半分は荒地。入れ込みに上り框《かまち》、その前に腰掛け用の箱だの、壊れかけた椅子だのが雑然と置いてあり、次の座敷には茣蓙《ござ》が敷いてある。文机《ふづくえ》らしきものが二つ、上には、筆、硯の筆記道具がそれぞれ置いてある。
下手にもう一間ある感じで、ぼろぼろの唐紙《からかみ》が立てかけてある。他に、朽ちかけた水屋だとか一升瓶だとか、水屋の中には湯呑茶碗、食器など。水屋のふたはなく中が見える。壁には、古びた富山の薬の袋、洲崎弁天の御札など。
外には物干し状のものに紐が渡してある。

M（音楽）「籠の鳥」だんだんＯＦＦになってゆくところで幕が上る。

舞台には上手の方を不安気に見つめている娼妓・薫、廓の客・富塚。
ややあって、遣り手婆の宇田すえと娼妓・圭子が上手から、バケツに水を汲んだのを運んで来る。

すえ　私ら、水汲んで外は大騒ぎだってのに抱き合ってるよ。

圭子　あほらしゅうていかんわ。（二人、下手、次間へ去る）

SE　暴動のような騒ぎ「絶対逃すな」「探せ探せ」「何なのよ何の騒ぎよ！」「あぶねえぞ女はひっこんでろ」「中六軒の方へ行け」「お前らだよ、中六軒！」「おおーッ！」

すえ・圭子出て、四人で外うかがう。

SE　物の壊される音、「キャーッ」という嬌声、人の走る足音

M「籠の鳥」また段々大きくなる。

一同身構える。土地のやくざ者・清吉（25）が走り込んで来る。

清吉　おい、ここへは逃げ込んでいねぇだろうな。
一同　（呆然）
清吉　逃げて来なかったかと訊いてんだッ！
すえ　誰も来ませんよ！　まだ捕まらないのね。
清吉　（富塚を見て）そいつは!?
圭子　お客様だぎゃあ。
清吉　客？　パピプペポって言ってみろ。
圭子　失礼じゃなァの、勘助さんのお客様だぎゃあ。
すえ　ちょっと、捕まったんですか朝鮮人は。
清吉　一人は北六軒で捕まえた、あと三、四人どっかへ潜り込んでいやがるんだ。
すえ　やだねえ、井戸に毒を抛《ほう》り込むために来たのかねえ。
清吉　知らねえよ、第一朝鮮人かどうかも判りゃしねぇんだ。顔を知らねえ野郎が廓の中に居るだけで朝鮮人にしちまうんだから。
圭子　廓の客かも知れないでねぇの。
清吉　客？　大地震でぶっ潰れちゃった所で商売やってる見世があんのかよ。
すえ　だってこの十日頃には、仮営業の許可がお上《かみ》から下りるってじゃないか。
清吉　ああ下りるかも知れねえな、旦那方はたとえ一刻でも花魁《おいらん》に無駄飯は喰わせねえからな、おい、この親爺さんはどこへ行った。
圭子　何をとろくしゃあこと言っとんなさる、怪しい奴が廓へ入ったからってんで全員かり出されたがね、あんたらと一緒に探しとるんでしょう。
清吉　ああ、やんなっちまうな。水は止まっちまうし、電燈は来ねえし、流行病《はやりやまい》でも来なきゃいいんだがな、ひとっ走り行って来るか、おい、変なのが来たらすぐ、三業事務所へ知らせろよ。（走り出る）
圭子　（見送って）自分の方がよっぽど変だぎゃあ。
すえ　でもまぁ、ああしたのが居るから、花魁抜かれなくって済んでるんだよ。外のやくざときたらちょいといい花魁だとすぐに目をつけて地方へ売り飛ばすんだから。
圭子　私らも気をつけにゃあとな。
すえ　お前さん達は大丈夫だ、そんなことより、富塚さん、この騒ぎだ、お家へお帰りになった方がよござんすよ。
圭子　そうだぎゃあ、いくら薫ちゃんに惚れてっからって、まさか、ここで寝る訳にもいかにゃあでしょう。
富塚　いや、薫ちゃんが心配で飛んで来たんだが、無事だったのでほっとしたよ。
圭子　へ、私ら、いい面の皮だ。誰も心配してくんねぇ

すえ　もんね。
薫　薫ちゃん、橋のとこまで送って差し上げなよ、花魁が一緒なら、騒ぎに巻き込まれもしないだろう。
富塚　ええ……あの……（心配そうに富塚を見る）
薫　大丈夫だ、一人で帰るから、少し落ち着いたらまた来てみる。
富塚　気をつけて下さいな、私は大丈夫だから……。
薫　うん……じゃ、（帰る気配はない）

すえ、圭子、うんざりする。
外から勘助の娘・千与（25）が駆け込んで来る。

千与　誰もいないネ！
すえ　大勢いるよ。
千与　違うよ、他所《よそ》の者はいないね。
富塚　僕がいるけど……。
千与　いいんだよ、富塚さんは。みんな、外へ行って喋っちゃ駄目だよ。（外へ）父ちゃん、早く早く！

外から、この家の主人、代書人の勘助（60）が割烹着を着た青年、社会活動の友末英一（24）を連れて駆け込んで来る。

勘助　早く外を閉めろ、いや開けとけ、かえって怪しまれる。

友末は部屋の隅で震えている。

富塚　どうしたんです、この人。
勘助　千与、酒もって来い。
千与　父ちゃん、こんな時に飲む奴があるか。
勘助　馬鹿、こいつに飲ませろ、落ち着かせるんだ。

千与、酒を友末に飲ませる。むせ返る友末、一同友末を凝視する。

千与　大丈夫。
友末　（頷く）
圭子　こ、この人……朝鮮人か！
友末　（強く首を振る）
千与　どこかへ隠さなくちゃ殺されるわ、この人。

すえ、素早く奥へ入り込み、洗濯物を持って出て、外へ走り鼻歌を歌いながら洗濯物を干し始める。
（ほとんどが腰巻だの女物の下着だの）

千与　落ち着きな、もう大丈夫だから。みんな、あんた

圭子　のことは喋ったりしないから、いいわね、圭子さん。

友末　あー私は無口の方だぎゃあ。

千与　わぁッ……。（とばかりに千与にすがって号泣する）

勘助　（肩を抱き）よっぽど怖かったんだねぇ、もう安心していいんだから。

この野郎、甘ったれるなよ、一人で泣け（友末を千与から離す）油断も隙もありゃしねえ。

外から、代書人の津留富次郎（60）駆け込んで来る。

勘助　お、津留さん、どうでえ、外の様子は。

津留　（汗をふきふき）はい……あの水を一杯下さい。ま、とにかく大変な騒ぎでございます、（圭子そばにあった酒を茶碗に注いで出す）ありがとうございます。（一気に飲み干す）私、今朝は早くから御主人様のお家のことが心配で……うむ？　今のはお酒でございませんでしたか？

圭子　お酒です。

津留　お酒ですって？　私が一滴も飲めない下戸だってこと御存知でしょう。

勘助　そんなことはどうだっていいやね、そいで世間の様子はどうだってんだよ。

津留　はい、御主人様のお家が心配で、麻布市兵衛町まで行ってまいりましたが、もう、お屋敷は見るも無惨でございまして、御主人様も奥様もお嬢様も行方が判りません、致し方なくの帰り道、軍隊だの警察だのが武装致しまして、不穏分子が徘徊しているので、それを捕まえるのだと大騒ぎで、うぃーッ……幸い私は、人品骨柄《じんぴんこつがら》もよく、すんなりと通していただきまして。

勘助　お前の人品などどうでもいいんだ、外の様子はどうなんだい。

津留　こちらへ帰ってまいりますと、御門の所で、男が二人、殴られたり蹴られたりの挙句どこかへ連れて行かれまして……うぃーッ……ああ（圭子に）あなた、お酒なぞ飲ませるから苦しくって……。

勘助　それでどうした、苦しんでいる時じゃないぜ。

津留　はい。あとまだ、一人か二人、この廓の中に潜んでいて、その連中は日本人のくせに朝鮮人を助けようとしているので見つけ次第通報しろと……。

友末　ええ。（前へ出る）

津留　……！（二人目が合う）ああッ！　うーむ。（気絶する）

勘助　何だい、情けない人だね、気絶しちまいやがったよ。

千与　違うわよ、圭子さんが無理にお酒を飲ましたからよ。
圭子　津留さん、しっかりしなよ。（頬を打つ）
津留　あ……失礼しました、水、水を下さい。
富塚　あの……。
圭子　（今度は奥へ行き水を持って来る）はい、水……。
津留　（受け取ろうとしてはっと手を引く）
圭子　今度はお水だよう。
津留　あ、ありがとう。（飲む）
友末　お願いします、助けて下さい。朝鮮の人は何もしていません、毒なんか盛っていないのです。それを軍隊や警察が寄ってたかって殺しているのです。僕達が助けなくて誰が助けてあげられるんですか。
すえ　ちょいと大声出すんじゃない、誰か来るよ。
勘助　（津留に）トメさん、留次郎さんよ。
津留　はい。
勘助　机、つくえ！
津留　はい。
千与　（友末に）奥、奥。
津留、勘助の合図で机を持ち出し勘助と書き始める。
千与は友末を奥へ連れて行く。
富塚と薫と圭子は机の周りに座る。
すえは干した洗濯物を取り込み始める。
勘助と津留、そわそわと書いているふりをする。
すえ　おや、刑事さん。
元刑事の岡平八（58）が出る。
岡　おお、おばさんは勘さんの所へ転がり込んでんのか。
すえ　他に行く所ないんですよ。
岡　勘さん……（中へ呼び掛けておいて）ここには誰々が厄介になってんだ。
すえ　中へ入れば居ますよ。
岡　お、勘さん、仕事頼まれてくれ。（土足で上る）
すえ　ちょっと刑事さん、そこの土間でも寝てるんだよ、履物履物。
岡　区役所焼けちまってな、清澄の岩崎さんの別邸*へ仮小屋建てたんだけどな、こっちまでは手が廻らねえから自分で書いて持って来い、そしたら判子ついてやるっていいやがってな。
勘助　で、何を……。
岡　旦那方お慌てで、この十日に仮営業の許可を取り付けたんだが、その交付書だよ。
勘助　置いといてくれ。

岡　頼む……なんだこの狭い所に、ずいぶん大勢居るんだな。
圭子　はやく仮見世建ててもらわにゃあ足も伸ばせんでよぉ。
岡　見世の旦那方に頼むんだな、水一杯よばれよう。
奥へ行く、一同はッとする。
岡　（声）誰だ、お前。
千与　（声）私の友達ですよ。
岡　（声）何で割烹着なんか着てるんだ。来い、ちょっと来い。
岡、友末を引きずり出して来る。
岡　本当にみんな、知ってる奴か！
一同、息を呑む。
岡　三業事務所まで来い、あんたらも来てもらおう。
すえ　刑事さん、違うんだよ。
勘助　（すえに）俺が行こう。
岡　いや駄目だ、調べてみねえと判らねえ、みんな、来てくれ。
岡、友末を引きずり去る。一同、呆然とあとに従う。

すえ　（富塚に）だから早く帰れと言ったのに。
富塚　いいや、行こう行こう。ここに居られればいいんだよ、ははは……。
すえ　変な人だよ。（去る）
薫　とばっちり受けたら大変ですよ。帰って下さいな。
富塚　いいんだよ。一緒に行こう。
千与　父ちゃん、どうしよう。
一同、去る。
間。
野村綾乃（20、良家の子女の感じ）が出る。
辺りを見まわし、不安気に中に入る。
上り框に腰を掛ける。やがて、あとをつけて来た風情で清吉が出る。
綾乃、疲れた様子で、紙片を出して見つめる。
清吉　（先程とは打って変って）あの……。
綾乃　（驚く）
清吉　誰かをお探しですか。
綾乃　（頷く）
清吉　誰です、私は近所の者ですが。
綾乃　（恐る恐る、紙片を差出す）
清吉　へい……ああ、津留富次郎さん……ああ、あの人。

綾　乃　あの……御存知？
清　吉　はい、よく知っていますよ。（辺りを見まわし）でも……ここには居ないんです。
綾　乃　居ない……。
清　吉　引越したんです、地震の来る前に。この廓の外です。
綾　乃　（がっかりして座り込む）
清　吉　（なおも辺りを見まわし）御案内しましょうか。
綾　乃　でも……。
清　吉　今、この辺りは物騒なことになってますから、御案内しましょう、さ、おいでなさい。
綾　乃　よろしいのでしょうか。
清　吉　どうぞ、早くしないとここの人が帰って来ます。ここの人、ちょっと恐ろしい人でね、こんなきれいなお嬢さんを見ると何するか判りません、さ、急ぎましょう。
綾　乃　では、お願いします。（荷物を出す）
清　吉　……。（荷物を受け取る）
綾　乃　ありがとう。
綾乃去る。清吉が追って走る。

—静かに溶暗—

第二場

大正十三年（一九二四）三月、洲崎神社境内

下手がお社の感じ、上手に一の鳥居（一番外寄り）の柱が一部見える。その根元に莫蓙を敷き古びた文机が二つ、その一つの前へ、勘助が座り、何か書いている。そばに行燈《あんどん》が一つ灯が入っている。夕景。勘助の後ろは屋根付きの掲示板がある。その後ろは大横川が流れている。

SE　櫓の音、水の跳ねる音
男の声「おおい」「おおい」　女の声「あらァ……今晩来てちょうだよいよぅ」　男の声「ああ、あがるぜーッ」「俺も行くぞーッ」（男と女の笑い声）川を行く川並達と女郎屋の女達のやりとりがＯＦＦで聞えている　やがて櫓の音も遠ざかる

やがて下手から圭子が小さな桶を持って出る。（風呂帰り）

圭　子　勘助おじさん、私の手紙書いてくれたかね？
勘　助　（傍から封書を無言で出す）

圭子　今月は何回頼んだ？　手紙……。
勘助　（指を二本出す）
圭子　二回か、亭主と子供は心配してるかな、でもこれ以上は頼めないでよう……おじさんに払う金なくなってまうでよ。
勘助　……。
圭子　まだ風が冷たいね三月だってのに。湯冷めしてしまうから帰る……ねえ、もうあそこへ帰って来にゃあのかい、いちいちここまで来るの面倒だよ。
勘助　……。
圭子　廓の中にもう一軒くらい代書屋があればいいのに、射的屋は何軒もあるのによう、字が書けにゃあ者、いっぱいいるのにねえ。
　上手から津留が風呂敷包みを抱え、小さな瓶をさげて出る。
津留　ただいま戻りました。
勘助　手間取ったのかい。
津留　大地震から半年も経ったのに区役所はまだ岩崎さんのところの仮小屋でして、まあ、混んで混んで。私は、お役所から頼まれた書類を書いて来ましたって言ってますのに、並んで並んでって……。
勘助　並んだのかい。
津留　はい。
勘助　お上の御用をうけたまわってるんだって、えばってやりゃよかったのに。
津留　でもまあ、あの事件で廓の中から追い払われたものの、お仕事だけは頂いとりますので、あまり強くも言えません。あ……代書用の紙と手紙用の紙もこんなに戴いてまいりましたよ。
勘助　そりゃよかったねえ。
圭子　もう、ほとぼりも冷めてんだから、元の所へ住まわしてくれてもいいのにねぇ。
津留　いえ、それがね……。
勘助　留さん。（止める）
津留　……。
圭子　帰る……勘助おじさん、亭主に郵便局止メにお金を送ったって書いてくれたかい。
勘助　ああ。いちいち手紙なんか出さないで、お前も名古屋へ帰りゃいいのに……。
津留　そうでございますよ。
圭子　でも……。
津留　前借りというのはないんでございましょう？
圭子　前借りしとる妓《こ》なんか今少ないがね、でも地震で花魁が沢山おらんようになったでよう、死んだり、行方不明になったり、妓《おんな》の子がおらんもんで、おだてたり、すかしたり、なかなか放さんのだわ、私もあれが嫌いでにゃあほうなんでねえ。亭主があの身体では出来ないでよう。

津留　御病気ではねえ、しかしあちらでも大須の門前町から中村とか言う所へ土地替えした大きな廓があるそうではありませんか。

圭子　やだ、津留さん、詳しいでねえの……。でもよう、亭主や子供のいる土地ではやりにくいでよう。知った人に登楼《あが》られたらどうするの……。

津留　ごもっとも様です。

下手から、すえが小さな包みを持って出る。

すえ　ほれ、花魁、油売ってないで見世に帰った帰った、昼間のお客がそろそろ来るだろう、支度もしていないじゃないか。

圭子　うるさい、今、きゃあるとこだぎゃあ。

すえ　きゃあるとこって、言葉を直しなよ、見世じゃお国言葉使うなって旦那に言われてるだろ。

圭子　それは大見世のことでしょう、私やおばさんのいる小見世は一丁目十六番地ケコロ*もいいとこ、気取ってたら客に逃げられるがね。じゃ、おじさん、グッドバイ。(去る)

すえ　ったく、口の減らない妓《こ》だよ。勘助さん、晩の御膳を持って来たよ。

勘助　……。

すえ　(勘助のそばへ寄り、包みを解く)今日は、新しい妓が一人来たんだよ、御内証《ごないしょ》*は喜んでネ、逃げられちゃかなわないってんでね、高いお化粧道具を買うは、きれいな着物を買ってやるは、お祝いに晩の御膳を台の物屋*から取ってね、大変なもてなしですよ、これみんなその妓の借金になってんだけどね。それがおとなしい妓でね、器量よしだ。

勘助　よく大見世に取られなかったな。

すえ　そこなんだよ、そんないい妓が廓の最下等といわれるケコロに来るには訳がある……手がないんだ。

津留　手がない……するとこの、片腕かなんかですか。

すえ　いえ、手ったってね、指ですよ、工場かなんかで働いていた時に右手の親指残して指全部切り落としてしまったんだって。

津留　可哀想に……。

すえ　指がなきゃ工場はお払い箱だ、それでも指がなくても身体売るにゃ差し支えないってね、連れて来られたんですよ、初見世ですよ今晩。

津留　今晩もう見世へ出すんですか!

すえ　当り前でしょう、御内証なんて、みんな鬼か蛇ですよ、切口に血がまだ滲んでるってのに、変態の客におっつけるんですよ、高い揚げ代取ってね。

津留　可哀想にねえ……。

すえ　津留さんみたいにそう可哀想がってちゃ女郎屋は上がったりですよ。それでね勘助さん、その台の物屋からとった天ぷらときんぴらごぼう、ご飯も入ってるからね。

勘助　おばさん、俺のことは気にかけなくていい……。ほっといてくれよ。

すえ　何ですよ、水臭い、私しゃね、地震のあとお見世が焼けちまって、あの圭子達とお前さんの掘立小屋に居候してた時が一番楽しかったよ、いつもあんたのそばに居られたからねえ、ヘッヘヘヘ。

津留・勘助　（二人で咳き込む）

すえ　今は仮見世が出来ちまって、住み込みでさ、お前さんはあの学生を匿《かくま》ったとばっちりで廓を追っ払われちまって、離れ離れになって……私しゃ寂しいんだよ……めしの世話くらいさせとくれ。

勘助　俺の世話は娘の千与がしてくれらあ。

すえ　何を言ってるんだい……廓の仕事をやめないうちは親でもない娘でもないって千与ちゃん寄せつけないじゃないか、なにも花魁やってんじゃないんだ、新造*やってんだよあの娘。

勘助　ちゃんと知ってらあ……新造だって時たま客と寝るんだろ。

すえ　そ、そりゃ、うちみたいな小さな見世で花魁が足りない時はそうしてもらうけどさ、時たまだよ時たま。

勘助　遣り手のお前が客を宛てがうってことも知ってるぜ。

すえ　違うよ、内証のおっかあが客をおっつけんだよ、女郎上がりのくせに女郎の辛さも判らない鬼婆だよ。

勘助　千与に言っとけ、俺達は住む所もねえんだ、もうすぐここから消えてなくなるから、女郎にでも何でもなれってな、さ、帰んなよ。

すえ　じゃ言ってやろうか、千与ちゃんはね、御新造の仕事は部屋の掃除だの洗濯だのって、そんなもんじゃ父ちゃんの酒手にもなりゃしない、だからいっそ花魁になった方が稼ぎになるって、この間、御内証に言ってたよ、おっかあ大喜びしてたよ。

勘助　何だと！……

すえ　あんたその金で酒かっくらっていい気なもんだよ。

勘助　この……。（摑みかかろうとする）

津留　まあまあ、待って下さい、弁天様の境内で喧嘩はいけませんョ……。（止める）

千与が下手より出る。

千与　父ちゃん！　やめな！

津留　お嬢さん……。

千与　おじさん……お嬢さんなんて代物じゃないわ。

津留　とんでもございません。

千与　父ちゃん、確かに私はね、二、三度、客を取った！　でも店が困った時は助けてあげなけりゃ仕様がないでしょ、父ちゃんだって廓のみんなの代書やったり、うちの店の立番やったりしてお酒呑むお金をもらってんだろ、それなのに廓の悪口言うのやめな、みんな廓の世話んなってんだから……悪口言うんなら、私、本当に花魁になるよ、いいね、父ちゃん！

勘助　親の俺が承知しなけりゃ、花魁にゃなれねえんだッ！

千与　ふん……。おばさん、おっかさんが探してる。早く行かないと替りが来るよ。

すえ　すぐ行くよ、勘助さん、お願いだから、それ食べておくれよ、ね。（行こうとする）

津留　あの、おすえさん。

すえ　え……。

津留　私の分は……？

すえ　何が？

津留　あれは勘助さんの分で……私の分はないんでしょうか？

すえ　自分の分は自分で都合しなさいよ。あんたの分なんか知らないよ。（去る）

津留　……！

千与　（二合瓶の包みを持っている）父ちゃん、お酒、津留のおじさん、これ、父ちゃんに持って来たけど、津留のおじさんにあげる。（と、弁当を渡す）父ちゃん、私、本当に花魁になっちまうからねッ！（走り去る）

勘助　千与！……（追う）そんなことしたら、たたっ殺してやる、待ちやがれ。

津留　勘助さん……。

勘助　（諦める）

SE　櫓の音、水の跳ねる音

男の声「さあ着いたぞ着いたぞ」「今日はふんぱつすっぞ！」「中六軒辺りか」「ケコロはもう沢山だぜ」「ケコロがいいぜ気楽で」（笑い声）

男達の声と櫓の音、遠ざかる

呆然と立ち尽くす勘助、津留いそいそと勘助の机の上を片付け、弁当を二つ開き、お酒を出し湯呑を出す。

津留　勘助さん、お弁当をいただきましょう……お酒もあるし。

勘助　……。

津留　勘助さん。

勘助　千与の持って来た酒なんか、飲めねえ。

津留　私もネ、少しですけど、買ってまいりました。これをお飲み下さい、お嬢さんのお酒は私がいただきます。

勘助　え！……

津留　いえ、無理をして少しだけ……。

勘助、座る。津留、勘助に湯呑茶碗を手渡し酒を注ぎ、自分のにも注ぐ。二人無言でしばらく呑む。

SE　舟の音と男の笑い声

津留　（千与の酒を注ごうとすると勘助が嫌うので自分のを注いでやって、千与の酒を自分で注ぐ）……子供……などというものは……十に一つも親の思う通りには育たないものでございますねえ……。

勘助　（呑んでいる）……。

津留　……三月とはいえ、まだ夕暮れ時は冷えますねえ……（呑む）……（少しむせる）いただきます（千与の弁当を食べる）うまい！……これは、きっとそちらのより美味しいですな……。（食べる）でも……お嬢さんはえろうございますよ……身体を張って困った学生さんを助けようとなすったり、身体を売って父親にお酒を呑ませようとする。

勘助　何？……

津留　いや、怒らないでやって下さいまし……何も人様の物でなし、自分の身体を売ってるのですから……そこへ行くと私の子供などは人様の……しかも働かせていただいている御主人様の大切な物に手をかけまして……盗みを働きまして、そんなことをして得たお金で親の病気を治そうだなどと、考え違いも甚《はなは》だしゅうございますよ。

勘助　お前さん……どこが悪かったんだい。

津留　いや、妻《さい》でございます。

勘助　サイ？……

津留　家内で……あの下世話で言う嬶《かか》ァでございます。

勘助　下世話で悪かったね……。

津留　いえ、とんでもないことで……ま、おひとつ。（酒を注ぐ）

勘助　で、どこが悪かったんだい？

津留　腎臓でございます。あれは治らないんだそうですな（呑む）……高い薬を飲まなけりゃなりませんし……起きて働くとすぐ疲れて横になって、それの繰り返しで、私の頂くものではとても足りません、ま、御主人はよくして下さいましたが、そうそう甘えてばかりはおられません。そこでとうとう御主人の書斎を掃除している時にむらむらと、百済だったか高麗だったか、えらい高価な香炉を懐に入れ、それを売ってしまったのですが、売った先から足がつきまして、母親は半狂乱になりましてな。御主人様は品物が返って来たのだからと言って……ま、私どもの苦しみも判って下さっておりまして今まで通り勤めろと仰《おっしゃ》って下さいましたがとても居られるものではございません、おいとまを頂戴致しました。

勘助　……息子さんの気持も痛えぐらい判るねえ……。

津留　娘でございます。

勘助　娘？……

津留　女盗賊になり下がりまして。

勘助　大そうなこと言いなさんな。で、おかみさんと娘さんはどうしたい。

津留　（呑む）……うーい……離別致しました。

勘助　リベツ？……

津留　あ、失礼を……三下り半を叩き付けてそれきりでございます。

勘助　……けどよう、困りゃしねえかい、病気のかみさんと娘を放り出して。

津留　群馬の方にあれの姪だか甥だかがおりまして、そこへ参ると言っておりました。それに引きかえ私には、身寄りたよりもなく、哀れなものでございまして、酔って道の真ん中にひっくり返っていた勘助さんを送り届け、千与さんに引き留められまま居ついてしまい申し訳もございません。ですから……勘助さんに追い出されましたら、私、もう身投げでもするより道はございませんので。

勘助　追い出すも何も家がねぇんだよ。

津留　二十何年も執事としてお屋敷の雑事をしてまいりました私は、他に何も出来ないのでございますよ（呑む）……冗談じゃねぇやでございますよ。娘を許せなかった。下直《げじき》に生きて来た人間には、たった一つの誤りでも許すというゆとりがなかったのでございますよ。（泣く）

勘助　（懐から手拭を出して渡す）悪い酒だね、どうも。

津留　（それを受け取って顔に当て激しく嗚咽《おえつ》する）

勘助　ま、やりなよ。（酒を注いでやる）

津留　（素直に茶碗を出し注いでもらい、呑む）……う

勘助　ん?……勘助さん、呑めましたね。先刻《さっき》から呑んでるじゃないか。(二人笑う) 千与が七つの時……(呑む) まだ佳与のヤツも生きてた時分よ。

津留　カヨさんとおっしゃいますと。

勘助　俺の嬶の名前だ。

津留　佳与さんとおっしゃる。結構なお名前でございますね。

勘助　話の腰を折っちゃいけねえ……この先の木場で、千与が掘割に落ちやがってよ、助けたのはいいが、浮んでいる大木に足を挟んじまって、ぽっきりさ、それ以来、この足は半端になっちまった。ふん、川並が木に足を折られちゃおしまいよ、木場の笑い物だ……。

津留　それでは……あの……勘助さんは最初から代書をおやりになっていたのでは……。

勘助　ガキの頃から手習いに行かされたのが役に立ったって訳だが元々は……木場の川並よ。

津留　カワナミ……?

勘助　筏《いかだ》乗りだよ。筏乗りが、手前《てめえ》の足と引き替えに娘の命を助けたってのによ、当り前のような面して親爺をコケにしやがって、別に恩を着せる訳じゃねえけどな……。

津留　別にコケにしてはいらっしゃいませんよ。こうしてお酒だのお弁当を持って来て、いつも勘助さんのことを気にかけて、お二人とも毎日顔を合せられて、幸せでございます……私の娘などどこに居るのやら、どこか群馬の山の中で……会いたいと思っても(呑む)……ううう……。(嗚咽)

勘助　……えらそうにして別れなきゃよかったじゃねえか、ったく……。

津留　……失礼を致しました、自分のことばかり申しまして……あのお弁当をお使いなすったらいかがで……。

勘助　(呑む)……いりませんよ。

津留　では、これは夜食にとって置きましょう、風呂敷は……あの、すっかり暗くなってしまって、さ、帰りましょう。

勘助　めんどくせえよ。(酔っている)

津留　え……。

勘助　麻布だか六本木だか、誰も居ない、壊れかかった大きな屋敷はやだよ。

津留　やでも今の我々にはあそこしか帰る所はないのですよ。

勘助　ここへ寝ちまおう。

津留　弁天様の境内へ寝る訳にはいきません、叱られます。

勘助　構やしねえやな。そこに莫蓙二、三枚かっぱらって来た、それかけて寝よ、寝よ。

津留　そうですか、いえ私も昼間かけずり廻りましたので少々疲れましたので。では、早めに休ませていただきますか……。(寝る支度を始める)ここは境内の真ん中でございますね、枕がございませんか。

勘助　紙の上に風呂敷掛けてよ。(などと二人でぶつぶつ言いながら支度している)俺ァまだ少し残ったのを呑《や》ってから寝る……先に寝ちまいな。

津留　ではお先にごめん下さい。ランプの火を消して下さい。(莫蓙をひっかぶって寝る。勘助一人で呑み始める)

SE　風の音

上手より綾乃が出る。下手のお社の方へ向って手をあわせ……去る。これを追うように富塚が出て綾乃の去った方を見すかす。

富塚　綺麗な人だな……。

下手へ去ろうとする。これも富塚を追うようにして清吉が出る。

清吉　旦那、旦那。

富塚　俺か……客引きならいらないよ、馴染みがあるんだ。

清吉　あっしですよ、富塚の旦那でしょ。

富塚　ああ、いつかのやくざさんか。

清吉　やくざじゃありませんよ、これでも貸座敷組合の組合員ですぜ。

富塚　で、何の用です。

清吉　今、見たでしょ、向うへ行った女。

富塚　ああ、ここのところ、ちょくちょく見かけるねえ。きれいなんだ、まさか、花魁じゃないんだろうな。

清吉　違いますよ……へへへ……旦那、ちょいとお願いがあるんですがね。

富塚　何だい。

清吉　旦那もここではいい顔のお客さんだ、へへ、ちょいとまわしてもらえませんか。

富塚　まわす?……何だいそりゃ。

清吉　必ずお返し致しますよ、二、三日うちに……お願いしますよ。

富塚　ああ、金か、あんまり持ってないぞ。

清吉　いえ、ほんのお気持で結構なんで。

富塚　（財布を出し、一、二枚の紙幣を渡す）

清吉　へへ、すいませんねえ……近頃なにかというと文化生活、文化住宅、あっしもね、その文化なんや*らにあやかろうとすると骨が折れまさァ。じゃ、ちょっとお借りしますよ。（走り去る）

富塚　何だ……文化追剥ぎか……。（去る）

勘助　……ちぇッ……月も出てねえから……文化野宿とするか……。（いびきをかき始める。津留が起き出して莨蓙を掛けてやる）

SE　櫓の音　水の跳ねる音　水鳥の鳴く声

M　「月は無情」

―溶暗―

第三場

大正十三年五月、洲崎神社境内

初夏を思わせる木漏れ日が射す。静か。前場の勘助たちの「文化」はない。夕暮れ前の境内。

SE　鳩の声　櫓の音　水の跳ねる音

ややあって、神社にお詣りに来た風情のすえ、薫、圭子が出る。

圭子　あれ、やっぱりおらんわ。今日で何日になるゥ？

すえ　私ら、毎日、お詣《まい》りに来てるんだからちゃんと数えてるよ、七日目だよ。

圭子　おばさんも心配だねえ、いい人がおらんようになって……はッはは。

すえ　年寄りをからかうんじゃないよ、掘立小屋を追い出されて半年の余も経つのにどこに住んでるんだろ。

薫　富塚さんは津留さんの勤めてた六本木の方の御主人の屋敷跡に寝てるらしいなんて言ってたけどねえ。

すえ　勘助のあの足じゃ、通って来るのも大変なのにねえ。

圭子　岡さんが言ってたけど、もう前の所へ帰って来てもいいって許可が下りたってじゃにゃあの、何で帰って来ないの。

すえ　勘助さん、すっかり拗《す》ねちまったんだよ。

圭子　なんで拗ねるの……。

すえ　幼馴染みの岡さんが、あの学生とっ捕まえて、英雄面《づら》して、あの掘立小屋を追い出しただろ、友達なら庇《かば》ってくれるのが本当だって怒ってたんだよ。

圭子　そらま、そうだわねえ。けど拗ねてる時じゃにゃあでしょう。住む所もにゃあのによう。

薫　私、六本木へ行って見て来ようか、病気してるのかも知れないし……。

すえ　（心を動かされるが）そんな訳にはいかないよ、花魁に逃げられたら私がえらい目に遭っちまう。

薫　私、逃げやしないわョ……どこへ逃げるのよ、家だって家族だってないのに。

すえ　判らねえよ、富塚さんと手に手を取ってってこともあるじゃないか。

薫　馬鹿を言わないでよ、あの人には奥さんだって子供だっているのよ。

圭子　あれ、そんなことは聞いたことねえよ、あんたに打ち明けたのきゃ？

薫　（首を振る）でも、きっとそうなのよ、幸せな家庭があるわ、違いないわ。

すえ　その割にゃ、のこのことよく現れるじゃないか。

薫　富塚さんと私のことなんかどうでもいいじゃないの、勘助おじさんの心配をしているのよ今。

上手から声。

女の声　つかまえてーッ、その男、止めて下さあい。

一同　何だ……？

清吉が手に小函を持って走り出る。

一同、立ち塞がる。

清吉　どけ、どけよッ！

すえ　あっちで止めてくれって言ってるじゃないか。

清吉　くそばばあ、たたっ殺すぞ。

すえ　くそばばあが癇に障った、逃がすものじゃねえ。

一同、清吉を捕まえる。

綾乃が走り出る。

すえ　捕まえた。

綾乃　（荒い息。女達に）……あ、ありがとう。
圭子　どうしたんだい。
綾乃　私の大切な品物をその男が。
圭子　清さん、あんた、ひったくりまでやってんのかい！
すえ　お嬢さん、どうしたんですよ。
綾乃　その懐中時計は父の形見です、返して下さい。
清吉　うるせえ、返さねえ。
圭子　ずいぶん堂々としたかっぱらいだぎゃあ……！
綾乃　お前は、この前は母の形見の櫛を持ち出したまま返してくれない、私の万年筆と化粧箱を持ち出して返してくれない、今度は父の形見の時計を持ち出そうとした、今度は許せません、返しなさい。
すえ　ちょっとお待ち、清吉、お前、同じ所へ何回も泥棒に入ってんのか！
清吉　うるせえな！
すえ　お嬢さんもお嬢さんだ、この前だのその次はだの、同じ泥棒野郎に何回も入られて済むと思ってんのかい、しっかりしなよ。
綾乃　はい、これからはしっかりとします、さ、返しなさい。
清吉　ふん……。（行こうとする）
綾乃　（捕まえて、いきなり横っ面を張り倒す）……！
清吉　あッ……。（ぶっ倒れる）
圭子　やったッ！
清吉　て、手前、亭主の面をよくも張り倒しやがったな。
一同　亭主ッ！……
綾乃　テイシュ……何のことですか。
清吉　男と女がひとッ所に住んで、することしてりゃ亭主と嬶じゃねえか、亭主が嬶ァの品物持ち出してどこが悪い。
綾乃　カカア？……
すえ　お待ち、清吉、言い逃れにとんでもない嘘はつかないもんだ。
圭子　焼きが回ったね、弁天町の清吉も。
薫　私だってもったいないくらいなのに、こんな文化的なお嬢さんの亭主なんて言っちゃって、ああ、おかしい。
清吉　へん……くやしかったらその女に訊いてみなってんだ。
すえ　お嬢さん、今、この男の言ったことは本当かい？
圭子　嘘だろ、ねえ、ウソだろ。
綾乃　私が訪ねて来た人が行方不明で困っていたら、清吉が、親切に自分の家へ連れて行ってくれて、そのままずっと、尋ね人が見つかるまで居ても構わないと言うものですから……。

すえ　いつから?
綾乃　あの大地震の少しあとからです。
すえ　じゃ、半年になるじゃないか。
圭子　ちょ、ちょ、ちょっと、お嬢さん、じゃこの男と、こんな男と寝たのかい。
薫　まさか、寝やしないでしょう?
綾乃　毎晩寝るのは当り前のことです。
圭子　ちがうよ、寝るってお前さん、ぐうぐうすうすう寝るのは当り前だけどさ、ぐうぐうに入る前に、何をしたかって訊いているんでしょう。
綾乃　何をって……何をですか。
圭子　ほれ、私達が毎晩してること……困っちまうね……お互い丸裸になって……抱き合って、いい気持で汗をかいたかって訊いてるのよ。
綾乃　……!……ぞ、存じません!
清吉　ほれ、見てみろ、良家のお嬢さんが覚えると大変だぜ、へへへ、もっともっとってせがんでよ、俺にのりかかってひいひい言いやがってよ……へへーだ、大変なよがりようだあ……態《ざま》ァみろ。
綾乃　(また、強烈に清吉を張り倒す)
清吉　(吹っ飛ぶ)
すえ　何だい、怒るとこ見ると、大分、下世話な言葉知ってんじゃないか。
綾乃　今は、そのようなお話をしているのではありません。時計を返しなさい。
すえ　驚いた。
圭子　ただで寝てるんだワ、もったいない。
薫　可哀想にこんなお嬢さんを騙して、罪作りだねえ。
清吉　へ……この女はな、手前達とは人種が違うんだ、俺はそれの亭主よ、玉の輿だ、はははッ……。
綾乃　じゃ、お嬢さんこの時計はもらっとくぜ。
待ちなさい……。

清吉、逃げまわる、追いかける綾乃、そこへ岡平八が手に一メートルくらいの紐を何本か持って出る、清吉とぶつかる。

清吉　あッ……。
岡　何だ、この野郎。
すえ　岡さん、清吉を放さないでおくれ。
岡　何、(清吉を捕まえる)また、何かしたのか。
圭子　事情はともかく泥棒だよ!
岡　えッ!……泥棒に事情も何もあるかよ。
清吉　放せ!　放しやがれ畜生。
岡　暴れるな……この野郎……また面倒を起こしてんのか、(揉み合う)ええ、うるせえ野郎だ。(持っ

ていた紐で縛り上げる）

綾乃　ありがとう。（清吉の懐から時計のケースを取り出す）

岡　時計を盗みやがったのか、清吉、手前、南海楼の昼博奕《ばくち》で大分負けが込んで首が廻らねえらしいな、もうお前、廓の仕事は出来ねえな、組合の中に盗ッ人が居たんじゃ、廓の面汚しだからな。

清吉　違うんですよ、その女は俺の女だ、女に事情を話したらその時計をまげて金にしろって言ったんですよ。

岡　また、口から出まかせ言いやがって、本当ですかいお嬢さん。

綾乃　嘘です。

岡　ほれみろ、さ、とにかく、警察とは言わねえ、事務所まで来い。

清吉　嘘じゃねえったら、その女は俺の女だ、こいつらだって知ってるよ。

岡　おすえさん、この馬鹿、何を言ってるんだ、俺の女だ女だって。

すえ　道々、説明しますよ、（岡の持っている紐のこじりを持ち）早く来い、このスケコマシ、しかし、さすがは元刑事さんだね、いつもこうやって捕縛の紐を持ってるのかね。

岡　あッ、このヒモ、こんなことに使っちゃいけないんだよ、役所から預かってきたんだ、ほどけ、ほどけ。

すえ　何だよ、役所からもらった紐って……。

岡　ほどけ、ほどけ。

すえ、圭子紐をほどく。

清吉　ああ、痛え。

すえ　岡さん、この紐がどうしたのよ。

岡　いや……あのなあ。

清吉　あばよ。（綾乃の手からケースを奪って去る）

岡　あ、待て、おい追え、追え！

綾乃　清吉、待ちなさい！　待てッ！

岡、すえ、圭子、追って去る。

薫　私、走るのやだ……帰ろ。

去ろうとする上手より「薫ちゃん！」という声。

薫　あら……富塚さん。

富塚が荷物を二、三個、抱えて出る。

薫　ど、どうしたの富塚さん、その荷物？

富塚　いや、まいったまいった。

薫　あなた、まさか、おうちを出て来たんじゃないでしょうね。

富塚　ええッ？……

薫　私のためにおうちを出て来ちゃったのね？　ね、そうなの？

富塚　違うよ、そんなことが出来る筈ないだろ。

薫　……ああ、驚いた。

富塚　あんまり突飛なことを言うので僕の方がびっくりした、ははは ッ……。

薫　あんまり突飛なことって何よ……私が今みたいなこと考えるの、そんなに突飛なの……。

富塚　いや、そういう意味じゃないけど。

薫　私に今みたいな言葉がすっと出るってことは、普段、いつも考えているってことじゃないの？　違う？……

富塚　いや、まァ、そうもとれるけど……。

薫　知らない……。（背を向ける）

富塚、前へまわり「自分が勝手に勘違いして」など と御機嫌をとる。そこへ、津留を支えた勘助が出る。

勘助　おい、富塚さん、私らの荷物持ってどんどん行っちまうから元気だねえって感心してたら、薫ちゃんと待合せがあったのかい。

富塚　いえ、そうじゃないんです。

勘助　津留さん、大丈夫かい。

津留　申し訳もございません。この一週間、すっかり御迷惑をおかけしまして。

薫　二人ともどうしたんですよ、一週間も姿を見せないから、みんな、心配してましたよ。千与ちゃんなんか、毎日ここへ来て心配してましたよ。いつもこの時間はお見世が開く前だから、弁天様にお詣りがてら、みんな、来ては心配してたのよ。あら、来た来た、千与ちゃん来たわよ、あれ、誰か一緒だ、男の人……。

勘助　ちょっと隠れよう……。

薫　なにも隠れることないじゃないの。

富塚　勘助さんの言う通りにしてあげようよ、さ、早く早く。（一同一隅へ身を寄せる）

千与が友末英一を伴って出る。

千与　友末さん、（紙片を差出し）ここへ訪ねていけば居るんだね！

友末　居なくても、連絡が取れるようになっています。

千与　もう、やめてよ危ないことは、やっと釈放になったのに性懲りもなく。

友末　じゃ行きます、僕なんかがあなたに会いに来ては迷惑だとは思ったんですがひと目お会いして、僕を庇ってくれた御礼を言いたかったんです。

千与　私、嬉しかったよ、あんたは私の周りにいる人達とは全然違う、きれいだよ、本当にきれいだよ、また、会えるといいね。

友末　僕もまた、お会いしたいです。

千与　行くよ、きっとここへ尋ねて行くから危ないことをしないでよ、お願いよ。

友末　はい……では、さよなら……。

千与　あ、待って、これ、少ないけど持って行きなよ。

友末　いえ、こんなことしていただいては。

千与　そんなに入っちゃいないよ、ご飯でも食べてね、さ早く、行きな。

友末　さようなら。（去る）

千与　さよなら。（手を振る）

一隅より一同出る。

勘助　こらあ！

千与　あ、びっくりした！

勘助　びっくりしたのはこっちの方だ、手前、あの男と……やい、あの男のお陰で俺達は住む所もなくなったんだぞ。

千与　父ちゃん、待ってよ。

勘助　待てねえ、あの男のために俺達は大きな荷物持って冬の寒空あっちへ行ったり、こっちへ来たり、野宿までしたんだぞ、その間もお前は布団の中で客といちゃいちゃしてやがったんだッ。

千与　ちょっとそりゃ話が別だよう。

富塚　まあまあ、千与ちゃん、お父さんの気持も判ってあげなさい。君が別に悪い訳じゃないけど、あの人のためにみんなが迷惑したんだ、現に僕だって、お父さんの荷物を持ってあげただけで、この人から変な誤解を受けて……。

薫　あなた、女心を変な誤解だって言うの、あんまりだわ。

そこへ清吉を捕まえた一同出て来る。

すえ　まったく、大汗かかせやがって。

岡　もう勘弁ならねえぞ、今度こそ警察へ突き出してやる。

綾乃　おじさま、警察に突き出すのだけは許して下さい。私がよく言ってきかせますから。清吉。

清吉　お前、助けてくれよ……。

綾乃　甘えるんじゃないッ！（横っ面を張り飛ばす、清吉、吹っ飛ぶ）

津留　お、お嬢様！
綾乃　……？
津留　お嬢様！
綾乃　津留ッ！
津留　よく御無事で……。（泣く）
綾乃　津留もよく生きていてくれました。（抱き合う）
津留　お嬢様、お屋敷が人手に渡っております、私ども、留守を守っておりましたが、本日、追い出されました。
綾乃　そうよ、とっくに人手に渡っていたのよ、だから、私は津留を頼ってここへ来たのよ。
津留　旦那様と奥様はいかがなされました。
綾乃　父も母も死にました。華族なんていうものは貧乏になったら、持ちこたえられません、お二人とも、次々にご病気になって……私を置いて亡くなりました。
津留　お嬢様！……（号泣する）
一同呆然とする内、清吉、また逃げようとする。
岡　そうはさせないぞ。
すえ　紐で縛れ紐で。
岡　（清吉の首根っこを抑えたまま）あ、忘れてた、みんなよく聞け、この紐の長さ、覚えとけ。その長さを基準にこの夏から、長いの短いの言い方が変るんだ。*
圭子　何よそれ。
すえ　この忙しい時に何を言い出すんだよ。
岡　ちょっと、この紙を広げてくれ。（清吉が広げる）イチメートル。
圭子　なによ、これ。
岡　よく判らねえ、もうこれからは一間とか三間とか何尺とか言っちゃならねぇんだと。
富塚　そうか、メートル法がいよいよ実施されるんですか、いや、日本も新しくなってゆくんだなァ。
薫　いくら新しくなったって、女心も判らないなんて、ひどすぎる！
富塚　まだ、怒ってるのか！
津留は綾乃を勘助に紹介する。
千与　父ちゃん、よかったね。
勘助　お前はよくないんだ。
同時にそれぞれの組で喧嘩になる。
津留と綾乃は手を取り合い泣いている。
岡　勘さん！

勘助　なんでぇ。
岡　お千与坊が心配してしょうがねえから、今日から勘さん達は強制的に元の掘立小屋へ連行する。
清吉　じゃあっしは連行されねぇんで……。
岡　黙れ！
津留　お嬢様……。
また一同、大騒ぎのうちに――

―幕―

第二幕

第一場

大正十四年（一九二五）十二月頃

勘助の掘立小屋も外見は変らないが、内装は大分人心地が付いている。
正面は「大正天皇・皇后」の写真、少し離れて勘助の亡き妻の写真が掲かっている。
文机は以前と同じ、火鉢が置いてある。夕暮れ前のひと時。
勘助が一生懸命に手紙を書いている。そばで圭子が覗き込んでいる。

SE　どこからか、「安来節《やすぎ》」が遠くに聞えている

勘助　いちいち覗くな、書きにくくてしょうがねぇ……。
圭子　怒らんでもいいがね……ちゃんと見てないと、また、みみずがのたうったような字になるでしょう、手が震えて。
勘助　……うるせぇなぁ。
圭子　あの安来節、ラジオかなァ。おじさんラジオって聞いた？

勘助　……聞かねえ。

圭子　やだねえ、この春から始まったがね、「あーあー聞えますか、こちら東京放送局」って、始まったでしょう。

勘助　うちには聞えねえ……。

圭子　当り前でしょう、放送してる声を受ける機械がなきゃ聞えないがね。

勘助　なら聞える訳がねえや。

圭子　歌もやってるらしいよ、買いたいなぁラジオ、高いんだろうね。

勘助　……ほれ、出来たぜ。

圭子　（受け取って火鉢の前へ行く）読んでみてちょ。

勘助　自分で読め。

圭子　また、とろくさいこと言いやぁす。字が読めんでしょ!!

勘助　（渋々、読む）拝啓……御主人様及び御子息太郎吉殿には常に変らず堅固のことと存じたてまつり安堵致しおり候。

圭子　おじさん、ケンゴのことって、亭主は病気なんだよ……。

勘助　黙って聞け……書簡絶え久しくなりましたことお許し下されたく候《そうろう》。

圭子　何……それ。

勘助　しばらく手紙を出さなくてごめんよってことだ。

圭子　ならそう書きゃいいじゃんか、亭主は判らねえよ、難しいことは。

勘助　判ってるから返事が来てるんじゃねえか、お前の亭主はお前よりよほど、学問があるぜ。

圭子　……先、読んで。

勘助　年の瀬と相成りそぞろ忙しい昨今でございますが、吹く風の冷たさを感じるにつけお二人の上に想いが募るばかりでございます。正月には親子三人、膳を囲みたく存じ候えども、お勤め先の御主人様、奥様方に大切に扱われ、ついつい言《こと》の端《は》にのぼせる事叶わず、離れ離れの正月幾度になりましょうや、太郎吉殿には、あかぎれ、霜焼け気をつけて、父上の御看護くれぐれもお願い申し上げ候、節季なれば、いつもより少し余分に金子《きんす》お送り申し候、父上に屠蘇《とそ》の一つも差し上げて下さいまし。来年こそは、母が大きな土産を背負いお前様方のもとへ帰られますよう、我に願を掛けて本日のお便りを終いとさせていただきます、何卒《なにとぞ》お風邪なぞ召されませぬよう、お祈り申し上げ候。恐惶《きょうこう》謹言けい子。

圭子　……。（そっと涙を拭う）

勘助　（封筒にしまい封をして、宛名を書いている。立

圭子　ち上がり圭子に手紙を渡し、瓶を取る）
……ありがとネ……（勘助、外套を着る）……出掛けるの……。
勘助　酒を買いにな。
圭子　（金を出し）……今日の分、払うよ。（机の上に置く）
勘助　いいのか……。
圭子　いいんだよ。
勘助　（金をしまう。五合瓶を持ち出掛ける）
圭子　（あとを追って去る）

SE　戸がガタピシ鳴って開く音

すえが二合瓶と弁当の包みを持って出る。

すえ　ったく、ガタピシと開けにくい戸だね……普段使ってないからだよ。（外を見て）勘さんは「あの婆ァ余計なことをしやがる」なんて言いながら、結構うまそうに食うんだから……。あの居候親子にも作ってやりたいけどね、こっちにも懐具合ってものがあるからね……。（茶碗を出したり膳を調えている）

清吉がせわしなく現れる。

清吉　へっ、見世へ行ったら居ねぇ、おおかたこんなことだと思ったぜ、みっともねぇ、いい齢をしてべたべたしやがって。
すえ　何だよ、用なら見世へ来な。
清吉　見世で出来る話かよ。
すえ　見世で出来ねえ話などあるものか。
清吉　とぼけちゃいけねぇ……おばさんよ、この間の話、進めてくれてるだろうな。
すえ　……。
清吉　どうなんだよ。
すえ　話はまとまってるさ、今日でも明日でも連れて行きさえすりゃ金をくれるよ。
清吉　そいつはありがてぇ。
すえ　だけど、やめだやめだ。
清吉　何だと！
すえ　いくら私が因業《いんごう》婆でも素人のあんな可愛い娘を売り飛ばすなんて出来ないよ。
清吉　冗談言っちゃいけねぇぜ、俺に話を持ち込んだのはあんただぜ、ヘッ、欲の皮つっぱらかしてよ、清さん、あの上玉、売れば高い、私が受け合うってそのかしたのは誰だっけな。
すえ　あの時はお前が、引っ掛けたばかりの時じゃないか、情が移るよ。

清吉　ふん……で、どこなんだ、場所は。
すえ　……。
清吉　どこなんだよ。
すえ　……品川だよ……東京で一番遠い所がいいって言っただろ。
清吉　よし……さァ、あの津留のとっつぁんをどう騙したらいいもんか……。
すえ　私しゃ知らないよ。
清吉　おばさんにもいい目見せるぜ、あんな上玉めったに引っ掛かるものじゃねえ、これで博奕の負けを払っても釣り銭が来るってもんだ。
すえ　お前はどうするんだよ、あの娘、品川へやっちまった後、この辺うろうろする訳には行かないよ。
清吉　なに、金が入るんだ、しばらく洲崎を離れてるよ、あんたの名前は出さねぇよ。
すえ　そうしてくれなけりゃ私が、ここに居られなくなるんだからね、頼むよ。

外から綾乃帰って来る。

綾乃　おじさん、ただいま戻りました。あら……清吉……おすえおばさん。
清吉　どこへ行ってたんだよ、心配したよ。
綾乃　津留と深川の八幡様にお詣りに行って来ました。
清吉　そうかい……綾ちゃん、おばんからちっとばかり話があるんだ。
綾乃　おばさん、なんですか。
すえ　何言ってんだよ、こんな話は清さんの口から言うものだよ、だってそうだろ清さんが、綾乃さんと二人きりで真面目に生活がしたいって話なんだから……。
綾乃　清吉と二人で生活を?……どういうことですか清吉。
清吉　い、いや……俺とお前が、初めて会った頃、二人でずっと暮していたろ。それがよ、あの津留のおっさんと会ってからは、お前ずっとここに居て、俺ァお前に会いたくても思うように会えねえ、時たま会っても、慌ただしく別れなくちゃならねえ、俺はもう我慢が出来ねえよ、俺は本当にお前に惚れちまったんだ、ずっと一緒に居てぇんだよ、お前だってこんな狭い所に、三人も住んでるんじゃ勘助おじさんにも遠慮があるだろう、な、判ってくれるかい、この気持をよ。
綾乃　判ります、私もそうしたいんです。
清吉・すえ　（顔を見合せ、ほくそ笑む）
清吉　ほ、本当かい。
綾乃　本当です。

清吉　じゃ、じゃあよ……二人してここを出よう。
綾乃　……え？　ここを？……
清吉　洲崎を出るんだ、邪魔の入らねえ所で二人で世帯を持とうぜ。
綾乃　結構です……どこへ行く？
すえ　品川だよ!!……（口を押さえる）
綾乃　品川……？
清吉　いや、品川の方だよ、品川近辺!!
綾乃　そう……津留も一緒ですね。
すえ　それがさ、清さんが慌てて見つけてきた家が狭いんだよ、二人住むのが精々なんだよ。
清吉　でな、今のところは津留のとっつぁんに我慢してもらってここに居てもらってよ、俺が働いて、まあちっと広い所へ移ったら呼ぶということじゃいけねえかい。
綾乃　結構よ、津留も勘助おじさんと仲がいいし、すぐに別れるのは辛いでしょう、後から来てもらいましょう。
清吉　話が判り過ぎて嬉しいぜ、なぁおすえおばさん。
すえ　馬鹿……でも、よかったじゃないか。
清吉　じゃ、早速、明日にでも引越そうじゃねぇか、思い立ったが吉日よ。
綾乃　明日……でも……。

外から、荷物を抱えた津留が帰って来る。

綾乃　津留、おかえりなさい。
津留　お嬢様、すっかり遅くなりまして。おや、おいでなさいまし。
すえ　綾乃さんと八幡様ですってねぇ……。
津留　八幡様？……とんでもございません、近頃は区役所の出張所みたいになってしまいまして、お役所の書類の写しに天手古舞で、お詣りどこではございません。
清吉・すえ　……？（顔を見合せる）
津留　お嬢様、お腹がおすきになりましたでしょう（御膳の上を見て）おや、また勘助さんの分だけ……大急ぎで私どもの分を作りますので、も少し我慢して下さいまし。
綾乃　津留……。
津留　はい。
綾乃　私、明日から清吉と二人で品川へ引越します。
清吉・すえ　お前、こらまだ早いよ。（同時にうろたえる）
津留　何でございますと……？
綾乃　清吉が私と二人きりで生活をしたいので品川へ小さな家を見つけたのだそうです。明日引越そうと言っているので私も賛成しました。

津留　……私はどうなるのでございます。

綾乃　お前は時期を見て、品川へ来てもらうそうですから、しばらく我慢して下さいな。

津留　清吉さん、私が一緒ではいけないのでございますか。

清吉　い、いいや、家が狭くてよう……。

津留　ここよりでございますか？

清吉　こ、ここよりは広いけどよ。な、判ってくれよ、若いのが二人きりで住みたいって気持をよ、必ず広い所へ移ってお前さんを呼ぶからよ。

津留　はい、お若い方のお気持は判りますが、私、前に申し上げましたね。お嬢様が清吉さんを少しばかりお好きなのは判りますが、お二人で世帯を持つとなれば清吉さんに正業に就いていただかなければなりません。それが条件でございました。で、あなた様は何をしてお嬢様を養ってゆくことになりましたので。

清吉　いや……まだ、そこまでは……。

津留　まだ、そこまでは……。（御膳を片付けて）お嬢様、こちらへ。（綾乃座る、津留も座って）では何でございますか、とりあえず二人で暮しちまうという訳でございますか。

すえ　津留さん、そう堅いことを言っても仕様がないよ、二人は好き合ってんだからさ。

津留　清吉さん、あなた、博奕の借金が大分あるそうではございませんか、ところが決った職業もない。

清吉　決った仕事はあるじゃねえか。

津留　廓の組合の使い走りでございましょう、廓の妓夫《ぎゆう》太郎の鑑札もなく、その次の立番か立仲にもなれず、その下の仲どんにもなれず、ただの使い走りじゃありませんか。

すえ　詳しいねぇ。

津留　そんな方がどうやってお嬢様を養うのですか、まず、それを伺わなければこの話は進みませんでございます。

清吉　品川へ行って人に頼んで、ちゃんとした仕事をすりゃ文句ねぇんだろ、そいつの目安はついてんだよ。

津留　ではお仕事を決めて、品川の住所に私が行って見て、これならと思ったらお嬢様をお連れ申します。何も私がお邪魔を致すつもりはございません！

清吉　そんな悠長なことを言ってられねぇんだよ、今日、明日に引越すぜ。

津留　何故、そんなにお急ぎになる……お二人の一生の問題でございますよ、何故、今日、明日の問題なのでございます、おすえさん、どういうことなのです。

すえ　……私は知らないよ、この二人の話なんだから……。

津留　……お嬢様……。

綾乃　はい。

津留　少しのあいだ、次の間へお越しくださいまし。

すえ　次の間……。

津留　さあ。（奥を指す）

綾乃　はい。（下手へ去る）

津留　（はじめは小声で）清吉さん、あなた、お嬢様を品川へ売り飛ばすおつもりですね。

清吉　……！

すえ　……！

津留　さ、正直なところをお聞かせ下さいまし。

清吉　（言葉に詰まる）

津留　清吉さん!!

清吉　う、うるせぇな……そうならどうなんだ。

すえ　清さん!!

津留　あなたという人は……。

清さん　津留のおっさん、判ってくれよ、俺ァ今、どん詰まりなんだ、借金でどうにもならねえ。ほんの一、二年だ、綾乃だって俺の言うことなら聞いてくれるぜ、俺だってあいつに惚れてんだ、必ず、必ず、一、二年で借金は返す、そしたら、あいつと世帯を持つから、頼むよ。

津留　ご自分が楽しんだ末の借金を清算するためにお嬢様を苦界《くがい》へ売って、そのお金で……私、命を張ってお止め申し上げます、旦那様や奥様に何とお詫び申してよいやら。私はお嬢様をお連れして今すぐにもここから立ち退きます。こんな所へお嬢様を住まわせておく訳にはまいりません。（立ち上りかける）

清吉　そうはさせねぇ、このおすえばあさんがな、品川ともう話をつけて来てるんだ。

すえ　ちょっと!! 清さん！

清吉　あんたが命を張るんなら、こっちだってとうに命を張ってらぁ、どうでも綾乃は連れてくぜ、判ったな、おい綾乃、出て来い、綾乃！

綾乃　大きな声を出さなくてもよく聞えてます。

清吉　俺と来い、品川で一、二年我慢してもらうぜ、そうすりゃ、二人とも、あとは楽が出来るんだ。

綾乃　はい、判りました。

津留　お、お嬢様、何を仰います!!

綾乃　いいのよ津留、私、この人の言う通りにします。

清吉　ほれみろ……。

すえ　（ほっとする）

津留　品川がどういう場所か、御存知なのでございますか！

綾乃　ここと同じでしょ。

津留　お嬢様!!（半狂乱になる）

綾乃　清吉、支度をします。津留、出掛ける支度をしてちょうだい。

津留　とんでもございません!!

清吉　どけってんだよ、こっちゃあ急いでんだ。（綾乃の手を取って出ようとする）

津留　（先に外へ飛び出し）助けて下さい。どなたか、人さらいです、助けて下さい!!

清吉　（津留を殴り倒す）

外から千与と友末が出る。

千与　どうしたのよ、大声出して。

津留　あ、お千与さん、助けて下さいまし、この人がお嬢様を売り飛ばしてしまいます。

千与　何だって!?

津留　止めて下さいまし、お嬢様が売られてしまいます。（泣き叫ぶ）

この隙にすえ、綾乃の手を取り下手へ逃げる。友末、それを捕まえる。

友末　待ちなさい、どういうことだ。

すえ　放しなよ、知らないったら。

千与　清さん、あんた、また悪い虫が起こったね。

清吉　綾乃も承知してんだ、放っといてくれ。

千与　廓の中にいる女を、それがたとえ花魁でなく、素人娘でもそれを抜いたらどういうことになるか、あんたこの前もやったんだからよく判ってるだろう。

清吉　うるせえ、こっちも生きるか死ぬかだ、後へは引かねえぜ。

千与　あんた、今度はここの人間に殺されるよ、あんたよく平気で法度《はっと》を破れるね。

清吉　どっちにしても危ねえんだ、今度だけは、目をつぶってくれ！　綾乃来い!!（連れて行こうとする）

友末　待て。（清吉を突き放す）君は、君はこの近代社会に於て、まだ、人身売買を行おうとしているのか。

清吉　何だ、いきなりこいつは……？

友末　女郎はいつだって自由廃業が出来る世の中だ。この廓の中にだって、救世軍がうようよいるだろう、あそこへ飛び込めば、女郎はただで自由にやめる

清吉　ことが出来るんだぞ。それを、しかも素人の娘さんを騙して女郎に売ろうとしている。恥ずかしくないのか、どうなんだ君！

友末　な、何なんだよこの野郎は……。

清吉　君のような人間がいるからこそ、我々は立ち上がったのだ、個人の勝手は、こいつのように社会を蝕《むしば》むんだ、個人の利益のために一個の女性の人生を狂わすんだ、許せない、許すべきではない!!

千与　英一さん、大きな声で、そんな演説やめてちょうだい、外へ聞えたらどうするの。

友末　いや千与さん、僕はどうなってもいい、僕はこの人を助ける、そのための僕達の運動なんだ。そこの娘さん、こっちへ来なさい、こいつの手には渡さん。

清吉　よし、どうしても邪魔をするなら、こっちも力ずくでこの女を連れて行くぜ、どけ!!（懐から匕首《あいくち》を取り出す）

一同　清吉！　清さん!!……

友末　来い!!

清吉　野郎!!（飛びかかるが簡単に匕首を叩き落とされ、友末に抑え込まれる）放せ……痛い、放しやがれ。

綾乃　（友末と清吉を離す）お願いです。

友末　お嬢さん。

綾乃　この人は駄目な人です。

友末　そうです、その通りです。

綾乃　でも、私はこの人を愛しております。

津留・千与　お嬢さん？

綾乃　ですから、私、この人の言う通りになってあげようと思っています。

一同　お嬢さん！

綾乃　でも一つだけ、聞きたいことがあります。

清吉　な、何だよ。

綾乃　品川の花魁だか、女郎だかになるのは結構ですけど……あの……。

一同　……？

綾乃　子供がお腹の中に居てもよいのですか。

一同　げぇッ……!!

綾乃　先刻《さっき》そこの病院へ行って来ました。三ヶ月のおめでただそうです。

津留　何ということだ……。

綾乃　それでもよければ私、品川でも大崎でも参りますが……。

清吉　だ、誰の子だ。

綾乃　（キッと清吉を睨みつけ痛烈な張り手をかます）

清吉　（吹っ飛ぶ）

間。

すえ　清さん、どう転んだって、お前はこの子には敵わないんだよ……ふん馬鹿馬鹿しい、やめだやめだ。（去る）

清吉　（一同に睨まれているので気後れして）……待てよ、おすえばあさん、待ってくれよ。

綾乃　清吉……。

清吉　……へッ……。

綾乃　私達の結婚のこと、二人して津留にお願いしましょう、許して下さるように……。

津留　お嬢様……。

清吉　（いきなり走り去る）

綾乃　清吉！　待ちなさい、卑怯者、待て！　待ちなさい。（追って去る）

津留　お嬢様、……走ってはなりません、お腹の子が……お嬢様……。（これも追って去る）

友末、千与、茫然と見送って。

友末　何だ……あの人達は……、不謹慎な、千与さん、僕は帰ります。

千与　待ってよ、私達だって、父ちゃんに。

友末　駄目だ、駄目だよ、僕がいくら正論を吐いても今の人達みたいに誰も相手にしてくれない、僕がいくら世の中をよくしようと思っても誰も耳を貸してくれない、こんな人間が、君のお父さんに何を言っても馬鹿にされるだけだよ。

千与　ちょっと、いい気になり過ぎじゃない。

友末　えッ？

千与　あなた、自分一人で世の中をよくするだの、正論だのって、そんな甘いもんじゃないわよ。あんた英雄気取りでいちゃ駄目よ。あんた達の運動は夢じゃないのよ、現実なのよ、辛いことの方が多いのよ。あんた、今の組織ってのに入っただけで、自分を特別な人間だと思っちゃってるんじゃない？　駄目よ、ただ普通の、小さな力のない人間が大勢集まって少しずつ力を蓄えていかなけりゃあんた達の運動なんかすぐ挫折するわ……。

友末　黙りたまえ、君にどれほど、僕の考え方が判るんだ、僕は個人を超越している。僕の身体は僕のものじゃない、僕達の理想の上に建つ国家のものだ。個人である君が偉そうに国家に向って何を言うんだ。不愉快だ、帰ります、いずれまた。（走り去る）

千与　あら、ちょっと待ってよ友末さん。国家より私の方が好きなくせに、本当に子供なんだから……待

ってちょうだい、一人で歩くと危ないよ。（去る）

外は陽が斜《かた》むいて闇が濃くなっている。

SE　ポンポン蒸気船が通って行く

外から、勘助が帰って来る。家の中に入り、膳部を中央に出し、寒そうに火鉢を掘り起こす。

勘助　（膳部を見て）あの、婆ァ……余計なことをしやがる。（酒を注いで呑む）……（弁当をつまむ）ふん……まあまあうめえや……。（呑み続ける）

外より津留が戻って来る。

勘助　ああ、お帰り……。

津留　（上がって来て勘助の前へ座る）

勘助　どうしたい……。

津留　勘助さん、そろそろお別れしなければならないようでございます。（津留ゆっくりと頭を下げる）

勘助　……（そっと盃を置きじっと津留を見やる）

―ゆっくり溶暗して、幕下りる―

第三幕

第一場

掘立小屋の中、前場より数日後の薄暮前

SE　豆腐屋の笛、売り声　ポンポン蒸気船の行く音

勘助が酒を呑んでいる。そばで心配そうに見ている岡平八、時々、時計を見ながら下手の部屋（見えない）を気にする。

岡　勘さん、そんなに呑むなよ。

勘助　……。

岡　津留さんが居なくなるのは淋しいだろうけどさ……行く方だって淋しいんだぜ。

勘助　……。

岡　何しろ急に決った話だからな……うん……とにかくなァ、木場から秋田の木材会社へ二、三年の年季で木材の色々と、その研究がてらの派遣員を撰《よ》っている最中に清吉の野郎が飛び込んできやがってよ……子供が生れるんだから何とかまともな仕事をしてぇから世話してくれってよ、まァその真剣さにゃこっちがびっくりしてなァ……ちょうど

津留　いいことによ、みんな、木場の奴らはあんまり行きたがらねぇんだよな、秋田の山ん中へはよ、でまァ、欠員があったもんだから清吉と津留のとっつぁんとねじ込んじまった訳だ。悪く思うなよ、清吉がまともな人間になるにゃいい時よ……。また帰って来るって……。（下手へ）津留さん、そろそろ時間だよ。

津留　（声）はい、ただいま。お嬢様、よろしゅうございますね。（と言いながら少々の荷物を手に出て来る、綾乃も出る）お待たせ致しました。

岡　八時の上野発だ、その娘の身体のこともあるし、少しゆっくりと行こう。

津留　お願い致します。さ、お嬢様。（綾乃を促し勘助の前へ正座する）勘助さん、本当にお世話になりました、秋田まで行ってまいります。

綾乃　勘助おじさん、私達が帰って来るまで、お元気でいて下さい。ありがとうございました。

勘助　……。（頭を下げる）

外から千与と清吉と圭子が出る。

清吉　おめえたちよ、俺が支度している時から俺にずっとつきまとってイヤな目付きで追いかけ廻して、どういう気だよ。疑《うたぐ》ってるのかよ、もう逃げやしないよ。

圭子　前が前だけに心配するのは当り前でしょう。このまま、いい亭主といい父親になってちょうよ、綾ちゃんを不幸にしたら承知しないよ。

清吉　判ったよ……勘助おじさん、行って来ます、達者でね。

勘助　……。

岡　じゃ、名残は尽きめぇが、行かせてもらうよ。

津留　岡さん、お見送りいただけるので……。

岡　馬鹿言っちゃいけねぇ、おまえさん達を引率して秋田まで行くんだよ。

津留　あ、それは心強うございます。じゃ、勘助さん……。

勘助　うん……送らねぇよ。

津留　その方が……。（涙を堪える）

一同出て行く。

勘助　清吉……。

清吉　（振り返る）

勘助　津留のとっつぁんのこと、頼むよ。

清吉　安心して下さいよ、出来るか出来ねぇか、まあ、やってみます。

勘助　トメさん。

津留　はい。

勘助　遠くへ行っちまって……かみさんや娘のことはいいのかい……。

津留　はい……お互いにもう死んだものと思っております。今の私には新しい息子と娘が出来ましたようなもので。じゃ、ごめんくださいませ。

綾乃　お二人ともお元気で。ご機嫌よう。

一同去る。勘助一人戻って呑む。

圭子、千与、見送る。

圭子　面白い人達だったよねえ。

千与　ああやって、無事に旅立てたらねえ。

圭子　千与ちゃん……いいのかい、言わなくて……。

千与　今の父ちゃんに言えないよ……。

圭子　さ、風呂へ行って、商売商売、おじさん、あんまり呑んだらいかんがね。（去る）

千与　私も行くよ……父ちゃん、弁当。（弁当を出す）私、仕事の途中だから行くよ……お願いだからもう呑まないでよ……身体壊したらどうするの。

勘助　うるせえな……早く行け。

千与　今夜は、遅くなっても帰って来るからね、開けといてよ。（外へ出る）

富塚が出る。

富塚　あ、千与ちゃん。

千与　あ、富塚さん。

富塚　津留さん達行っちゃったんだねぇ。

千与　会いましたか？

富塚　うん、そこでね……お父さん居る？

千与　淋しがってるから相手してやって下さい。

富塚　ああ、いいよ……。

千与　寒いねぇ、雪になりそぅ……。（去る）

富塚　（上がり込む）やあ……（火鉢の火をおこす）おじさん、炭は。

勘助　（隅を指す）

富塚　（炭箱を持って来て足す）寒い……一杯もらっていいかい。

勘助　（瓶を富塚の前へ出す）

富塚　（茶碗を探して来て、注いで呑み始める）いっぺんに二人居なくなっちゃ淋しいなァ……。

勘助　……。（富塚に酒を注ぐ）

富塚　ア、どうも……。

勘助　雪、降って来たのかい。

富塚　え……いや、千与ちゃんが降りそうだって言ってただけですよ。

勘助　ふうん……秋田は寒いだろうな……。
富塚　……。（呑む）
勘助　弁当、食うか……。
富塚　いや、勘助さんが食べなけりゃ駄目だよ。
勘助　俺ァいらねえ。
富塚　身体を壊しちまうよ……。
勘助　ふん……あんたこそ、居続けでよく身体を壊さねえ……。
富塚　（笑う）そうだねえ。
勘助　よく、金が続くねえ。
富塚　（笑う）そうだねえ。
勘助　ケコロだから、安くて済むか……。

外で薫の声がする「ちょっと待って下さいよ」。

富塚　（外へ気を遣り）あれ、誰か来るよ。
勘助　ええ？……なんだ、あんたの敵娼《あいかた》だ……。
富塚　薫ちゃんか……見世はいいのかな。

薫の声「大丈夫ですか」

富塚　（立ち上がって、上り框の方へ行き、外を見る。慌てて）おじさん、煙草買ってくる。（奥の間へ入る）
勘助　（呑んでる）

薫が出て来る。

薫　おじさん、富塚さん来てる？
勘助　ああ……。
薫　おじさん、ちょっと一人休ませてあげてくれる。
勘助　誰でぇ？……
薫　お年寄り……その角でしゃがみこんで具合が悪そうだから連れて来たの。ちょっと、いいでしょ。
勘助　ああ……。
薫　（外へ出る）おばさん、ここでちょっと休んで行きなさいよ。（富塚の母・まさを抱えるようにして、上り框へ連れて来る）
まさ　恐れ入ります。
薫　おじさん、ちょっと火鉢を貸してね。（まさのそばに置いてやる）さ、手をかざして、暖ったまって……。
まさ　はい。
勘助　どうしたんだ？
薫　判らない。
勘助　茶なんて気の利いたものはねえが、ま、暖ったまったらお帰りなさい。
まさ　あの……。
薫　えッ？……

まさ　御迷惑をお掛けした上に、面倒なことをお伺いしたいのでございます。
薫　はい……。
まさ　あの……女の方のいらっしゃいます、ああいったお見世は、この先にまだございますので……。
勘助　あんた見世を探していなさるんですか。
まさ　はい……いいえ……。
勘助　どうしなすった。
まさ　はい、人を探しております。朝から一軒一軒、尋ねて廻りましたのですが。
薫　朝から……。
勘助　誰をお探しです……ここへ知った人が身売りでもしなすったのかい。
まさ　……。
勘助　この中にゃ大勢の人間がひしめき合って暮してますぜ、あんた一人で探すったって、容易なことじゃないでしょう。
まさ　……。
勘助　日を改めて、おうちの人でも連れて、探しにおいでなさい、なんなら、憲兵隊だって警察だって、頼めば探してくれますよ。
まさ　いえ……もう結構でございます。諦めるより仕方がございません。

薫　警察まで私が一緒に行ってあげましょうか。
まさ　いえ、警察へ参ろうかと存じましたが、何分、家の恥になることでございますし、本当に結構でございます。
薫　そうですか……。
まさ　（溜息をつき……考えているが、やがて、嗚咽が突き上げて来る）
勘助・薫　（顔を見合せる）
勘助　あの……酒、呑みなさるかい。
まさ　……。（涙を拭き）……お恥ずかしいところをお見せして……。（立ち上がるが、また、我慢出来ずしゃがみ込む）
勘助　大丈夫かね……。
まさ　息子が……息子が帰って来ませんで……。
勘助　息子さんが帰って来ねえ？……
まさ　帰って来てくれるように頼もうと思いまして、探しに参ったのですが、どのお見世でも知らないと言われまして。
勘助　ああ、息子さん……ここへ客で来てるってことかね。
まさ　はい。
勘助　そりゃ駄目だ、ここじゃ客のことは絶対に喋らないよ。

まさ　そうらしゅうございます。皆さんに、いつかは帰るから待てと言われてまいりましたが。

勘助　居続けか……。

まさ　全然、家へは寄り付きませぬ。ある時、出掛ける息子の後を家の者に追わせてみますと、こちらの門の中へ入ったと聞かされまして……私どもはよろしいのでございますが……嫁が可哀想でなりません。手前どもへ嫁に参って、まだ日も浅うございます。息子が家に帰って来ませんのは、自分が至らないからだと申しまして毎日、じっと息子の帰るのを待っております。毎夜、眠りもせず明け方まで待っておりまして、朝は、台所へ立ちます。近頃は身体も弱りまして……それでも気丈夫に振る舞っております。その嫁を見ておりますと可哀想で申し訳なくて……ここの女の方に私からお願い申して、息子を返していただこうと、出て参ったのでございますが、この齢になりましての世間知らず、どうかお嗤いくださいまし……（息が荒くなっている）

薫　（じっと下を向いている）

勘助　（その薫を見て）お前さん、名前は何といいなさる。

まさ　……私事を口に致しましてお恥ずかしゅうございました、大分身体も暖まってまいりました、帰らせていただきます……。

勘助　あの……。

まさ　休ませていただき、助かりましてございます……嫁が心配しておりましょう……本当にありがとうございました。（去る）

勘助　……気をつけて行きなさいましよ。あれ、雪が降って来やがった。

奥から富塚、悄然《しょうぜん》と出る。
出口の方へ行き、まさの去った彼方を見やる。

薫　……おじさん……私……。

勘助　え?……

薫　何だか判らないけど……私判らないけど……今日ぐらい、この商売、いやになった日はないわ。今まで……私達が世間の人達を、困らせることなんか、ないと思っていたけど、私達のせいで悲しんだり、困ったりしている人もいるのね。

勘助　何もお前。

薫　今日ぐらい……私……惨めになったことないワ……。（去る）

勘助　……。

富塚　薫ちゃん……。

勘助　富塚さん……。

富塚　薫ちゃんッ。（追って去る）

勘助、火鉢を元の所に戻し、火をおこし、また酒を呑む。

SE　遠くからポンポン蒸気船の音　だんだん大きくなり、すぐ近くまで来て止まる

勘助　何だ、その辺へ止まりやがったな……。（少し気にするが、弁当を開け、食べ始める）

外へ友末が出る、振り返る。千与が出る。友末戸を開けかける、千与止める。（以下すべてマイムで）

友末「なぜ!!」

千与「いいの」

友末「だって」

千与「いいんだってば!!」

千与　（中に向って頭を下げる、ポケットから紙片と、金を出し戸口に置く）行こう。

友末　しかし!!

千与　早く、船が待ってる!!

友末　（頷く）

二人手を取り合い去る。

勘助、外の気配になんとなく立ち上がり、戸口へ行き、戸を開ける。

SE　蒸気船のエンジン音、だんだん遠くなって行く

勘助、外へ出るが、舟の去って行く音を聞きながら小屋へ入ろうとする。足元の包みに気が付き、拾い上げて部屋に入る。手紙を読む。茫然と立ちすくむ。

千与　（声）父ちゃん、ごめんなさい、今日廓を出て行きます。友末さんを助けて、あの人について行きます。父ちゃんに会って謝る時間がありません。友末さん、また追われているの……必ず帰って来ます。帰って来るからね、千与。

勘助　（崩れ落ちるように……号泣）

―溶暗―

第二場

昭和二年（一九二七）五月頃の夕景

掘立小屋。すえが紙面を広げ、岡平八に何か説明している。岡は時々、外を気にしている。

岡　ったく、勘さん、どこへ行っちまったのかね。

すえ　ちょっと、私の説明を聞いて下さいよ。

岡　お前さんの借りたアパートの間取りなんか聞いたって仕様がないよ。

すえ　だってあんたが二人十分に住めるんだなってから、説明してんだよ。

岡　住めりゃいいんだよ、だけどおすえさん、本当に勘さんのことを引き受けるんだろうな。

すえ　大丈夫ですよ。

岡　勘さんも承知したんだろうな。

すえ　承知するもしないもここを追い出されたら、どこにも行く所がないんだもの。

岡　千与ちゃんも困ったことをしてくれたよ。あの学生を助けたのは二度目だろ。今度はしかも船まで借りて駆け落ちだ。ここがあいつらのアジトになっちゃいけねえってんで、お上からの立ち退き命令だ。いかに俺でも、もう庇いきれねえよ。廓の連中もうるせえしなァ。

すえ　だけどお上もしつこいねえ、千与ちゃんが居なくなってもう半年になるのに、まだ忘れてないんだねぇ。

岡　当り前だ、治安維持法*って法律が出来ちまったんだから千与ちゃん、あの学生と一生逃げなけりゃならねえ。

すえ　ああ、やだねえ、昭和なんて聞き慣れない時代になっちまって、そんな法律が出来ちまって、お陰で私が忙しくなっちまったよ。

岡　だからっておめえが忙しくなった訳でもあるめえ。じゃ、お前さん、見世を出て、アパートから通いでおばさんを務めるのか。

すえ　ま、そうだね。

岡　ま、ひとつよろしく頼むよ。お前さんと一緒なら、俺も安心だ。ヘッヘへ。

すえ　急におだてたって駄目だよ。勘さんから部屋代はもらうからね。払えなけりゃ、岡さん払って下さいよ。じゃ私しゃ見世へ戻らなくちゃならないからね、帰りますよ。

岡　ああ、帰っていいよ。

すえ　何だか、この齢になって、亭主をもらうようで照

岡　れ臭いねえ、えッへへへ……。（去る）
馬鹿野郎、浮かれていやがる。

SE　下手の戸がガタピシ開く音

岡　……ん？……勘さんか？

立ち上がって下手へ行く。「おい、大丈夫か……」の声。
岡、勘助を支えるようにして出る。勘助は風呂敷包みを持っている。

勘助　婆ァ、また、来てたのか。
岡　ああ、アパートのことでな。
勘助　俺ァ、あいつの所へなんか行かねえよ。
岡　勘さん、もうわがままを言ってる時じゃねえよ。立ち退き命令が出てもう四ヶ月だぜ、四ヶ月俺ァ周りをおさえてごまかしてたんだぜ、今朝も警察が来ただろう？　俺ァお上から、お前が責任を取るってから任せたのにまだ立ち退かせないのはどういう訳だってこっぴどく叱られたんだよ。なァ頼むよ、おすえ婆さんが引き取ってくれるってんだから、婆さんのアパートへ移ってくれ、誰かの監視がなけりゃ、お前、この辺へ住めねぇんだからよ、頼むよ、このとおりだ。（頭を下げる）
勘助　……判ったよ。岡さん、すまないねぇ……移りますよ。
岡　そうしてくれ。俺も現役の刑事ならもう少し何とかなるんだが、もうとっくに退いて、今じゃ、廓の組合の下働きにすぎん、今までの顔もそうそう利かねえしなァ。
勘助　判ってるよ……それで、いつ移ったらいいのかね。
岡　うん、まァお前さんが承知したとなりゃ、急ぐことはねえ、四、五日のうちにここを引き払ってくれりゃいいよ。
勘助　……。（頷く）
岡　じゃ勘さん、四、五日経ったら若いのに荷物を取りに来さすから、ひとまとめにしといてくれや、じゃ帰るから、……なに俺もちょくちょくアパートの方へは顔を出すから、一杯やろうや……じゃ。

岡、帰って行く。
勘助、風呂敷包みを解き、何やら書類を机の上に出し調べ始める。暗い……電気をつける。
外へ娼妓・竜子（24）が、着飾った和服姿で出る。

竜子　こんにちは……。

勘助　……。（気づかない）
竜子　……おじさん……勘助おじさん。
勘助　ええ？……
竜子　こんにちは……。
勘助　……誰だい。
竜子　やだ、竜子です、おじさんの娘さんがいた、日新楼の竜子です。
勘助　ああ、つうちゃんか……めかしこんでるんで判らねえよ。
竜子　今日、検査日なの。上がっていい？
勘助　あがんな、あがんな。
竜子　ごめんね。（上がる）
勘助　珍しいな。
竜子　本当、初めてよここへ来たの。
勘助　本当だな、初めてだな。つうちゃん毎週検査のたんびにそんな、なりをして行くのかい。
竜子　私、ここへ来て三年目だけど、初めて。……大見世の姐さん達は大変よ、毎週、着物替えて、人力に乗って。
勘助　歩いてもそんなにかからねえところをなァ。
竜子　そう。この着物、入ったばかりの時、見世のおかあさんが買ってくれたでしょ、今まで恥ずかしいから着なかったの……でも、今日は特別の日だから着たの。
勘助　ほう、何かいいことがあったかい。
竜子　いいことなんかない。私が自分で特別な日にしたの。おじさんに手紙を頼むの。
勘助　手紙をかい、誰に書きゃいいんだい。
竜子　お母さん……。
勘助　へえ……今までおっかさんに何の便りもしてなかったのかい？
竜子　お金だけは送ってた。宛名ぐらい郵便局の人、書いてくれるもの。
勘助　ああ、そうだねえ。
竜子　お母さん、私がこんな所に居るの知らないでしょ、だから、せめて綺麗な着物を着た時に手紙を出せば手紙にさ、きれいな私がうつって、お母さんに見てもらえるような気がしてね……やだ……笑わないでよ、おじさん。
勘助　笑わないよ……つうちゃんの手紙を書くんなら、手が震えちゃならねえ、すまないが、ちょいと、その酒と茶碗取ってくれねえか。
竜子　はい……（酒瓶と茶碗を持って来る。右の脇へ瓶を挟もうとするが、着物の袖につかえてうまくゆかない）ごめんなさい、おじさん、自分で栓を取って……。

勘助　ああ。（栓を取る）
竜子　いつもはうまくいくんだけど、今日初めて着た着物だから……。
勘助　え……？
竜子　（笑）やだ……私、これじゃない。（と右手を出す。指のない丸い手袋をはめている）
勘助　あ、ごめんよ、忘れちまったよ。（自分で酒を注いで呑み始める）
竜子　私、これでしょ、ここへ来た時は、恥ずかしくってさ、半年、半年よ、お見世から一歩も外へ出なかった。
勘助　お前が来た晩、おかみが台の物屋から天ぷらだの何だのをとったろ……あれ、御馳走になった。
竜子　やだそうなの、（笑）私、何も喉を通らなかったワ。
勘助　呑むか。
竜子　一杯だけ頂戴。（立ち上がり茶碗を取って来る）
勘助　（注いでやる）それで、何を書けばいいんだ。
竜子　うん……私が元気で仕事をしているってだけでいいわ。
勘助　それだけ？
竜子　だって、いつ会いに行けるか判らないもの。お母さんはね、身体が悪いから今居る所から動けないから居なくなる心配はないの。あ、それから右手が駄目になって手紙が書けないってこと、お母さんが心配しないようにちょっとだけ書いておいて下さい。
勘助　右手がそうなったことも知らねえのか。
竜子　そうよ、お母さんを群馬へ残して、東京の工場へ来て、怪我をしちゃってその工場からここへ売られて来たんだから全然知らないのよ。
勘助　そうかい、（酒を置き）じゃ、ひとつ書いてやるか。（水差しの水を硯に入れようとするがない）あれ、水がねぇや……。（立ち上がり下手へ入る）
竜子　（出入口へ目をやり、下手へ）おじさん……。
勘助　（奥で）なんだい。（出て来る）
竜子　ここ、誰も来ないの？
勘助　近頃は、岡のおじさんとおすえ婆ァぐれぇだな、以前は津留のおっさん、清吉とか、薫ちゃんに惚れてた富塚さんとか大勢出入りしてたけどな。
竜子　その人達、知ってる、清吉さんて人、きれいなお嬢さん連れて、遠くへ働きに行った人でしょ。
勘助　ああ、秋田へな。
竜子　羨ましかった、私を連れて行ってくれる人いないかな、なんて思った。でも、これじゃあね。（右手を出す）

勘助　そんなこと、ねえよ。

竜子　そう、富塚さんも来てたの。

勘助　現金なもので、薫ちゃんが洲崎を出て行ってから、ここへはさっぱり現れねえ。

竜子　富塚さん、近頃、私の所へ来てるワ。

勘助　えッ！　そりゃまた変り身の早い、そうか、つうちゃんに乗り替えたか、あッははは。

竜子　やだ、おじさん、乗り替えたなんて。（笑う）

勘助　つうちゃん、少し黙っておくれ、お前の手紙、書いちまうから。

竜子　はい、ごめんなさい。

勘助　（何やら、書き始める）

竜子　（手持ち無沙汰で話しかけようとして、手で口を押さえる）

岡が来る。

竜子　あら、どうしたの。

岡　何だ、ここに居たのか。

竜子　どうしたんだい、珍しくつうちゃんが手紙を頼みに来たんだ。

岡　いや、（竜子に）お前の所のおっかァがよ、竜子が血相変えて飛び出して行った後で、富塚さんも、忙《せわ》し気《げ》に出てったんで、気になるから、探して来てくれって言われたもんでよ。

竜子　何よ、大げさねぇ、血相なんて変えてないわ、今日中に勘助おじさんに手紙頼みたかっただけです。

岡　富塚さんは来てねえのか。

竜子　来てないわ。

岡　ふうん、じゃ帰ったのかな、ま、たまにゃ家にも帰らねえとなァ。竜子も早く見世へ戻んな、揉め事はごめんだぜ。

竜子　はい、帰ります。

岡　いやになっちまうよ、この齢になって廓の使い走りかよ、まったく。（ぼやきながら去る）

竜子　じゃおじさん手紙を頼みますね。

勘助　あいよ……。

下手の戸が乱暴に引き開けられる。
富塚が出る、酔っている。

竜子　きゃあッ……。

勘助　と、富塚さん、どうしたんだ、そんな所から入って来て。

富塚　（じっと竜子を見る）

竜子　（たじろぐ）……。

勘助　富塚さんッ！

富塚　（竜子に迫る）
竜子　……やだ。
勘助　どうしたんだい、富塚さん。（富塚を静止させようとする）
富塚　（勘助を突き飛ばす）
勘助　うーむ。（倒れる）
竜子　勘助おじさん！
富塚　（はっと気がつく）おじさん、どうしたんだ。（抱き起こす）
竜子　あんたが突き飛ばしたんじゃない！
富塚　僕が……勘助さん……勘助さん。
勘助　……いや……だ……大丈夫だ。
富塚　いや、すまなかった。（抱き起こし、机の前へ座らせる）
勘助　どうしたんだね、ああ、驚いた。
竜子　おじさん、大丈夫？　痛くない？
勘助　大丈夫だ。（相当に痛い）
富塚　いや、お恥ずかしい、少し酔ったようだ。つうちゃん、すまないが水を一杯。
竜子　（少し逡巡するが、奥へ入り、水を持って来る）
富塚　すまない。（飲む）
竜子　（妙に構えて、離れて座る）
富塚　おじさん、本当にすみませんでした。
勘助　なに、いいってことよ。
富塚　いや、最後に勘助おじさんに味噌をつけてしまったね。
勘助　……最後？　何だね、最後って。
富塚　いや、最後ってことはないけれど、その……当分……この辺りへは来られないものだからね……。
竜子　……？
勘助　そりゃ、どういうことだい。
富塚　はッはは……おじさんがいつか言ったろ、よく続くねってさ。
勘助　……。
富塚　金がね、続かなくなったのさ。
勘助　金が……。
富塚　親爺が残してくれたもので食いつないで来たんだが、それも底をついてね、僕も人並みに勤めに出ることにしたんだよ。
勘助　ふうん……ま、悪いことじゃねえ。
富塚　そう、ただね……出来るかなと思うんだ、人並みなことがね。
勘助　人並みに女を買って、人並みに奥様も居なさるじゃないか。
富塚　はッはは、そっちの方は人並み以上だがね、はッはは、じゃ、おじさん、いつかまた、会えるとい

いね。（立ち上がる）

勘助　そうかい……じゃ。

富塚　（竜子を見る）

竜子　（顔を背ける）

富塚　（奥へ入り、履物を持って来て、上手入れ込みへ下りる）じゃ。（お辞儀をする）

竜子　（耐えていたが）富塚さん、私ッ！

富塚　つうちゃんッ！……いいんだよ……黙っていてくれないと、僕の夢が飛び散ってしまう。（去る）

竜子　富塚さんッ……勘助おじさん。

勘助　え？……

竜子　どうしよう、私、どうしよう。

勘助　どうしたんだ。

竜子　私、治ってないんだ、治ってないんだわ、どうしよう私。

勘助　しっかりしなよ、どうしたんだ。

竜子　（懐から財布を出す）これ、富塚さんのお金、私、盗んで来ちゃったの。

勘助　ええッ！……

竜子　だって富塚さん、私のこの姿を見て、きれいだって何度もほめてくれたんだもの。

勘助　ほめてくれた人の財布を盗んだのか。

竜子　だって、この姿のまま、抱かせてくれってひつこく言うんだもの。

勘助　う……。

竜子　私、富塚さんてやさしい人だと思っていたんだもの、それがお酒を呑んで、私の、大事なよそ行きの着物を着たまま……やだったワ、それをせがんでいる富塚さんを見ていてすごくやだった。

勘助　……。

竜子　でもお客さんだもの、仕方ないもの、それで、富塚さんが用を済ませに立った隙に私、気がついたら、勘助おじさんの所まで走って来ていたの。

勘助　ちぇッ……だから女って生き物は嫌ぇだよ、手前のやったことに何か理屈をつけねぇではいられねぇんだ、つうちゃん、どんな訳があろうと、盗みは盗みだぜ。

竜子　……私、前にも盗みを働いた……そのために父の仕事をなくし、私と私を庇った母は父から離別されたわ、おかげで一家はばらばらよ。

勘助　……えッ！

竜子　神様も怒って二度と盗みをしないように私の右手を取り上げたのに……父と別れて田舎で私を待っている母にも、二度と悪いことはしないって誓ったのに。

勘助　つうちゃん、お前！

竜子　私、返して来ます。富塚さん許してくれるかどうか判らないけど、急いで行って返して来ます。
(去る)

勘助　つうちゃん、待ってくれ、つうちゃん。(追うが追い切れない)

這うように机の前へ戻り、あわてて手紙を書こうとするが、考えがまとまらない。酒を呑む。また書こうとする、書けない。

勘助　つうちゃん……。

苛立っている、酒を紙の上にひっくり返してしまう、書くのを諦め、また酒を呑む。
岡が飛び込んで来る。すえ、後に続く。

岡　勘助さんッ!

勘助　ああ……。

岡　(土足のまま上がり酒を取りあげる)勘さん、富塚さんが身投げをした!!

勘助　えッ……。

岡　突堤から海へ飛び込んだんだ。

勘助　死んだのかッ。

岡　判らねえ、幸い、近くに舟が居た、助けられて今、警察病院へ運ばれたんだ。でも大分水を飲んでいる。

勘助　……どいつもこいつも馬鹿野郎だ、馬鹿野郎ばっかりだッ!(酒瓶を取り立ち上がる)……ああ……何てことだ、馬鹿野郎ーッ。

すえ　勘さん、しっかりしなよ。(すがりつく)

勘助　うるせえ!(突き飛ばす)

―早い溶暗―

二、三日後

明るくなると、勘助が転寝《うたたね》をしている。机の上には二通の手紙がある。

SE　海の上を往く鳥の鳴き声

猫が通る。
やがて、皿の上に布巾をかぶせた物を持って竜子がおずおずと来る。

竜子　勘助おじさん、竜子です。(入って)あらあら、うたた寝しちゃって風邪をひいちゃったんじゃないの?……おじさん起きて……おじさん!

勘助　ああ……寝ちまった……すまねぇ水を一杯おくれ。
竜子　はい。（奥に入り水を持って来る）
勘助　（飲むが、むせる）
竜子　大丈夫？……
勘助　やっぱり、酒の方がいいや……。
竜子　はい。（酒を注いでやる）
勘助　（呑む）
竜子　おじさん、お母さんへの手紙書いといてくれた？
勘助　ああ、そこの上に。
竜子　ありがとう。せかせて書いてもらったのに、富塚さんのことで、あら違うわ、私のことで……ここへ来づらくなって、ゴメンナサイ。
勘助　そいつもついでに出しといてくれや。前に書いたんだが、郵便局へ行くのも面倒くさくなっちまって。
竜子　（少しの間その手紙を見つめる）秋田県北秋田郡……あ、そうだ、おじさん、夏みかん食べる？　富塚さんの病院へ持って行ったんだけど、奥さんがいらしたから持って帰ってきちゃった。（皿の布巾を除く）はい、どうぞ。
勘助　うん……。
竜子　きれいに剝けていないでしょ、ごめんなさい。
勘助　（一口食べる）……うめえ。
竜子　種があるでしょ、飲んじゃ駄目よ、ほら、種を吐き出して……。
勘助　（種を出す）ああ、うまかった。
竜子　（皿の種を捨てに行こうとする）
勘助　あッ、その種……。
竜子　何？
勘助　裏へ蒔いといてくれねえか。
竜子　えーッ、この種？　何で蒔くの？
勘助　うん、裏へ蒔いといてくれ。あんまりうめえから、千与の奴が帰って来たら食わせてやろうと思ってな。
竜子　やだ、（笑って）この種を蒔いて、木が育って、夏みかんが実るまで何年かかると思って……（笑う）第一、うまく育つかどうか判らないじゃない。
勘助　蒔いといてくれ、千与は夏みかんが大好きだったんだ……千与に食わせてやりてえ、頼む、蒔いといてやってくれ。
竜子　……はい。じゃ蒔いて来ます。（裏へ回り込む）
勘助　（嬉しそうに立ち上がって出入口まで見送り）ちゃんと穴掘って蒔いといてくれよ。（ふらふらと戻りながら）佳与が好きだった。千与も好きだった。

茶碗に酒を注ぎ、呑む。
文机に向って、遠くに想いを馳せる様子。
おもむろに筆を取り、書く。

勘助　か……よ……。（筆をパタリと落として文机に伏せる）

SE　激しい水鳥のはばたき　水の音　ポンポン舟の音

竜子が帰って来る。

竜子　やだ、また、うたた寝をしちゃって。おじさん、蒔いておきました。穴を掘ってちゃんと蒔いておいたから大丈夫ヨ。本当にもう、すぐ寝ちゃうんだから。（袢天を掛けながら文机の上の紙を見て）か……よ……。やだ、娘の名前まで間違えちゃって。佳与じゃない、千与でしょ、おじさん。（清吉宛の手紙を手に取り、口を使って封筒を真っ二つに裂く）勘助おじさん、うたた寝をしながらでいいから聞いて下さい。私、今のままでいいんです。この手紙で秋田に居る私の父に、私がいたってことを知らせようとしたんでしょ。私、前から父がおじさんの所に居るってこと、知ってました。父は毎日うちの見世の前を通ってましたから。初めて父の姿を見た時、私、息が詰まったわ。父がこんな所に居るなんて思わなかったし、父だって、私がこんな……どんなに声を掛けたかったか……。でも、もういいわ、お父さん、あのお嬢さんと清吉さんと三人できっと幸せよ。だから今のままでいいの……。ありがとうございました。（お辞儀して立つ。出て行きかけて）おじさん、私帰るわよ、おじさん！（後ろに回って、抱き起こす。ガクンと首をもたせかける勘助）勘助おじさん！（呆然と勘助を抱きしめる）

SE　水鳥の羽と水を叩く音　豆腐屋のラッパの音
ポンポン蒸気船が往く

辺り、暗くなり、二人のシルエットが浮き上がる。
二人、動かない。

―溶暗―

第三場

元の勘助の小屋のあった空き地。

正面は突堤の壁、真ん中に夏みかんの樹が一本、実がなっている。

昭和三十九年（一九六四）初夏

今や全くの普通の街、東陽一、二丁目になった洲崎遊郭（後パラダイス）跡地。昭和も中期に入った街の喧騒が聞えて来る。

SE　五輪音頭*

上手から六十歳も半ばに達した千与が洋装で出る。辺りの風景や土の上をじっと見つめながら。

千与　あなた、やっぱりこの辺りよ、こっちよ……ここよ……あなた。

友末が出る。

友末　そうだったかなァ……うーむ……何しろあの頃は逃げ廻ってばかりいたから、はっきりしないなァ。

千与　さっきから何度歩いても、昔の区画を辿ってくるとここになるもの……。

友末　しかし……夏みかんの木なんかなかったと思うがな。

千与　……誰か植えたんじゃないの……。

友末　ふうん……ここか、やっぱり。

千与　……あの頃の人達、どこへ隠れているのかなァ……まだ居る筈よきっと。

友末　うーん……。千与さんすまなかったねぇ、私の身が危なかったものだから、あれきりとうとうお父さんにも会えずじまいになってしまった。

千与　私もまさか、今日まで、ここへ帰って来られないとは思ってもみなかったもの……父は私が廓に居ることを喜ばなかった。いつもそれで喧嘩をしていた。きっと許してくれていたと思うわ……。でも……もう一度会いたかった。あなたがこんなに立派になって、私が幸せになったところを見せたかったわ。

友末　うむ……本当にすまないと思っている、あの頃の私に君がいなかったら、とうに破滅していただろう。私が君のお父さんから君を奪った。

千与　いいのよ、私が好きであなたについてここを出たのだから……。

友末　千与さん……。（手を握る）

千与　何です、若い人みたいに。ほれ、誰か来ますよ。

（手を振りほどく）

下手から若い男女、出る。

千与　（見送って）……清さん、清吉さん!!

若者　（振り向き怪訝《けげん》な顔）

千与　あなたは綾乃さんじゃないの!!　二人とも昔のままじゃないの!!　私よ、千与よ。

若者達　（立ち去る）

千与　清吉さん、綾乃さん、待って!!

友末　千与さん、しっかりしなさい、違いますよ、あんなに若い訳がない……。

千与　でも、でも、あの人達だった。

老夫婦と壮年の夫婦が出る。すべてマイムで、老夫婦「（みかんを見て）食べごろだね」「そうね」　壮年の夫婦「食べごろですよ」「そうだね、ほら」「まあ、ほんと」（四人笑う）

千与　岡さん、おすえさん。

老夫婦　……？

千与　あなた……富塚さんもいるわ、薫さんも、ほら、みんないたわ。あたしです、千与です、代書屋の勘助の娘、千与ですよ。

友末　申し訳ありません。人違いなのです。

千与　人達いじゃありませんよ、ほら、あなた岡さんでしょ、おすえさんじゃないの、富塚さんよ、薫ちゃんよ。

四人　（怪訝そうに会釈をして去る）

千与　待って、私の父のことを教えて……おすえさん!!

友末　しっかりしなさい、人違いだって判らないのか……。

千与　みんな、居る、昔の人達がみんな、私の前を通る……ほら、また来た。

若いＯＬが出る。

千与　つうちゃん、……竜子さん、私です千与です。

ＯＬ　……？

千与　竜子さん。（抱きつこうとする）

ＯＬ　（驚いて駆け去る）

千与　あの頃の人達、みんな居るのに……。

友末　千与さん、この洲崎の土地や、お父さんへの想いが君をそうさせるんだ、しっかりしなさい、君にはみんな、似た人に見えるだけだよ!!

千与　父だけが……父ちゃんだけが出て来てくれない……父ちゃんだけ、どうして私の前へ出て来てくれないの。（泣きながらしゃがみ込む）

友末 (やさしく肩へ手をかける)

千与 (泣いている)

上手から、老婆が出る。

老婆 (千与に近づき) どうかしたのかね……なんで泣いてるの……。

友末 いや、何でもないんです……。

老婆 そうかね……。

千与 (顔を拭き、立ち上がる)

老婆 すみません……夏みかん、一つ、もぎとってちょう。

友末 え……ああ、夏みかん。(取って渡す)

老婆 はい……この夏みかん、うめえんだわ……去年までは自分で取れたのに……背が縮んじまったんだわ。(小さな椅子を出しちょこんと座り皮を剝き始める)

友末・千与 (何気なく見ている)

老婆 あんた達も食べたらええがね。そこに書いてあるでしょう、みんなで食べてちょうだゃあって……。

千与 圭子さん……あなた……圭子さんでしょう!?

老婆 ……?

友末 やめなさい……失礼しました、この人疲れているもので人違いなんです。

老婆 人違いなんかじゃにゃあよ、私、昔はネ、圭子っていってたよ。

千与 やっぱり圭子さん。あなた……圭子さんよ。

友末 あの……名古屋の……。

千与 私です、勘助の娘の千与です。

圭子 千与ちゃん……去年までは、もうちょっとはっきりしてたんだがねえ……千与さんねえ……わからねえ。

千与 あなた、名古屋へ帰らなかったの……あんなに帰りたがっていたでしょ!!

圭子 帰ったがね……金貯めて、帰ったがね。

千与 それじゃ、どうしてここに居るの。

圭子 亭主の病気、治ってたがね、元気にしてたワ……。

千与 よかったじゃないの、それなのにどうしてここへ帰って来てるの、御主人と一緒なの?

圭子 いいや……亭主に女がおったでよう。……ずっとその女が私の送った金で看病してたんだわ。私の居場所なんかどこにもないでしょう。で……帰って来たがね……他《よそ》の土地、知らんもんね。ここしか帰る所なかったもんネ。私はネ、もうボケてるけどね、ここのことだけは、はっきり覚えてるもん。

千与 圭子さん……。(圭子を抱きしめる)

圭子　ちょっと……夏みかん、食べられないでしょう……退いてちょうだゃあ。

千与　圭子さん。

友末　（そっと千与を離す）

圭子　食べるきゃあ？（差し出す）

千与　（首を振る）私……夏みかん、好きじゃないんです。

友末　千与さん……いや、私がいただきます、ありがとう。（一房を取って食べる）ああ……美味しい。

圭子　うまいでしょう……本当にうまいんだワ、食べるきゃあ？（また、千与に差し出す）

千与　（仕方なく受け取る）本当……美味しい。

圭子　もっとあげる。（差し出す）

千与　ありがとう……ありがとう圭子さん。

千与は荷物を取り無言で去る。友末も去る。
圭子、一生懸命、夏みかんを食べている。
やがて突堤の向うは、真っ赤な夕焼けとなる。

――静かに幕――

〈本書収録作〉

（　）内は制作年

水の行方――深川物語（二〇一一）
芝翫河岸の旦那――十号館二〇一号室始末（二〇一三）
深川の赤い橋（二〇一四）
代書屋勘助の死――たそがれ深川洲崎橋（一九九二）

以上の四作品は、いずれも〈劇団東宝現代劇七五人の会〉公演作の上演台本を採録したものである。

編注

7頁　木場の移転は昭和四十四年（一九六九）に開始され、埋め立てられた貯木場跡地には木場公園が整備されている。

28頁　「藤倉」　藤倉電線（現フジクラ）。本社は江東区木場。

90頁　石田波郷（一九一三―六九）、俳人。戦後江東区北砂町に暮し、結核を患い清瀬の国立東京療養所（東京病院）への入退院を繰り返した。

93頁　浅沼稲次郎（一八九八―一九六〇）、元・日本社会党委員長。昭和三十五年十月十日、自民・社会・民社三党首の立会演説会において刺殺される。深川の同潤会アパートに三十年間暮した。

108頁　「今そこに居たかと思う炬燵かな」　物理学者で随筆家の寺田寅彦（一八七八―一九三五）の句。

138頁　「八幡様の本祭り」　江戸の三大祭のひとつ、富岡八幡宮の深川八幡祭り。本祭は三年に一度。

139頁　「ほととぎす厠半ばで出かねたり」　夏目漱石（一八六七―一九一六）が明治四十年（一九〇七）、時の総理大臣西園寺公望からの懇話会の招待を断る手紙に添えた句。

143頁　木場の医師・新田清三郎が、不慮の事故で亡くなった夫人の慰霊のために昭和七年（一九三二）に近所の人々と協力して人道橋を架けた。現在この新田橋（赤い橋）は架け替えられているが、元の橋は近くの八幡堀遊歩道に移設・保存されている。

143頁　昭和二十四年（一九四九）八月三十一日のキティ台風。旧江戸川堤防が決壊し、江東区を中心に大規模な浸水被害をもたらした。総死者・行方不明者は百六十名に上る。

146頁　かつて建設会社・鹿島組（現鹿島）創業家一族の邸宅が木場にあったが、大正十二年（一九二三）の関東大震災で焼失。

169頁　油堀川は昭和五十年（一九七五）に埋め立てられた。跡地には道路や駐車場が整備され、頭上には首都高速深川線が走っている。

180頁　「小津安二郎の映画」　ここでは『麦秋』（昭和二十六）を指す。老夫婦は菅井一郎と東山千栄子が演じた。

191頁　三菱財閥創業家の岩崎邸は関東大震災で焼失、現在は清澄庭園として公開されている。

195頁　「ケコロ」「蹴転」とも書き、客を蹴って転がしてでも入れようとするからとも、転がるように次から次へと客をとったからとも言われる。

195頁　「御内証」　遊廓の主。

195頁　「台の物屋」　遊廓専門の仕出し屋。

196頁　「新造」　遊女の見習い。

202頁　一九二〇年代、「新式・便利」の意で「文化〜」という表現が流行した。他に文化包丁、文化鍋など。

209頁　大正十年（一九二一）四月十一日、「度量衡法《どりょうこう》」の改正でメートル法への切り替えが行われたが、尺貫法は戦後も長く廃れず、昭和四十一年（一九六六）までの計量法によりその使用が公的に禁じられるまで広く併用されていた。

227頁　「治安維持法」　大正十四年（一九二五）制定。主として共産主義運動の抑圧策として違反者に極刑主義をとった。昭和二十年（一九四五）十月廃止。

237頁　東京五輪音頭（宮田隆作詞、古賀政男作曲）。各レコード会社が競作し、昭和三十八年（一九六三）六月発売。大ヒットした三波春夫盤の他、三橋美智也、橋幸夫、藤山一郎、坂本九らが歌った。

解説

横澤祐一の深川

矢野誠一

一九六三年に日比谷の堀端に日生劇場が開場したのを切っ掛けとして、この国の演劇事情には大きな変化がもたらされた。ざっくばらんに言ってしまえば、それぞれ確立した演劇の一ジャンルであったはずの新劇と、商業演劇と呼ばれる大劇場演劇の上演作品内容が、一体化せぬまま混然として、明白な区分けをすることが難しくなったのだ。

演劇人横澤祐一は、こと志を新劇にいだきこそすれ、その居所のほとんどすべてを商業演劇に置いてきた。それがこの男の誇りであり、矜持であり、そしてほんの少しのコンプレックスになっている。『深川の赤い橋——横澤祐一戯曲集』におさめられた四篇だが、上演年度でいえばいちばん古い「代書屋勘助の死」は、サブタイトルに「たそがれ深川洲崎橋」とあるように、おなじ深川でも他の三作がいずれも木場を舞台にしているのに、この作ばかりはパラダイスの異名をとった洲崎遊廓のはなしだ。

いずれにせよこの四作品の戯曲作法というか、執筆姿勢といったらいいのか、その作劇術を貫通しているのは、あらかじめ上演が定められている作品を書くのが大前提という、商業演劇に特有のもので、これは江戸の狂言作者の伝統をふまえていると言っていい。その多くを興行資本に委ねていた商業演劇が絢爛と花咲かせていた時代、それを担った菊田一夫、川口松太郎、北條秀司、さらに小幡欣治、榎本滋民に脈脈と受け継がれてきた独特の作劇術で、厳密な区分けをするなら戯曲というより上演台本なのである。

一時期の新劇は、劇作家の手になる戯曲を後生大事と頂戴し、作意を歪めぬ演出意図により格調高く舞台化することに、劇団という組織をあげて全エネルギーを傾けた。そのためには、戯曲の持つ藝術性を損ねることはタブーとされてきた。

一方商業演劇にあっては、形式上は戯曲のスタイルを持ってはいても、それはあくまで上演台本であり、劇作家はかつての狂言作者の役割を果していた。この世界にあっては、作家自身が演出にあたるケースが多かったのも、それがすこぶる合理性をともなっていたからである。だから彼らの作品は、ある程度の藝術性を犠牲にしても、面白いお芝居に仕立てるための手練手管が縦横無尽に発揮されていた。それが彼らにとっての文学だった。

昨今の演劇界には、こうした状況はまったく見られず、新劇・商業演劇の双方がそれぞれ一時代に強烈に打ち出した特色が薄められ、冒頭に指摘したような様相を呈している。

横澤祐一は、自身所属する東宝現代劇七五人の会の座付作者としての則《のり》を、はずそうとしない。その東宝現代劇七五人の会のために書いた『深川の赤い橋——横澤祐一戯曲集』の四作のいずれもが、隅田川東岸の江東区北西部のゼロメートル地帯深川を舞台にしている。この地に寄せる作者の心情が、那辺にあるのか、興味がある。少なくとも、偶然のもたらした深川四部作とは考えにくいし、考えたくない。

秋田木材の社宅住まいだった叔父のもとから通った名門久松小学校を出ている横澤祐一だが、深川との縁はこのほんの一刻だけで、生まれ育ち、人となる大半の時間をもっぱら湘南と、東京は山の手で過ごしている。深川が地元という意識はないはずだ。一九五七年の芸術座開場にあわせて、東宝が募集した東宝現代劇の第一期生として、商業演劇の舞台俳優の道を歩みはじめた横澤祐一だが、六〇年代の数年間演劇担当重役菊田一夫の意向から大阪に滞在している。この時代、上方特有の藝に馴染み、花紀京などすぐれた大阪の役者や藝人との交誼《こうぎ》も生まれた。いまでも、東京調が根にある大阪言葉が時として口をつくのはそのためだ。

深川を辰巳というのは、江戸城から辰巳の方角にあるからだが、羽織を用いないので知られる辰巳藝者は、伝法で気風のいいのが売物だった。

一八七〇年（明治三）の大火で消失した深川遊廓は吉原に移転するのだが、一八八六年（明治十九）には、開校をひかえた東京帝国大学（東京大学）の近くにあるのがふさわしくないと根津遊廓が、新たに埋立拡大された地に移転し、近代的設備のととのった洲崎遊廓がつくられている。そんな深川の花街を支えたいちばんの上客は木場ではたらく人びとだった。この国最大の貯木場、材木市場、材木商など、言わば基幹産業の一翼と、色町が奇妙な調和をみせていた深川は、単に東京下町ということで一括するのをかたくなに拒むものがある。

私自身山の手育ちとあって、下町への憧憬の度が強すぎるくらいあるのだが、おなじ下町でも深川には、日本橋、浅草、本所、両国などとはいささかちがった風合いを感じる。町そのものが持つ気風のよさが、この地で働く人たちの職人気質に反映し、不思議な猥雑さもかもし出す。これはなによりも気取りと清潔感を重んじる山の手や、下世話だということで総括させてしまうほかの下町とは、はっきりちがった固有の色彩である。だから私と同じような風土のもとで育ち、しかも大阪在住体験を持つ横澤祐一が、深川固有の色彩に格別の魅力を感じているのが手にとるようにわかる。それでいながら彼の深川に投げかける視線には、熱さと冷たさとが混然とした複雑さが、秘められていないか。

劇作家としての横澤祐一の作品には、アントン・チェーホフの影がはっきり見える。作品というより作品の登場人物にと言ったほうがいい。チェーホフの芝居の要諦は、「口ばっかしで、なんにも出来ない人が集まり散じて行く光景」のひと言につきている。

横澤祐一作品の登場人物の、すべてと言ったらすべて、みんなどこか大切なところを欠落させてしまっていながら、自身それに気づいていない。そんな人物たちが、夏目漱石を気取れば「活潑々地」に舞台を闊歩するさまに、笑い、怒り、涙しながら、観終わってみれば、みんなおのれ自身の言動性格にもそれがひそんでいるのに気づくのだ。

あとがき

　一九九二年、平成四年に深川遊廓の中に住む代書屋を主人公にした「代書屋勘助の死――たそがれ深川洲崎橋」を書いた。上演してくれたのは〈劇団東宝現代劇七五人の会〉である。この劇団は三十年の実績を誇っている。それから約二十年経った二〇一一年、同じ深川の木場を舞台にした「水の行方――深川物語」、二〇一三年、深川に点在した同潤会アパートの住人を描いた「芝翫河岸の旦那」、二〇一四年に木場六丁目の掘割に架かっていた有名な新田橋を題材にした「深川の赤い橋」を書き、いずれも同劇団が上演してくれた。この四つの芝居を今般、私の戯曲集として幻戯書房さんが上梓してくださった。誠に有り難いことである。

　劇作家として、無名に近い私の作品を取り上げていただいたこと自体、現代演劇界において稀有な出来事である。私は一九五七年にこの世界に入り、今日まで商業演劇の芝居に携わって来た。今の呼称で言うなら、小劇場運動ならぬ大劇場運動をして来た。だから私の演技形態も作劇もまったくの商業演劇のものである。私が今、最も嬉しく、感謝しているのは、商業演劇の台本を取り上げていただいたことである。今、日本の劇場で上演されることが極めて少なくなった商業演劇という名の興行に少し光を当てていただいたような気がするのである。

本書の上梓にあたり御尽力いただいた、幻戯書房の方々、小西良太郎さん、何かと戸惑う私を助けて下さった編集部の佐藤英子さん、そして、解説を快く引き受けて下さった矢野誠一さんに、厚く御礼を申し上げます。

平成二十八年六月

横澤祐一

よこざわ・ゆういち

一九三六年東京生まれ。日大芸術学部演劇学科三年在学中の一九五七年、劇作家菊田一夫が創設した〈劇団東宝現代劇〉の一期生となり、『モデルの部屋』でデビュー。一九七九年『草燃える』で菊田一夫演劇賞を受賞するなど、数多くの舞台・映画・TVドラマに出演する。東宝現代劇の精神的支柱でもあった劇作家、故小幡欣治から信頼を得、氏の代表作『熊楠の家』の主人公南方熊楠を好演。劇団は同作で菊田一夫演劇大賞、松尾國三演芸賞を受賞した。次いで『三婆』の番頭瀬戸重助役でも本領を発揮、好評を博す。また昭和四十年代、関西を中心とした商業演劇の作劇に携わり、中田ダイマル・ラケット、花菱アチャコ、藤田まこと、天知茂などの舞台脚本を手掛けた。〈劇団東宝現代劇七五人の会〉公演では『散《さん》――パビリオンの人々』（チェーホフ「決闘」原案）、『本所二ツ目流れ星』（上方落語「地獄八景亡者戯《ばっけいもうじゃのたわむれ》」原案）、『御宿《おんやど》ふちう四人部屋』などを執筆。本書収録作はすべて作・演出を手掛けている。

深川の赤い橋――横澤祐一戯曲集

二〇一六年七月十五日　第一刷発行

著　者　横澤祐一
発行者　田尻　勉
発行所　幻戯書房
郵便番号一〇一 - 〇〇五二
東京都千代田区神田小川町三 - 十二
電　話　〇三 - 五二八三 - 三九三四
FAX　〇三 - 五二八三 - 三九三五
URL　http://www.genki-shobou.co.jp/

印刷・製本　中央精版印刷

ISBN978-4-86488-103-6 C0074

幻戯書房の好評既刊（各税別）

銀座並木通り　池波正太郎初期戯曲集

「とにかく素敵だよ、人生ってやつは——ドラマがあるんだからね」。作家活動の原点である“芝居”、その最も初期の1950年代に書かれた幻の現代戯曲を初刊行。表題作をはじめ敗戦後を力強く生きる人びとの日々と出来事を描いた作品三篇の他、関連年譜、戯曲作品年表を付す。　2,200円

劇場経由酒場行き　矢野誠一

出発点がエノケン・ロッパであったことは、あらゆる芝居の大前提が「楽しくなければならない」と考える私には、ちょうどどころあいだった——60年以上ずっと芝居を観つづけてきた、当代きっての見巧者が愛惜をこめて綴る、忘れえぬ名舞台、愛すべき人びと。秘話満載のエッセイ集。「酒場と劇場が私の教室だった」　2,500円

昭和の歌100　君たちが居て僕が居た　小西良太郎

スポニチの小間使いからレコード大賞審査委員長に——。名物記者にして名プロデューサー、新人から大物まで作り手と併走する著者が、忘れがたい歌とともに時代を振り返る。芸能の表も裏も知り尽くすからこその〈昭和歌謡史〉。誰もが知るヒット曲とその秘話。　2,600円